キトリ

私は悪い
魔女です

守野伊音
Illustration　ここあ

新紀元社

Contents

一章　魔女のおとない

寒く厳しい冬を越え、世界は新緑を迎えていた。冬の間凍えながら芽吹きを待っていた緑が一斉に噴き出し、世界を彩る。

緑にも様々な種類があった。深い緑、黄みが濃い緑、赤みが強い緑、白みがかった緑、薄い緑。何層にも連なる緑が重なり合い、緑だけで世界を彩れる貴重な時期だ。

その中で、一風変わった緑が風になびいている。木漏れ日を一身に浴びたような金色を帯びた、金緑だ。

風の動きに合わせ、天辺から先まで光が走り抜け、毛先で散る。美しい光を世界に放つ様は蝶の鱗粉にも似ていた。

だがこの緑、他と少し違うのはその特殊な金色ではない。持ち主が生き物なのだ。大きく分ければ植物も生き物だが、いまその話はおいておこう。

「あれかぁ」

金緑の持ち主である私は、間延びした声を上げた。走り抜けた風に飛ばされぬよう、黒い大きなつばのとんがり帽子を押さえ、片眉を下ろす。

帽子を押さえている爪は、先程光を散らした長い髪と同じ色をしている。反対の手に握られている杖は身長と同じ大きさだ。その上には髪と爪と同じ色をした大きな宝石が浮かんでいた。

風になびく裾は黒で、履いている靴も黒。唯一の差し色は髪や爪と同じ色。足首まである長い髪、大きな宝石が浮かんだ持ち主の身長と同じ長さの杖、黒い衣装、髪と同じ色の爪と瞳。

これらの特徴を持つのは、魔女だ。

魔女。

長い歴史を紐解いても、魔女ほど世界に動乱を呼んだ者はいない。

魔女とは、只人には到底不可能な怪しの術を使う者を指す。一定の期間を過ぎればどれだけ時が経とうとも姿形が変化せず、死者を呼び戻し、他者を操り、心の臓を貫いても死なない。子どもの目玉が大好物で、長い爪は細く尖り、ぎょろりとした目玉で見つめられた者は石になる。

そんな噂が後を絶たない存在。

長い歴史を越え、あからさまな迫害は禁止されている。ただ、心が生み出す差別だけはいくら禁止しようと取り締まれるものではない。国々に雇われた魔女が戦で絶大な影響力を見せつければなおのこと。魔女は気まぐれで、雇った国を滅ぼすこともあったという。

人々は、魔女を恐れ、災厄と呼んだ。そんな時代もあったのだ。

小高い丘に立ちながら、景色を眺める。長い髪がなびくのと一緒に飛んでしまわないよう、大きな帽子のつばを押さえ直す。

視線の先には城がある。他の建物よりは明らかに大きいが、かといって畏怖を感じるほどの大きさでもない。

可もなく不可もなく。大国の一領よりはかろうじて大きいかといわれるような小国の城としては上等だろう。

私は手首を軸に杖をくるりと回した。

母親の腹から出てくる際に握りしめている石は、やがて杖となる。杖は魔女にとって身体の一部と同じだ。

手足であり、命であり、魂だった。

杖は、魔法を使うときも勿論使うが、いま回した理由は違う。理由は、特にない。手持ち無沙汰で髪をいじると同じ理由でくるりと回されている。

「よし」

慣れた動作でくるくる回した杖をぴたりと止め、城を眺めていた私はふわりと微笑み。

「帰りたいっ！」

きっぱり言い切った。


世界には様々な種が存在する。獣人もいれば、爬人もいる。竜人もいれば、人間もいる。

その中に魔女もいる。ただそれだけのことだ。

様々な種の中で人間は一番弱いが、一番繁殖力が強い。一番数が多いが一番弱い為、生息地はさほど広がっていない。

更に、人間は弱いだけではなく種族間であまり統率が取れていないらしく、人間という種族の中でも様々な国に分かれ、それぞれ王がいるらしい。ややこしいことだ。

絶対の権力者を王と呼ぶはずなのに、それが何人もいては絶対の言葉も存在も揺るぐではないか。

人間以外の種族にはあまり理解できない在り方だが、当人達がそれでよければいいのだろう。現に争いも多いようだが、基本的に魔女は他国の在り方に介入しない生き物である。惚れた腫れたに殺し合い、どうぞ好きにやってくれ。


丘から離れた私は現在、大きなトランクと杖を手に、人間の城をつかつかと歩いていた。

後ろからは案内人である城付きの使用人が慌てて追いかけてくる。本日の客人である魔女が、案内を待たずずかずか城に上がってしまったからだ。

確かに魔女を呼んだのは城側だ。だが、城内をうろつく許可を与えたわけではなかった。

勝手に城内を歩き回っているのだ。普通ならば城側の人間が捕えてしまえばいい。

だが、魔女は気まぐれで、狡猾で、得体の知れない生き物だ。魔女の機嫌が悪ければ、目が合っただけで呪われる。少女が老婆に、赤子が猫に、美男の鼻は風船のように膨れ上がり、家中の金が泥となるのだ。

だから、城の人間は魔女の暴挙を止められず、おろおろと回りをうろついている。衛兵も同様だ。そもそも彼らに命令を出すべき存在がおろおろしていては意味がない。

まるで巣を突っつき回された蟻だなと思う。先触れのない魔女の訪問は確かに警戒して然るべきだが、自分達が呼びつけた魔女の訪問にこれだけ狼狽えてどうするのだろう。

その様子に、この国が今まで平和だったことが窺えた。

人間の国で固めた地域の隅っこにあるこの国は、後ろが海で周りが山。人魚の生息地が近くないこともあり、他種族に関わる機会はあまりないのだろう。

それにしたって、慌てすぎだ。

城自体は、小さいが荒れてはいない。歴史のある陶器の壺が無造作に飾られるくらいの余裕があり、価値の高い絵は日の当たらない場所に飾られるだけの知識もある。歴史や芸術が蔑ろにされないのは、国が安定している証だ。

どこか生活感があるのは、城の大きさの割に城内にいる人間が多いからだろう。人が増えれば物が増える。一応目立たない場所に置かれてはいるが、積まれた箱や樽、壁に立てかけられている木の剣は子どもの玩具だろう。

雑多だ。精錬されていない素朴さ。だが、悪くない。寧ろ好ましい。

そう思ったとき、背後から不機嫌な声に呼び止められた。

「おい」

ようやくまともに呼びかけられ、振り向く。

おい。そんな呼び方がまともと言えるかどうかは、この際おいておくことにした。

「あら、ようやく出迎えですの。呼びつけておきながら、随分のんびりしたものですこと」

「手続きを待てと言われたはずだがな。さすがは魔女だ。他人の領土にずかずかと入り込む」

振り向いた先には、声と同じほど不機嫌を隠さない女がふんぞり返っていた。

金の髪、水色の瞳、整った顔。気が強そうに見えるのは眼光の鋭さゆえだろう。だが、そこが女の美しさを際立たせているくらいだ。

女は胸の前で腕を組み、顎を前に突き出している。どう見てもふんぞり返っている様子は、客人を出迎えるのに相応しい態度とはいえない。

ズボンにシャツにタイ、どう見ても男性の服だ。だが、立派な胸とくびれた腰、ズボンがきつそうな尻はどう見ても女だ。

腰に下げている剣は、どうやら剣帯が大きいようで、かなりずり落ちている。剣も大きすぎるのではないだろうか。今にも鞘が地面につきそうだ。

他人がどういう趣味格好思考をしていようが自由だろうというのが魔女の考えなので、そこは特に気にしない。魔女自身も自由で気まぐれな生き物だ。しかし、こうあるべきだと定められれば、いい悪いは関係なくとりあえず反発したくなる厄介な生き物なのである。

だからそれは別にいいのだが、私には仕事があった。そっちはどうでもよくはない。何故なら私は、依頼を受けた魔女なのだから。

トランクを下ろし、女と同じように腕を組む。遊ばせた左手で杖をくるりと回す。手首を軸に再度くるりと回した杖の頭を、彼へ向ける。そう、彼だ。

「さて、シルフォン国リアン王子」

どこからどう見ても女に見える目の前の〝青年〟に、私はにぃっと笑ってみせた。

紅を塗っているのかいないのか、先程までは判断がつかなかった私の唇が真っ赤に染まる。まるで狩った獲物にそのまま食らいついたかのような赤さに、リアン王子は下がりかけた身体をぐっと堪えた。

おや、十七歳と記されていたのになかなか見所がある。偉そうにもそんなことを思ったが、この場では口に出さない。気ままな魔女といえど、その程度の分別はつく。

「この魔女めをお呼びになったのは、王女となられた御身を王子へお戻しする為、ということで相違ございませんか？」

王女の王子は悔しそうに呻いた。

それが答えである。

魔女は気まぐれで狡猾で、何をしでかすか分からない生き物だ。

魔女は国を持たない。魔女が自分達の国を欲していれば、この世界の歴史は大幅に変わっていただろう。

何せ魔女は、呪いに長ける生き物だ。ただ相手を殺すだけならまだいい。末代まで延々と続く呪いを、魂さえ腐らせる呪いを、指先一つで操ってしまう。

その上、気まぐれな魔女は寿命さえ気まぐれだ。片手で足りる年齢に見える少女が、千も二千も超えているなど珍しくない。

魔女が本気で国を欲すれば、世界中に呪いを撒き散らしただろう。

そうなれば、世界中の種族は魔女の殲滅に乗り出したはずだ。だが、世界を巻き込む大戦になりかねない火種を、魔女が作ることはなかった。

とにかく魔女は気まぐれなのだ。楽しくないことはやらないのである。

たとえ何かの間違いで魔女の国ができたとしても、王になりたがる魔女はいなかっただろう。いたとしても、三日持てば上等であろうと魔女達は語る。気まぐれな性質を、魔女は自分で分かっていた。

だから魔女は国を渡る。己の好きな地に居を構え、飽きたらまた転々と移ろっていく。それが魔女という生き物だ。

だが、魔女だって仕事をする。気が向けば。

依頼だって受ける。気が向けば。

金だって貰う。ごっそり。

世界中に様々な種族が存在するのだ。同じ種族同士でも争うのに、違う種族が揉め事を起こさずいられるわけがない。様々な揉め事への対処が、魔女へ依頼されることも少なくない。

魔女は気まぐれだが、長命な分博識で力もあった。更に、どこにも属していない存在は思った以上に貴重なのだ。

どこの後ろ盾も持たない代わりに、誰の敵にも味方にもなり得る。まあ、魔女から受けた呪いをなんとかしてくれなんて泣きつかれる依頼も多かったりするのだが。

そう、目の前にいるリアン王子のように。

王子は、屈辱に歪めた顔で魔女の前に座っていた。美しい女の顔が怒りに染まっている。

「魔女」

「キトリとお呼びください、王女様？」

「王子だ！」

勿論知っている。わざとだ。

私はころころと笑い、杖をくるりと回した。部屋の隅に張り付いている使用人達が、びくりと肩を揺らしたのが見える。魔女が杖を回すのは別に魔法の前触れではない。手持ち無沙汰に遊んでいるだけだ。何せ手足と同じなのである。

自分達も髪を耳にかけたり、毛先を確認して枝毛を探すくらいするだろう。それと同じだが、魔女以外にはどうも理解されない。獣人が耳や尻尾を揺らしているくらいに思ってくれればいいが、魔女は素行が素行なので信頼がないのである。

「では、王子様。魔女相手にもてなしの一つもせぬとは、どういう了見かお聞かせ願っても？」

客間に通された私は、椅子が対面に置かれているだけの部屋で依頼人と向かい合うことになった。なかなか面白い接待である。茶の一つも出てこない。

これはどう判断すべきか。舐められていると判断していいものか。

確かに長く魔女が訪れていない国などは、魔女の存在を侮る傾向にあった。まあ、一度魔女が降り立てば、しばらくは黒を見るだけで震え上がるそうだが。

しかしこの国は王子を王女に変えられている。魔女の力を目の当たりにしたばかりで、そんな挑発行為を行うだろうか。

リアン王子は私を見て、ふんっと鼻を鳴らした。偉そうな態度が大変よくお似合いである。

「私をこの姿にした魔女が、もてなしの茶が口に合わぬと茶器を叩き割ったものでな。魔女は我が国の茶が気に入らぬらしい。ならばそんな物を出すわけにもいくまい」

「おやおや。魔女は気まぐれですからねぇ。ですが、もてなさねばもてなさぬで、機嫌を損ねる場合もございましょう。ところで、私の前の魔女は何をしにここへ？」

「知らぬ」

「おや、まあ。そんなわけがございましょうか。あなた様の客人だったのでは？」

くすくす笑ってやれば、王子の機嫌はどんどん急降下していく。丸い額に青筋が走る。

「私の客人ではない！　叔父がっ……貴様には関係がない。貴様はさっさと私の呪いを解け」

「まあ、関係がないなどと悲しいことを……正直に仰ってくださらないと。呪いの手がかりになるやもしれませんのに」

暗にさっさと話せと促せば、ぐっと悔しそうに唇を噛みしめた。そんな顔をされても、この件についてだけは私に非はない。

呪いの元凶となった魔女の様子と理由を知ったほうが呪いを解きやすい。それは素人にだって分かることで、王子も分かっていたのだろう。悔しそうに私を睨みながら口を開く。

「…………叔父は少々女性への興味が強い方で」

うむ。大体分かった。

「…………その魔女と自室で親しくなさろうとしており」

うむ。分かりすぎるほど分かった。

「何やら不手際があったらしく怒りながら飛び出してきた魔女にちょうど廊下を通りかかった私が呪いをかけられた」

何それ可哀想。

思わず素が出てしまった。慌てて表情を引き締め、妖艶な笑みを保つ。

しかし、さっきまでの悔しげな顔はどこへやら。一転して遠い目になった王子に涙を禁じ得ない。一呼吸も入れず一気に言い切った様子が更に哀れみを誘う。

彼が一体何をしたというのだ。

「私はただ、叔父に押しつけられた仕事で徹夜し、仮眠を取りに自室へ戻ろうとしていただけだったんだ……」

何それ惨い。

「…………………………あの日から、叔父が私を見る目が怖い」

あんまりだ。泣きそう。

私はさっきの王子とは別の意味で鳴らしそうになった鼻をなんとか取り繕う。口元を隠し、くつくつ笑う振りをしながら涙を拭い、鼻水を引っ込める。

何だこの王子、可哀想。泣く権利は彼にこそある。怒る権利もだ。怒れ。魔女にもそうだが、特に叔父に怒り倒せ。

私が多大なる同情を向けているとは知らず、王子はすぐに持ち直し、ふんっとふんぞり返った。そうだ。その調子だ。心を強く保って生きるんだ。思わず応援してしまう。

「そういうわけだ。さっさと直せ、魔女」

直してあげたい。心からそう思う。だが、そうもいかない事情があるのだ。

「あらあら、そうは仰いましても、呪いとは基本的に当人が解くもの。他者が解こうとするならば、それなりに用意が必要となるものでございます」

「そう、なのか？」

「はい、勿論でございます。騎士様の剣術であろうと、基本の型はあれど個々の癖がございますでしょう？　魔女は基本の型すら個々のもの。同じ師を持っているならばまだしも、全く違う系統の魔女ともなれば、下手な手出しは事態の悪化を招きかねません。――二度と王子に戻れなくなるとか？」

笑いながら流し目を送る。

「何だと⁉」

王子は青ざめた顔で立ち上がった。勢いがつきすぎて椅子が倒れかける。重たい椅子が浮いてしまうほどの力で椅子に当たった足は大丈夫だろうか。後で痣になっていそうで心配だ。

「魔女は依頼を反故にしないはずだ」

唸るように言う彼に、鷹揚に頷く。

「勿論でございます、王子様。魔女には魔女の掟がございます。一度受けた依頼は反故にはいたしません。できないとは申しておらぬではないですか。せっかちでございますねぇ。時間が要ると申しているのです」

そう、魔女には魔女の掟がある。大事なものからどうでもいいことまで、ちまちまとした掟があるのだが、その中でも重要な掟の一つに、一度承諾した契約は守り切ること、というものがある。だから魔女は迂闊な契約はしない。……例外はどこにでも存在するが、基本的にはできることだけに契約を行う。

なかには面白そうだからと契約してしまう魔女もいるが、それはそれ。更に契約書に細工をして裏道を用意するなんてざらにあるが、それもそれ。

何せ魔女だ。言い出したら切りがない。

私も依頼として受けた以上、きちんと契約は果たすつもりだ。にこりと微笑み、くるりと回した杖を握る手にぎりりと力を籠める。

まあ、受けたのは私ではなく師匠なのだがな！

泣きそう。

お互い悲しい気持ちで椅子に座る。王子は座り直しだ。

王子の悲しさは私に充分すぎるほど伝わっているが、私の悲しさは王子に伝わってはいないだろう。そうそう伝わらせるようでは魔女など務まらない。

魔女には魔女の格好というものがあるのだ。姿形だけでなく、在り方そのものまでもである。

魔女の在り方とは、つばの大きな黒い帽子、黒い衣装、魔力の貯蔵庫でもある長い髪、魔力に染まった爪と瞳、魂の一部ともいえる杖。

そして、高圧的な態度である。

これは、国を持たない魔女が持つ自衛手段でもあった。強そうな相手には無闇に手を出さない人間の鉄則を利用している。魔女が魔女であると分かりやすくする為の、一種の記号だ。

そしてもう一つ、魔女以外の種族から見た際、魔女個人の区別がつきにくくする為だ。魔女は迫害されやすい生き物なので、自分達の身を守る為にこういった手段がとられている。

まあ、迫害はともかく追われる分には、自業自得な面も多々あるのだが。

王子は重苦しい空気の中、ようやく口を開いた。

「…………どのくらい、かかる」

「さあ？　やってみませんことにはとんと」

「ならば今すぐやれ！」

「見てはおりますわ。見た結果、そう申し上げているのです。……かなり厄介そうな呪いですこと。粘着質で破滅的、けれど情熱的でいやらしい。大層な魔女に好かれましたのね。これを解きたいのならば、かなりの時間と準備が必要となりますもの」

「……………………私が一体何をしたって言うんだ」

同感である。そして、お使いから家に帰ってくるなり『君の初依頼決めてきちゃったぁ。うふふー』

とのたまった師匠に鞄一つで叩き出された私も、一体何をしたって言うんだ。

どうりでいつもの店で買えるような品を、往復で四日かかる店で買わされたわけだよ！

王子はぐったりと、私はにぃっと笑いながら向かい合う。私もぐったりしたいが魔女の掟がそれを許さない。感情の発散は杖をくるくる回すことで済ませる。

「…………魔女」

「キトリと。魔女は大勢おりますゆえ。老婆心から申し上げますが、魔女ではどの魔女を指しているか分かりかねます。魔女は、己の都合のよいように受け取りましてよ？」

そこら中にいる魔女全て呼びつけるおつもりでと問えば、心底嫌そうな顔をされた。分かる。私もそんな面倒な事態は心からごめんだ。

「……では、キトリ」

「何でございましょう」

「……お前に、城での滞在を許可する」

「まあ、光栄ですわ」

ころころ笑えば、ぎろりと睨まれた。お姉様に睨まれるなんて、いけない扉を開いてしまいそう。

心の中で茶化してみる。口に出すのは憚(はばか)られた。この可哀想な王子に、必要以上の追い打ちをかけるのはさすがの魔女でも躊躇(ためら)われたのだ。それでも思うところは、しっかり魔女な自覚はある。

「…………貴様の年齢は？」

「まあ！　女に年をお聞きになるなんて。王子様、呪いを一つ増やされても文句は言えませんことよ？　いくつに見えます？」

「…………………………………七百歳」

魔女は確かに寿命も気まぐれであるし、見た目も全く当てにならないとなると仕方がないことではある。だが、魔女の全てが老年の強かな女だと思うのはいかがなものだろうか。

そう思っても口に出せるはずはない。

だって魔女には魔女の掟。

全員がそう見えるよう振る舞っているのだから仕方がない。

「似たようなものですわね。それで、女から年齢を聞き出して何を？」

「…………叔父と事に及ぼうとした魔女は二百歳だったそうだ。いい年なら、盛らず解呪に当たってくれ」

「成程。けれど、王子様。一つ申し上げておきますが、年齢に問わず、魔女にも選ぶ権利くらいございましてよ？　私、節操のない殿方は好みませんの。私に近づけないでくださいまし。うっかり蛙にしてしまうかもしれませんので。そうしたら、また別の魔女を雇い、呪いを解いてもらってくださいませね」

王子は青ざめた。後ろに並んでいる使用人達も青ざめた。ついでに私も青ざめている。心の中で。

私は年相応の見た目をしているから女好きの叔父の好みには引っかからないだろうが、厄介事は避けたい。寄ってくる男をほいほいあしらえるほど人生経験は積んでいないし、何よりそんなことに気力思考を割かねばならないのは非常に面倒くさい。

七百歳と似たような私の本当の年齢は十五歳。

まあ、六百八十五歳差くらい誤差だよね。私の師匠ならそう言う。確実に。

それに、別に七百歳と思われていて損はない。老獪な魔女だと思ってもらえたのなら舐められないで済むし、いいことづくしだ。

私はあえて否定せず、けれど女好きな彼の叔父には関わりたくないのでちくりと釘を刺した。

魔女の気まぐれで呪われた王子。

師匠の気まぐれで使われた魔女。

なかなかいい組み合わせではないか。泣きそう。

こうして、私と哀れな王子の日々は重なったのである。


魔女は基本的に師を持つ。国は持たないが師は持つのだ。

何故だかそういうことになっている。これは掟でもしきたりでもなく、何故だかそういう流れになるのだ。

魔女は魔女の子だけに生まれるのではない。ただの人間からもぽろりと生まれる。昔は忌み子として殺されていた魔女を、他の魔女が匿い、弟子として育てていた歴史からなのか、魔女自身に弟子を育てる習性があるからなのか。

それは誰にも分からないし、魔女自身も興味がないので誰も調べないが、魔女は師を持ち、弟子を育てる生き物なのだ。

魔女が生まれれば、どんなに辺境の村でもふらりと魔女が現れる。そうしてその子を引き取っていく。親は基本的に子を手放す。自分達では魔女としての生き方も、子が生まれ持つ魔力の扱いも教えてやれないからだ。

人の間に魔女が生まれれば、その子が三つになるまでに、必ず魔女は現れた。

私も例に漏れず、師を持つ魔女だ。

師はチョコレート色の髪を持つ大変美しく大変魔女らしい魔女で、気まぐれで、気まぐれで、ついでに気まぐれで、そしてとにかく気まぐれだ。

あと適当。

勿論尊敬している部分も大いにある。何千年も生きている古い魔女である師は、知識も術も豊富だ。たぶん色々考えているのだろうとも思う。気まぐれな上に人に何の説明もしないだけで。

魔女の独り立ちは魔女によって違う。だが、大体十三から十七の間に独り立ちする。師匠から一人で依頼を任されたら、それが独り立ちの合図だ。

私も十五だ。そろそろ独り立ちかな、色々大変なことも多かったけれど、お世話になった師の工房を出るのはやっぱり寂しいなとしんみり思っていた。

出発当日まで。

『はい契約書。はい君の鞄。いやぁ、あんなに小さかった君が独り立ちかぁ。感慨深いねぇ。ばいばーい』

さくさく叩き出された挙げ句、振り向けば師の家ごと消え去っていた更地を見て、胸に湧いたのは寂寞の念か。いいや。

『この野郎ディアナスまたかふざけんな夜逃げか借金取りか手玉に取った男達の襲撃かからかった相手からの復讐か恋人を奪われた女達からの追撃かどれだどれの身代わりに私を差し出した』である。

これだけで私と師匠の関係を大体分かってもらえるだろう。

まさかやらかした後始末の身代わりに差し出されたわけではなく、本当にただの初依頼だったと分かったときは、独り立ちへの不安よりも師への驚愕が勝った。あの師匠にまともな部分もあったのか。そんな馬鹿な。

そうしてしばらく呆然としたものだ。まあ、契約書に添えられた師匠直筆のメモに『魔女に呪われて激激激激激怒の王子様の解呪よろしく、怒られるの面倒だからこの依頼君にあげる～』と書かれていたのを発見して、あ、普通に師匠だと思ったものである。

そんなのでも一応師匠。師匠が独り立ち用として弟子に渡した依頼を断るという選択は、いくら魔女でもない。いや、魔女だからこそない。

魔女には魔女の掟。


依頼を果たそうと訪れた城で迎える初めての朝、師匠の部屋の掃除や師匠のやらかしの後始末や師匠の散らかしの後片付けがない身分となった私は、昼過ぎまでぐっすり寝た。

皆が昼休憩も終わろうかという時間に、ごそごそ起き出す。

くぁっと大あくびと長い背伸び一つ。もぞもぞと立ち上がり、胸元にぶら下がっている首飾りの石を指先で掬い取る。石は見る見る間に私の杖へと姿を変えた。

もう一つ欠伸をしながら、杖をくるりと回す。頭の上にふわりと帽子が乗っかる。その帽子から黒い霧状の光がぞろりと現れた。黒い光は胸元と腰回りだけを隠している布の上に面積を広げ、やがて一枚の服になる。

魔女の服は、下着以外はその場で魔力を使って練り上げる。黒を基調としていれば形は問わない。魔女に制服など存在しないからだ。

胸元を大きく開いた服を好む魔女もいれば、一切の露出を望まぬ魔女もいる。身体の線に沿った服を好む魔女もいれば、一枚布をすとんと下ろした線の服を好む魔女もいる。レースなど細かい部分を作ったり、布の量を増やせば増やすほど魔力も使うし手間もかかる。逆もまた然り。

下着だけは少々事情が違う。その場で練り上げるのではなく、一から丁寧に魔力を籠め、完全に独立した個としての存在に作り上げる。そうでなければ、万が一魔力が切れたら悲惨なことになるからだ。

まあそうは言っても魔女なので、気に食わぬ相手に裸体を見られでもすれば、たとえ相手に非がなくとも、今見たことを忘れるほどの目に遭わせるだろう。

特殊な条件下で作られている下着は、形を変えられない代わりに洗濯も手入れも必要ない。ただし、同じ要領で服を一着作ろうとすれば魔女の干物ができ上がると言われるほど、とんでもない手間と魔力を要する。

私は慣れた服の形を作り上げていく。新しい服の形を考えるのは暇なときにしたいもので、私は一枚布をすとんと下ろしたワンピースを作り上げた。裾の長さは地面に触れるか触れないかほどだ。杖をくるくる回す。腰回りや要所要所をやや絞り、スカートに生地を増やして風によくなびくようにする。生地が流れれば、それだけで優雅に見えるものだ。

袖や裾、胸元を多少のレースで彩る。華美すぎる必要はない。私はただ侮られぬ程度に魔女らしくあればいい。新米魔女と知られて痛い目を見るのはごめんだ。

一通り用意を済ませ、鏡の前でくるりと回る。裾は優美に舞い、つばの大きな帽子がゆらりと揺れる。杖の先では今日も髪と同じ金緑が光を放つ。

「上出来」

そこにいたのは、昨日独り立ちしたばかりの立派な魔女（新米）だ。


城の厨房へひょっこり現れ食事を要求し、皆にとっては昼用に用意されていた肉料理をぺろりと平らげる。そして、その足で王子の執務室へと踏み込んだ。

ノックはしない。魔女は入られたくなければ自分でそれなりの対処をするから、入室者が気を使う必要はない。そして気を使うような魔女もいない。人間用に対処を変えもしない。魔女は魔女の都合でしか動かないのである。

「おはようございます」

「っ⁉」

突然部屋へ乗り込んできた魔女に、リアンは慌てた様子で読んでいた本を閉じた。すぐにふんっと胸を張ったが、どう見ても何もなかったようには見えない。

つかつかと部屋の中へ入り、リアンの机にどっかり座る。魔女の貫禄だ。決して私の尻が重いわけではない。

机の上には、書類と一緒に本が何冊も積まれていた。それらには触れないよう座ったつもりだけれど、リアンがふんぞり返った拍子に机に当たったらしく、私がどうこうするまでもなく積まれた本の塔は崩れた。

それには一切触れず、リアンは口を開いた。

「入室を許可していない部屋に挨拶もなく入り込むとは、魔女とはつくづく礼儀知らずだな」

「人間の礼儀など魔女が守る必要ありまして？」

ころころ笑いながら、さっきリアンが閉じた本へ視線を走らせる。ついでにさりげなく隅へ押しやられていく本の題名にも、ざっと目を通す。

『魔女』『魔女について』『魔女とは』『魔女と毒』『魔女の呪い』『魔女に破滅あれ』『魔女辞典』『これ一冊で魔女が分かる！』『魔女解体新書』『魔女の歴史』『魔女に遭ったらこれを言え！』『魔女が齎した災厄』『魔女と七人の小人』『魔女の災難にこれ一本！　伝説の剣とその在処！』

なかなか勉強家である。小難しそうな本から大衆娯楽、果ては絵本までそれなりに網羅されている。『これ一冊で魔女が分かる！』あたりは私も読みたい。何だ、何を分かられた⁉　と、どきどきしてきた。

そして、昨日からやたらふんぞり返って対応してくるのはもしや、この帯に書かれている『魔女にはとにかくふんぞり返れ！　弱さを見せれば食われるぞ！』を忠実に守っているのだろうか。勤勉だ。

私は、ふんぞり返ってさりげなく本を隠していく王子を、表情を変えずに見つめる。

可哀想……。何が悲しくて朝からこれだけ魔女漬けにならなくてはいけないのか。

ふんぞり返っている胸元は、釦（ボタン）がはち切れそうだ。性別が変わっているので服も変えることをおすすめするが、彼は王女になるつもりはないようで、恐らく今まで着ていたのであろう王子の服を着ている。

「では、手始めにもう一度呪いの状態を確認しておきたいので、じっとしていてくださいませね」

早く直してあげたい。ぶかぶかとみちみち、両極端になっている服と、重なって見えなかった本の題名達を見て、心からそう思う。

『魔女に呪われた君へ捧げる鎮魂歌』『魔女被害者同盟への加入方法』『魔女に呪われない百の方法』『魔女の呪いを周囲へ広めない方法』『魔女に呪われたらまずはこれ！』『魔女に呪われた僕は、こうして人生を諦めた』『魔女に呪われた人生の諦め方』

可哀想。泣ける。

何だこの苦行。こんなに解呪を切望している彼の元に来たのは、独り立ちしたばかりの新米魔女。可哀想。

うっかり目頭を押さえそうになる手を慌てて押しとどめるくらいには、本当に可哀想。彼は泣いていい。

心の中で盛大に同情しつつ、王子に杖を翳して五分。

「あらあらまあぁー……」

どうなってんの、これ。

「ど、どうなんだ」

リアンへ翳していた杖を、手首を軸にくるりと回して自分の身体の横に戻す。

妖艶に、強かに、涙さえも操る様はまさに悪女のそれ。魔女とはそういう生き物であり、またそういう生き物であると思われなければならない。

魔女は数が少ない。そして国を持たない。舐められたらお終いだ。

魔女には魔女の掟。私は心の中に渦巻く驚愕を押し込め、にやりと笑う。

「ぐちゃぐちゃですわねぇ」

「ぐ、ぐちゃぐちゃ!? 私の身体の中身がか!?」

「あなた様にかかっている呪いが、でございますわ、王子様。捻れ縺れ歪み合い、一筋縄には参りませんわねぇ」

リアンは真っ青になった。手に持っていた書類がはらりと落ちる。私も心の中では真っ青だ。

ほんと何だこの呪い。こんな、絡み合った全てを固結びしたような厄介な呪いは見たことがない。

やだ、面倒くさい。

そしてこの王子様、本当に可哀想。部屋へ仮眠しに戻っただけでこんな呪いを受けるだなんて……あんまりである。というか、この呪いおかしい。

ずいっと顔を寄せて、リアンの瞳を覗き込む。

「な、何だっ！」

「……どうしてこんなに何色も絡み合ってるんだろ。性別を変える程度の呪いでこんなに複雑怪奇な術式はそもそもいらないし……呪いは一個じゃない？　いやでもそんなにたくさんの呪いが絡みついているようにも見えないし……あ、ちょっと動かないでくださいよ。見えないじゃないですか……んー？　この糸がこうなって……何でこれこっちに引っ付いて……いやでもちょっと待って、これ普通こっちに繋がってるはず……これを解けば……何で束になってるの？　えー、わっかんない」

「……おい？」

「動かないでくださいってば、見えない……え？　どうして今の動きだけで呪いが動いたの？　形が変わって……やだ、この呪い変化するの？　そんな高等な術式が組まれているわけじゃないのに何で……」

「……おい」

「絡まってることによって変質した……とか？　いやでも所詮この程度の呪いがそんな複雑な変化をするなんて聞いたことないしなぁ……えー、師匠みたいな性格の呪いだなぁ」

「おいっ！」

瞳の奥に映る奇妙な呪いに意識を割きすぎた。そう気づいたのは、凄い力で身体を引き剥がされたときだった。

両肩を掴まれ、目の前に切れ長の瞳の美女がいて初めて、己が失態を犯したことを知る。

興味を引かれるものを見つけたら夢中になる悪癖が、こんな所で出てしまった。気をつけていたのだが、仕方がない。魔女なのだ。

魔女は往々にして、興味がないものであれば、たとえどれだけの数の人間が不幸になろうが手を出さず、興味を引かれれば誰も得しないようなことにも命を懸ける。そういう生き物なのだ。

それは今更仕方がない。仕方がないのだが。

目の前で何か信じられない者を見ている瞳を向けてくるリアンに、にやぁと笑ってみる。リアンの瞳が不審げに細まっていく。

いけるか？　まだいけるか？　まだ妖艶で摩訶不思議な魔女の設定、いけるか⁉

期待を込める。

「………………冷や汗凄いぞ」

「なんてこったい」

私は、独り立ち二日目にして、魔女の掟である魔女基本設定をぶち壊してしまったらしい。

さっきまで優位だった立場は一転、同等かそれ以下に成り下がった私は、しょんぼりと床に座った。三角座りをし、杖を抱き込む。

「…………私の部屋の隅で不気味な置物にならないでほしいんだが」

「…………お気になさらず」

「…………無理だろう」

まあそうだろうなと思うので、しぶしぶ立ち上がる。ぎゅっと杖を握りしめて胸元に抱いたまま、座ったままのリアンをそぉっと見つめてみた。

崩れた本の山がなくなっている。どうやらこの隙に見えない場所へ片付けたようだ。なかなか仕事のできる人だ。

「あー……その、だな」

「……何でしょう」

「シルフォンはあまり魔女の渡りがない国でな」

「……存じ上げております」

落ち込みを隠せない私に、リアンは今まで私が彼へと心の中で向けていた瞳を向けていた。その感情はきっと、こいつなんか可哀想だな……であろう。

哀れみを誘う顔をしていることは分かっている。だが、独り立ち二日目で掟違反をぶちかました自分の残念さに落ち込むことで忙しく、取り繕う余裕がないのだ。気にしないでほしい。

「そうか……そういうわけで私は魔女についてほとんど知らないんだが、その……結局魔女とは、どういう性格をしているんだ？」

かなり言葉を選んでくれていると分かる物言いだった。ふんぞり返っていた態度は消え失せ、背筋はちょっと丸みを帯び、両手を前で組んでいるから肩幅もちょっと狭まっている。

　威圧感は皆無だ。それどころか、まるで泣き出す寸前の子どもを宥める為に、少しでも威圧感をなくそうとしているようにさえ見える。魔女相手にいい人だ。

　私は観念して溜息をついた。

「人それぞれです、殿下」

「人それぞれ……」

「殿下とて、他の王子の皆様と同じ性格でしょうか。王子という立場におられる方々は、皆同じ性格となるのでしょうか」

「……成程、そういう普通の考え方を当てはめて大丈夫なんだな？　何かこう……特殊な考え方をしなくていいと判断して構わないのか？」

「特殊といえば特殊なこともあると思うのですが……あの、殿下。殿下の厄介な解呪を引き受けた縁と申しますか、それへの温情と申しますか……お願いがあるんですが」

　そぉっとそぉっと聞いてみれば、リアンは不審げに眉を寄せた。だが、こっちにも引けない事情がある。私は必死に身を乗り出した。

　勢いがつきすぎて帽子が傾き、つばで前が見えなくなる。慌てて直し、もう一度身を乗り出す。

「私と友達になってくださいっ！」

「…………………は？」

　綺麗な人はぽかんとしても綺麗だなぁと、当たり前のことを考える。だが今はそれどころではない。これからの交渉の結果に、私の将来がかかっている。

「魔女には魔女の掟がございます。魔女が皆あのような口調や態度を取るのはそれが掟だからです。人間で言う目上の者には敬語を使う、服装規定、などそういった類いの一般常識とお考えいただければ。それでですね、私は殿下の前でその態度を崩してしまったわけなんです。これは私の未熟ゆえなのですが、どうにも興味が引かれるものが前にあると、集中と意識を持っていかれる魔女の性質が濃いらしく……ですが、このままですと私は掟破りで罰を受けなければならないんです」

「罰？」

「はい……ですが私、正直言うと罰を受けたくないので、ここは裏道を取らせていただきたく……」

魔女には魔女の掟。掟破りにはそれなりの罰がある。そうでなければ気まぐれな魔女が掟など守るものか。

掟や規則は理由があるから存在するのだ。そして罰とは嫌なものでなければならない。そうでなければ罰にならないからだ。

だが、そこはやっぱり魔女。掟破りの罰を回避する方法として、皆あちこち裏道を作ったり見つけたりしていた。

「この掟、親しい者の前では適用されないのです。正確には、他者の前であろうと、親しい者へ向けての言動ならば許されます」

「親しい者？」

「はい。家族や友達、恋人や夫婦などですね。友達でなくとも、長い付き合いなどにも適用される場合もございます。親しい者の間で、いつまでも堅苦しい演技などしたくはないですし、できないでしょう。まあそうは言っても、演技などしなくても掟通りの性格の者は多々おります。そもそも、そういう性格の者が多かったのでそれに統一しようとなったわけでして。ですが私はそうではなく

……罰も嫌だ！」

わっと嘆き、抱えている杖に額を押しつける。身体の一部である杖は、どんなに強く額を押しつけても痛みを与えてはこない。

自分が悪いと分かっている。分かっているが罰は嫌だ。罰が嫌なら掟を守るしかないのだが、破ってしまったものは仕方がない。そう、仕方がない。だって魔女なのだ。

魔女は己の失態を大体全部仕方がないで済ます。だって魔女なのだ。罰を受けるのも仕方がないし、罰を受けないよう裏道を探すことも仕方がない。だって魔女なので。

リアンは腕を組み、深く椅子に座り直した。偉そうには見えないのが不思議なくらい自然な所作だったから、恐らく普段からの癖なのだろう。

「………お前の掟破り隠しに協力した場合、私に得はあるのか？」

「ご依頼の解呪と別件であろうと、殿下のお困り事にお力添えくらいならできます。あくまで魔女の掟に反しなければの話ですが」

「成程………だがそれは、どこまで重きを置ける話だ？」

「どういう意味でしょう？」

嫌味でも何でもなく、純粋に意味が分からず首を傾げる。髪と帽子が揺れ、滑り落ちてきた髪が変な位置で固定されてしまった。顔のど真ん中に落ちたまま固定されてしまった横髪を耳にかけながら、帽子の位置を調整する。

リアンはその間、律儀に待ってくれていた。この人いい人だなぁとしみじみ思う。

師なら、更に大量の髪を前に落としてきて魔法でそのまま固定させた上に用件を喋り続け、その状態で空中に放り出すことくらい難なくやってのける。

ちなみに、そんなことをした理由は気が向いたから。だって魔女だもん。

「お前はこの掟隠しにどれほどの労力を割ける。つまりお前は、どれほどの覚悟で私に秘密を隠させようとし、その対価としてどれだけの協力を私に与えることができるかということだ」

「はあ。そうですね。殿下が誰か暗殺したいというならばお助けできるくらいには情熱を傾けられるつもりです。ただし魔女が直に手を下すと魔女の掟に反する場合がございますので、あくまでご協力という形になりますが」

「誰がそこまでやれと言った⁉　待て！　掟破りの罰はそれ以上の苦しみをお前に与えるものなのか⁉　それともお前が魔女だから人殺しなど容易いと、そういうことか⁉」

「はあ。そうですね。私はまだ子どもを生みたくはないですし、生む場合は相手くらい選びたいです。なので罰を受けるくらいなら、殿下の暗殺幇助(ほうじょ)したいです」

「…………………は？」

「ですから、掟破りの罰は魔女を増やすことです。弟子を取ることでもいいのですが、皆自分が生むよりは弟子のほうが楽なので、魔女が生まれたら親が手放さない以外はすぐに回収されてしまって……争奪戦なんですよねぇ。私は魔女として優秀かと問われれば自信はありませんので、恐らく弟子獲得戦には負けます。ですが番人が決めた相手の子どもを生むのもちょっと勇気が出ず……という感じなので、できれば罰から逃げたいです！　全力で！」

掟を破る奴に魔女を増やさせていいのか。そんな魔女に育てられた魔女も掟を破るんじゃないのか。呆れたようにそう言ったのは誰だったか。

確かに！　成程！　その場にいた魔女達は目から鱗と驚いた。

仕方がない。魔女なのだ。

だが魔女には魔女の掟。どうせ皆、破っている。そしてうまく裏道を擦り抜けられずにとっ捕まった者が罰を受ける。それが共通認識だ。

仕方がない。だって魔女なのだ。

さすがに破られているのは些細なものだけで、重大な掟違反をやらかせばこんな罰では済まず、魂を徴収されるだろう。

そのあたりも人間に話していい範囲で説明していく。リアンの顔は、こんなときに言うのもなんだが大変面白かった。疑っているような顔、顎が外れそうな顔、嘘だろお前って顔、嘘って言えよお前って顔。徐々に変化していく顔が面白い。

王子様がこんなに表情が分かりやすくていいのだろうか。それとも普段はちゃんとしている人がこんな顔をするようなことを、私が言っているのかもしれない。

そのあたりの判断はちょっとつかない。何せ魔女なので。

リアンはくるくる表情を変える。こんなに表情を変えているのに、いい意味の表情は一つも見つけられなかった。

いい意味の表情は一つもないのにこれだけの表情を作れるのか、凄いなぁと思いながら眺めていると、その顔の向きはどんどん下がっていく。最終的に両手で顔を覆ってしまった。金の髪の間にちょっとだけ覗いている旋毛を見下ろす。旋毛ってなんだか押したくなる。押した。

「…………何をする」

「旋毛だなぁと」

「…………だから何だ」

「え？　見たら押したくなりません？」

「や・め・ろ」

怒られた。魔女同士だったら『あらあらうふふ～』『分かるわ～』となるのに。人間って難しい。おかしいな。何百年も人間と会わない魔女もいるけれど、私は師と一緒に人間の生活圏内で暮らしていたので、買い物で頻繁に人間の町へと下りていた。それなのに、人間の扱いがよく分からない。

人間ってこんなに難しかったかなぁと考えていると、旋毛を押していた私の手を振り払ったリアンが顔を上げた。

「…………分かった。さすがに私も、女のお前にそんな罰が下されると分かった上で断るのも寝覚めが悪い」

「え⁉　……殿下、いい人ですね」

驚いて言えば、同じくらい驚いた顔が返ってきた。

「は？」

「いやだって、私が罰を受けるのはどうせ依頼が終わった後なので、殿下には何の支障もないのに、魔女の友人なんて厄介で面倒で禍々しくて恐ろしいもの持たなくてもいいのになぁと」

「待て！　魔女の友人とはそんなに恐ろしいものなのか⁉　私の友人の概念とお前達の友人の概念は違うのか⁉」

椅子を蹴倒す勢いで立ち上がった彼に、笑顔を向けたまま一歩下がる。この人、よく椅子に足をぶつけるなぁと心配になった。痣ができていそうだ。

杖を抱えながら、にこにこ笑い、机を回ってこようとしている彼とは反対の動きで机を回る。どちらも決して駆けだしてはいない。けれど止まってもいない。

じりじり、じりじり、机の周りを回る。まさに一触即発。どちらかが派手な動きをすればすぐに弾けてしまう危うい均衡が、この部屋にはあった。

「待て、落ち着け。私は別に怒ってはいない。そうだ、私達は友達だからな。ところで、魔女の友達の概念を、友達になったばかりの私に教えてはくれないか？」

「…………………えへ？」

「……よーし、よしよしよーし、怖くないぞ。怖くないからなー……で、友達の概念は？」

猫撫で声なのに、目が欠片も笑っていない。こんな声で撫でられた猫は、全身で威嚇して走り去っていくことであろう。

その中途半端な位置に浮かせた両手の意味を教えてほしいが、下手に声を出すのも憚られる緊張感が部屋を覆っている。

ちなみに、大量にあったのにいつの間にか目につく場所から姿を消していた魔女関連の本は、全て机の下に押し込まれていた。仕事は早いが雑だった。

「答えがないほうが怖い！　堪えられない！　私の精神安定の為、早急に正直に言えっ！」

「魔女にとって友達の概念とは『面倒・厄介・危険事に巻き込んでもいっかー』ですっ！」

「貴様ぁあああああああああああ！」

「ほら怒ったじゃないですかぁ！」

部屋の外で息を詰めていたリアンの部下が、不敬を覚悟で部屋に飛び込んでくるまで、机の周りをぐるぐる回る私達の追いかけっこは延々と続いた。

三十分後、私の首には『私は悪い魔女です』の看板がぶら下げられていた。

何だ、この扱い。

釈然としない気持ちのまま、さっきは隠した魔女関連の書籍の山を堂々と読んでいるリアンを見た。

リアンは自分の椅子に座っているが、私は浮かせた杖に座っている。一緒に身体も浮かせているからお尻も痛くないし、どこでも座れるから魔女は便利だ。

「魔女のことを知りたければ、人間の書いた『推測：魔女！』より『実質：魔女！』な私に聞くべきじゃないでしょうか」

「うるさい。私はもう二度と魔女に情けはかけない。知れば知るほど恐ろしい生き物だ。見ろ、この『魔女が齎した災厄』。ノリタル地方の一集落全焼の大規模火災事件」

「そりゃあ、あんな乾燥した時期に祭りでばんばか花火打ち上げれば飛び火しますよねぇ」

「……ミジュラーデ豪族の結婚式で六十人に及ぶ呪い事件」

「そりゃあ、お家が傾きかけててご馳走に古い材料使ったら腹も壊しますねぇ」

「……オギでの火山噴火事件」

「そりゃあ元々温泉がいっぱい出る地域ですし、噴火くらいしますねぇ」

「……ツーク山での多数の行方不明者事件」

「そりゃあ、雪山ですから。登山者がいる限り遭難者も増え続けますねぇ」

「……………ジェイナの大規模火災事件」

「あ、それは魔女の仕業ですねぇ」

「……イペルでの連続自殺者事件」

「そりゃあ、当時はどが大量につくほどど不況だった国ですしね。仕事ないお金ない明日もない。絶望くらいしますよ。というか、その事件の後に国自体が破産して滅亡しましたし」

ぱらぱらとページを捲りながら告げられたのは、歴史上で有名な〝魔女が起こした〟とされる事件だ。

悲しいかな、ほとんどが冤罪である。

十年ほど前に起こした比較的新しいジェイナの事件が入っているにもかかわらず、現在では冤罪と証明されたはずの事件が載っていることから、制作者は『魔女迫害派』のようだ。

リアンも分かったのだろう。眉を顰(ひそ)めて、〝これは没〟塔に『魔女が齎した災厄』を重ねた。存外素直な男である。

ちなみに『これ一冊で魔女が分かる!』は、〝これは有〟塔に重ねられた。今のところ〝これは有〟塔のほうがやや劣勢である。

シルフォン国は魔女との繋がりが本当に薄かったのだろう。中途半端に繋がりがあると、恐怖が誇張されすぎて伝わり、実際に魔女による被害を受けた面子でさえも『いや、そこまでじゃあない』と弁明が入る有様になってしまうくらいだ。

確かに恐ろしい魔女もいるが、ただ厄介なだけの魔女もいるし、関わると疲れるだけの魔女もいれば、関わると痛い目を見る魔女、大損させられる魔女、迷惑をかけられる魔女、そんな魔女もいるのだ!

力説したら、リアンは座っていた椅子の位置を少しずらした。私とリアンの間に、物理的には少し、精神的には巨大な距離が生まれた気がした。

しかし、咳払いの後に会話が続いたので、相互理解の努力は続けるらしい。なかなか真面目な人だ。それなのに私のような魔女の友人ができてしまった。……可哀想。

「しかし、魔女のせいではないというのなら、どうしてどれも魔女のせいにされるんだ？」

あまりに酷いとリアンは眉を寄せた。いい人だなぁと、新鮮な思いを抱く。

「そりゃあ、責任者が欲しいからですよ。嫌な事があったとき、責める相手がいたら楽でしょう？自分のせいじゃない不幸ほど楽なものはない。だって、ただ嘆いて同情をもらうだけでいい。そしてそれは、自分の周辺に火の粉がかからず、絶対多数より少数派のほうが都合がいい。更に、自分を含めた大多数が理解できない力を持っていたら、もう最高の相手じゃないですか。逆に責める相手のいない不幸ほど虚しいものはない。王とて似たようなものでしょう？　人は不幸になったとき、責任の在り処を明確にしてほしい生き物ですから」

「それは、ずるい考え方だろう」

納得がいかないと憮然とした表情をする彼の素直さは、魔女である私には少し眩しい。

魔女に呪われ、王子が王女という厄介事に巻き込まれた後で、こんな顔でこんなことを言える人間がいたのか。

これだけで、ここに来た意味があると思えた。

しかし魔女である私を、魔女をあまり知らないからとはいえ、普通の人として扱えるほど人のいいこの王子、本当に大丈夫なのだろうか。

この辺りは戦争もないらしく、戦火の名残は見られなかった。程よく田舎で穏やかな気候、更に王子がこんなに人がよくては心配になる。暗殺されないかな、この人。

シルフォンの国勢を全く知らないまま来てしまったことが、今になって悔やまれる。後で王家の状態や、国の情勢も含めてちょっと調べておこう。成り行きとはいえ友達になったのだ。困り事があれば多少の手助けくらい吝かではない。

「殿下の場合、魔女が原因とはっきりしているからかもしれませんが、得体の知れない現象はいいこと以外は大体全部魔女のせいにされるものですよ。まあ、魔女の素行が悪いっていうのも多分にあるんですけど。気に食わないなら、殿下はそういう風にならなきゃいいんです。魔女相手に限らず、そんなことに縛られず相手と付き合えたら、殿下はいい人になれますよ。ただ、いい王になれるかは別問題です。王は罪人になってはならない。罪人の王では国は成り立たない。だから罪を誰かに落とす必要がある」

「それは極論だろう。民の上に立つ以上、民に恥ずべき行為をすべきではない。他者に己が罪を擦り付けるような人間に、王たる資格はない。即刻退位すべきだ」

瞳も声も、全く揺れていない。彼はきっと、自身が潔癖である自覚などないのだろう。正しい理想を掲げ、またそうあるべきと育てられている。

リアンの言は正しい。正しすぎる。正しさだけで生きていけるなら誰も泣いたりしない。理想としての正しさはリアンであろうと、生きていく上の正しさは違う。

けれど理想は悪ではない。綺麗事も、夢物語も、美しいものは悪ではないし、醜い事実は正義でもない。抱いて生きるなら、どうしようもない人の汚さが蔓延した現実より、優しいもののほうが私は好きだ。

「殿下は青いですねぇ」

「青くて結構。自覚した上での青さだ」

「腐ってるより好きですけどね、私は」

腐っていたら臭気と毒を撒き散らすだけで未来はないが、青はまだ成長が見込まれるし、何より周囲と繋がっている証拠だ。

そう言えば、リアンは酷く驚いた顔をした。

「お、前……」

「な、何ですか?」

驚愕のあまり転がり落ちそうな目で見つめられ、怯む。リアンは、そのまま口をぱかりと開けた。今度は顎まで落ちそうだ。落ちたら拾ってやらねば。

思わず差し出しかけた両手は、ぱかりと開いた口から飛び出した大声に引っ込む。

「肯定的なことも言えたのだな⁉ キトリのくせに!」

「魔女ではなく個人としてご判断いただけたのにこんなに嬉しくないの初めて! よろしくね!

そんな魔女の友シルフォン王子!」

「謹んで辞退する!」

「魔女を止めたきゃ魔女の掟しかございませんことよー! 魔女には魔女の掟!」

「ならば今すぐその全文が記載された書をよこせ! 抜け穴を探してくれるわ!」

「魔女以外には渡せませんわ! 何故なら魔女の魔女による魔女の為の魔女の掟! 裏道は探すけれど魔女にしては厳守していると言える珍しきもの、魔女の掟!」

「ならばその掟に従いさっさと私を男に戻せ――――！」

ご尤もである。

私は深く頷いたまま、座っている杖の高度を上げた。無言で浮いていく私を、リアンはぽかんと見送る。そのまま手の届かない位置まで浮かび上がり、なおかつ飛び上がってもかすらないよう足を折り畳む。

「…………すぐには無理でしてよー」

「貴様ぁあああああああああああああ！」

二章　魔女の逗留

「おうじさまー、いつのまにおむねができたのー？」

「王子さまー、いつのまにお兄ちゃんじゃなくなったのー？」

「王じさまは王じょさまだったの？　じゃあ、あたしのおむこさまにはしてあげられないねー」

「おうじさま！　ぼくのおよめさまにしてあげるよー！」

子どもは無邪気だ。ゆえに残酷だ。

哀愁漂う背に手を置き、私は哀れみの瞳をリアンへと向けた。

中庭に面した廊下を歩いていたら、どこからともなく子ども達がわらわら集まってきた。城勤めの人々の子どもなのだろう。衛兵に咎められることもなく、慣れた様子で中庭を突っ切ってきた子ども達はつつがなくリアンへと到達し、無邪気な残酷さを与えた。

皆きちんとした服を着ている。質のいい高価な服、という意味ではない。破れても汚れてもおらず、洗濯されて繕われた、天候や気温に合わせた服を着ているという意味だ。

多少のほつれや袖丈のつんつるてん具合はあるが、やんちゃで成長期なのであればそういうものだ。痩せてもおらず、靴も履き、手も清潔で爪も切られ、髪も梳かれてフケもない。これは、大人の手がちゃんと入った子ども達だ。

ここはいい国なのだろう。そう思う。

国の状態を学ぶ暇もなく来てしまったけれど、ここに来るまでに見かけた子ども達も皆似たようなものだった。棒きれを持って走り回り、露店を指さし買ってもらえないことに腹を立て、転んで大泣きしながら両手を広げ、抱き上げられて声を上げて笑う。

みんな笑っていた。ころころ弾むように、屈託なく笑う。笑うことに抵抗がない。怒ることにも泣くことにも抵抗がなく、周囲はそんな子ども達を疎ましがらず、通りすがりがあやしていく。

国民に余裕がある証拠だ。国が荒れ、生活に困窮すれば真っ先にその憂き目にあうのは弱者だ。子どもなどその最たるものだ。力も弱く、知識も薄い。すぐに労働力には成り得ず、時間と金と手間がかかる生き物。誰かの庇護がなければ生きられない存在を、庇護する側が疎ましく思えば地獄だ。

守られなければ生きられない、そして将来は誰かを守るようになる存在が、道理通り守られ元気よく生きている光景は、晴れた空の下に相応しい明るさを纏っている。

「おうじさまー、いつからおむねあるのー？」

「王子さまー、もうお兄ちゃんにはならないのー？」

「王じさまは王じさまじゃなくなったの？　じゃあ、かわりに王じさまになってあげるー」

「おうじさま！　およめさまになったらいやー！」

まあ、その光の中心にいるリアンは死んだ目をしているわけだが。

呪いを受けて十日になると聞いている。その間、混乱を避けようと外出を控えていたそうだ。

だがリアンは、元々あちこち精力的に動き回る性質だったらしく、ぱたっと顔を見せなくなった王子を心配する声が上がっていた。なので、魔女へ依頼を出し、解呪用の魔女が来たことで王女姿を解禁することにしたというわけだ。

　大人達には一足先に知らされていたらしく、物珍しげで興味津々な視線が飛んでくる。直接様々な言葉をかけられると私の心が死ぬかもしれん。そんなことをきっぱり言い切ったリアンは、まずは子ども達を挟み、慣れてから大人へと進もうとした。

　だが、遠慮を知らない分、子どものほうが直接的で残酷だ。どちらにしてもリアンの心は死んだ。可哀想……。

「あれー？　おねえちゃんだぁれ？」

「おようふくまっくろねー」

「髪きれいな色ー」

「おっきいおぼうし！　いいなー！　かしてー！　おつえもかしてー！　おめめもかしてー！」

　突っ立ったリアンが死した心を蘇らせている間、子ども達は標的を私へと変えた。いくら懐いている自国の王子兼現王女であろうと、反応がないのはつまらないのだろう。あっさりリアンを放置し、私の周りに集まってくる。

　本当にこの国は平和だ。魔女に対する恐れや警戒が皆無である。もうちょっと警戒しないと、とんでもない呪いを喰らったらどうするのだろう。

「どうも皆様、初めまして。魔女は初めてかしら？」

　くるりと回した杖の先で帽子のつばを上げ、にこりと微笑む。優雅に優美に妖艶に。魔女には魔女の掟。

「まじょ⁉」

「すっげぇー！　はじめて見た！」

「ま女っておいしい⁉」

「まじょさまー、ぼくのおよめさまになってー！」

にこりと微笑んだまま、未だ死しているリアンの傍にすすすっと移動する。帽子のつばを傾けて顔を隠し、耳元に唇を寄せて囁く。

「一人私を食べようとしている子がいるんですが⁉　そしてあの一番小さな子は、私といいあなたといい何故嫁取りをしようとしているんですか⁉　あの歳で一体何を焦っているの⁉　それにこの子達、自国の王子の性別より魔女に驚いていますよ⁉　大丈夫⁉　次世代がこんなふわふわで、シルフォン国大丈夫ですか⁉」

「ああ……」

虚ろな声と瞳が私に向けられる。なんとか蘇生が成功したようで何よりだ。

私は周囲に纏わり付いている子ども達の間を擦り抜け、掴まれているスカートをさりげなく救出した。引っ張るのはいいが、引っ張り上げるのは勘弁してほしい。

スカートを救出する為にくるりと回った視界の中に、こっちを見つめるたくさんの大人達が入った。

「魔女⁉」

「すげぇ！　初めて見た！」

「魔女の作るお菓子ってどんな味かしら！　美味しいかな！」

「もうこの際魔女様でいいから嫁になってくれないかなぁ……独り身つらい」

おかしいな。私は首を傾げた。

聞こえてくる会話が、子ども達のものと大差ない気がする。そんな気持ちで視線をリアンへ戻せば、彼にも聞こえていたのか、せっかく蘇生した瞳が再び死んでいた。

「大人はもっとふわふわしているんだ……」

「シルフォン国、全然大丈夫ではなかった」

「お前七百歳なんだから、こう……いい感じにあしらってくれ」

「ただ年を重ねただけでいい感じになれるなら、ぶつかっただけの相手に性別変える呪いを引っ付ける二百歳の魔女がいるわけないじゃないですか」

「魔女もふわふわしていた……」

「魔女ですから！」

「魔女には魔女の掟……」

そんな悲しい声で呟かないでほしい。仕方がないではないか。魔女なのだ。

それにしても、かつてないほど滑らかに魔女としての存在が認められてしまった。目の前に魔女によって性別を変えられてしまった自国の大事な王子がいるというのに、皆魔女への物珍しさが大爆発だ。

何を食べるのか、怪我したら血が出るのか、惚れ薬は作れるのか、血の色は何色か、髪の毛長すぎて鬱陶しくないのか、その杖いくらなのか、惚れ薬は作れるのか、何歳なのか、家族はいるのか、恋人はいるのか、飲むだけで痩せられる薬はあるか、黒猫は飼っていないのか、箒(ほうき)で空は飛べるのか、動物の言葉は分かるのか、惚れ薬は作れるのか。

質問責めをうふふと笑って交わす。答えたり答えなかったり、答えたけれど答えになっていなかったり。

ふわふわふわふわ、漂うのは得意だ。同じふわふわでも、シルフォンの人達のように柔いのではない。宙に浮き、根を張らず、ちょっとした風で居場所を変えて流れていく。

掴み所がないのは仕方がない。魔女なのだ。それにしても惚れ薬への要望多すぎない？

杖をくるくる回しながら、詰め寄ってくる大小の人間からするりするりと距離を取る。好意的な人間には慣れていないので対応に困った。いつもは、それなりに好意的な人がいてもどこかで必ず、魔女に近寄るな、魂食われるぞ、みたいな忠告が飛んでくるのだ。

「……そんな薬があるのかどうかは別として、チョウシ、カリウ、チャカリ。誰に使う気かは聞かないが、間違っても同意のない相手に薬を盛ろうなんて考えるなよ。お前達は少々やり過ぎるきらいがあると、ご両親も心配されていたぞ」

リアンに名指しされたのは、茶、金、柿色の男三人組だった。ぴゃっと飛び上がると、ばつが悪そうに頭を掻いている。どうやらリアンは、あの怒濤の如く私に投げかけられてきた質問をちゃんと聞き分け、誰が言ったか把握していたようだ。

賢者の素質でもあるんじゃなかろうか。

賢者はまだいいけれど、聖者はやめておいたほうがいいと助言したい。

神が関わると制約が増えるので、やめておくべきだ。勇者や英雄も、託宣によって選ばれる者はやめておくことをおすすめする。やめられるかどうかは別として、だが。

それらは、誰も成し遂げられないことを成し遂げた人間につけられる名称じゃない。誰もやりたくなかったことを引き受け、やり遂げた、やり遂げてしまった——やり遂げなければならなかった、人間のことなのだ。

そしてそれらの名称は、一度得てしまえばもう二度と下ろすことはできない。呪いと大差ない呼称だ。

全くと肩を落とし、胸の前で腕を組んだリアンを、名指しされた三人組がばつが悪そうな顔のまま見ている。……惚れ薬、誰に使う予定だったか聞いていいかな？　聞いていいかな⁉

私は慌てて杖をくるりと回し、先でリアンの顎を引っかけた。

「では皆様、わたくし共は用事がございますの。これにて失礼いたしますわ」

「は？　お前一人称間違えもが」

「早く王女を王子へと戻して差し上げたいのです。どうぞご理解いただけまして？」

リアンの口を杖で塞ぐ。たっぷりと魔女っぽさを混ぜ込んだ笑みを浮かべてみせれば、三人組は頬を赤くした。リアンの目は死んだ。

何故だ。彼のこの姿は所詮呪いの結果。呪いを解けばリアンは元に戻るのだから、惚れ薬を使う先は気をつけろよと三人組へ釘を刺してあげたのに、何故リアンの目は死ななければならないのか。

忙しなく死んで蘇生しているリアンは、私の杖をぺっとはたき落とした。

「おい、お前達。彼女は七百歳だ。もしもちょっかいを出したいのなら、それを踏まえた上で行動するんだぞ。年の差を考えると、人生経験の差と容易く言える範囲を軽々超えている。こういうことにあまり口を出したくないが、ある程度は年上として敬うように」

「え⁉」

三人組だけでなく、周囲の人間達がぎょっとした目で私を見た。

そうそう、大体そんな感じの十五歳です。百年単位は誤差。何せ『千、二千、たくさん』と数える魔女も決して珍しくないのだ。七百も十五も誤差の範囲内である。

人にとって魔女とは恐ろしい存在なので、線引きをきっちりするように。してください。子ども以外の女性達から熱い視線を注がれつつ、私は心の中で念じた。

「そして、今は私の専属魔女だ。私の用事を優先させることが前提になる。用事があるならば、申し訳ないが色々と私を通してもらう。そこは許してくれ」

「は、はい！　っていうか、別にそんなんじゃないっすよ！」

どっと笑いが湧いた。なんとも平和な国だ。

こんなに人がよくて王子が務まるのかと心配していたけれど、それは問題なさそうだ。国全体人がよさそうなので、王子どころか国全体が心配なだけである。

リアンは仕事があるらしく、その後は別行動を取った。

夕食が終わってどれくらい経っただろう。書庫の扉が開く音がした。時間帯の問題もあるだろうが、あまり人が来ない場所らしい。夕食を取ってから今の時間まで、人が書庫に入ってきたのは彼が初めてだった。

「……暗いな。キトリ？　いるのか？」

「はい、おりますよ」

読んでいた本を閉じ、仰向けに寝ていた身体を起こす。声の方向を追って視線を向けたリアンは、私を見てぎょっと目を剥いた。大きな本棚の上に仰向けに寝そべっていただけで、そんなに驚かなくてもいいだろうに。

厚い表紙の本を仰向けで読むと肩が凝る。胡座をかきながら、隣に積んだ本の山にさっきまで読んでいた本も載せると、ぐいっと背を伸ばし、欠伸をした。その拍子に、近場に浮かべていた明かりがふよりと流れる。

書庫の明かりはそれだけで、後は高い天窓から落ちてくる月明かりだけだ。

「お前、何て所にいるんだ！」

「平らでそれなりの広さがある場所で、掃除もされている。何の不都合が？」

「…………それはお前の癖なのか、魔女の習性なのか？」

「本棚の上で寝る魔女、多いですよ？　魔女の習性と呼んでも差し支えないかもしれません。というか、床で寝るよりいいと思いませんか？」

くるりと杖を回し、積み上げていた本を棚へと戻していく。勝手に定位置へ飛び立っていく本を、リアンは物珍しげに目で追う。鳥のように書庫内を飛ぶ本は、大人しく棚に収まる。

次いでくるくると回した杖先を、リアンへと向けた。手首の動きだけで動かした杖に合わせて、リアンの身体が浮かび上がる。

「う、わっ⁉」

暴れようにも掴む場所がなかったのだろう、結局自分の腕を掴んだリアンを、私の目の前に下ろす。

「人を呼びつけた上に、突然何をする！」

下ろすと同時に怒鳴られた。

「行くのが面倒だったので呼びました。下りるのが面倒だったので上げました」

人間はきちんと説明すれば安心できる生き物らしい。さっき本に書いてあった。だからきちんと説明したのに、リアンの機嫌は更に悪くなった。やっぱり、本の知識を理解せず、ただ実行するのは悪手だったようだ。

この書庫は、縦には広いが横は狭い。そのため高く高く積む必要があったのだろう。一つ一つの本棚も大きく高い。リアンの身長を三倍にしてもまだ足りないくらいだ。高くそびえ立つ本棚に実る本。さながら、本の森だ。

あちこちに取り付けられている梯子を眺めている間も、リアンはぷりぷり怒っている。

「そんな説明で納得がいくか！　大体なんだっ、あの悍(おぞ)ましい人形は！」

「え？　私の可愛い、お手伝いしちゃう魔くんが何ですって？」

「裂けた口から断末魔のような声を響かせながら、凄まじい速度で走り寄ってくる人形の何が可愛いんだ!?　そいつに足にしがみつかれ、『時間ができたら書庫に来てー』とお前の声で言われた私の気持ちを考えろ！　その後、世にも奇妙な動きで捻れながら溶け消えた人形を見た私の気持ちを考えろ！　念入りに！」

「連絡は速やか確実に。他の人に捕まることなく、伝達後は消えて秘密保持。完璧じゃないですか？」

「……………魔女っていうのは皆こうなのか？　……読んでいる本はまともだな」

怒ってはいるが、私と同じように胡座をかき、私が読んでいた本の題名を確認していることから、結構順応性が高いと見えた。

「シルフォンの歴史に興味があるのか？」

「知らないものには興味がありますよ」

「それにしたってお前、どうして明かりをつけないいんだ。暗いだろう。灯石が一斉に切れたわけでもないだろう？」

灯石とは、自然から採取できる光る石だ。高い魔力を持っていれば自分で作り出すことも可能だけれど、高い魔力を持たない存在が夜の明かりを得るには、やはり炎が一番手っ取り早い。

灯石はそれなりに高価なので、この城でも使われているのは火が厳禁な場所がほとんどだ。

私は杖でかりかりと頭を掻いた。

「月明かりが必要でして」

頭を掻いているほうとは逆の杖先で、浮かべていた明かりをつついて消す。これでいま書庫に残っている明かりは、天窓から漏れる月明かりだけだ。あまり大きな窓にすれば、日の光で本が傷んでしまうからだろう。

私達がいる本棚は、今の時間、ちょうどその窓から月明かりが当たる場所だ。

「月明かり？　どういう意味だ」

「日光と月光では、同じ存在でも見える形が変化するんです。月光で正体が知られた魔物のおとぎ話とか結構ありますよね。そんな感じです。では、ちょっと失礼しますよ」

どっこいしょと膝立ちになり、まだ胡座をかいているリアンの頬を両手で掴む。杖は脇に挟んでいる。大きく見開かれた目を覗き込みながら、一緒に挟んでしまった金の髪を横に払えば準備完了だ。

魔女の瞳でじぃーっと見つめれば、やがてリアンの瞳に呪いが映りはじめた。

やっぱり、複雑怪奇だ。性別転換の呪いは、何度も言うがそんなに難しいものではない。要はもう一つの形にひっくり返せばいいだけなのだ。解呪となると、本来なら核となる部分の糸を一本引っこ抜けばいいだけである。

それなのに、何がどうして、全て絡まった状態で巨大な毛糸玉のようになっているのだろう。さっぱり分からない。

「……どうだ？」

「相変わらずぐっちゃぐっちゃですね」

「うっ」

瞳を合わせて見つめ続けながら、状態を説明していく。呪いの形、というものがリアンにはいまいち理解できないようだ。それも仕方ないだろう。

本来、呪いとは可視化するものではない。魔女以外の種族には、魔力の形はあまり見えないものだ。そういったものが見えやすい存在も稀に生まれるが、魔女ほど当たり前ではない。人に限らず、魔力の形が見える存在はそう多くはないのだ。

しかし魔女は、誰であっても魔力の形が見える。魔力に長けた生き物。ゆえにこそ魔女なのだ。

「魔女は皆魔力が見えるとはいえ、見え方はそれぞれです。よって呪いの見え方もそれぞれで、解呪の仕方もそれぞれです。私は糸で見えるので、絡まっていたら解き、糸を引き抜いて崩していきます。生き物で見える人は引きずり出して倒して解呪したり、呪いを惚れさせて解呪したり。巨大な氷を溶かしきったら解呪という人もいれば、花を咲かせれば解呪、逆に枯らせば解呪、という人もいますね」

「ほ、本当にそれぞれなんだな」

「そうですね。あ、これ抜けそう。よいしょぉー」

「そんな適当さで私の呪いに触るなぁー！」

彼の胸からするんっと一本引っ張り出せば、何故か猛烈な抗議を受けた。解呪まで一歩進んだのに。人間って難しい。

引っ張り出したのは一本の赤い糸だった。長さは私の指先から肘ほどで、毛糸ほどの太さだ。しかしよく見たら、もっと細い髪の毛ほどの紫色の糸が数本絡まっていた。しかも、その細い糸はまだリアンと繋がっている。よって、これ以上引き抜けない。

引っ張り出せた分を指で摘まんでみる。ぐちゃりと粘着質な何かが糸を引くのを見て、私は眉を顰めた。

「……殿下、殿下を呪った魔女のこと、伺ってもよろしいですか？」

紫の糸を指の腹で擦り合わせながら問う。しかし返事がない。怒鳴られてもいないから、人間ってよく分からないと首を傾げる。怒りに触れたわけではないと思うのだが。

糸に固定していた視線を向ければ、半眼の瞳が私を睨んでいた。

怒鳴ってはいなかったけれどやっぱり怒っていたのか！　人間ってよく分からない！

じっとりとした目で私を睨んでいたリアンが背筋を伸ばした。ぶかぶかだったりみちみちだったりする、大きさの合わない服でも分かるほど綺麗な姿勢だ。

さすが王子様。威厳ある美しい姿勢、完璧だ。

「姿勢を正せ」

しかし、そんなものを魔女に要求されても困る。

「な、何ですか？」

「姿勢を正せ！」

「何なんですかぁ……」

くわっと全開した目に押され、しぶしぶ足を折り畳み正座する。背筋は伸ばさずちょっと丸めたまま肩も落とす。正された姿勢は足だけだ。完璧に怒られ体勢である。

何故この姿勢を取ってしまったのかは分からないけれど、リアンの勢いに押されてしまった。

彼が呪いを受けた状態でよかった。元々の彼の姿がどんなものかは知らないが、十七ともなればそれなりに身体ができ上がっている頃だ。そんな相手がぎろりと睨んできたら、それなりに怖いと思うのである。それなりに。

あと、多大に面倒。

そんなことを考えていたら、眼光が鋭くなった。何故ばれた。人間が魔女の思考を読めるというのか。そんな馬鹿なと思っていたら、眼光が更に鋭くなったので慌てて思考を切って捨てた。

リアンはすぅっと息を吸い、怒声と共に全て放出した。

「私を呪った相手の情報……そういうことはまず最初に聞くものだろうが！」

「いやぁ、興味が無かったもので……」

「聞いてこないから知っているのかと思いきや興味が無かっただけか！　普段のお前がいくらあれでも、七百歳の手練れならば素人が口を出すのもまずいかと何も言わなかったが、興味が無かっただけか⁉　この、阿呆がっ！　原因となった存在の情報は基本中の基本だろうが！　お前は本当に七百歳か！」

「似たようなものです……」

ぎろりと睨まれた。しぶしぶ口に出す。

「………十五です」

正直に告げれば、リアンの目が丸くなった。相手の年齢にこだわる男はモテないんだぞーと心の中で悪態をついたら、深々と溜息をつかれた。

「確かに七百十五なら七百歳と似たようなものだな……。人間の十五年はかなり違うが……それなら尚更七百十五らしい生き方を心がけろ！　そんな生き方は私も知らんが！」

私も知らないよ。

魔女は長生きという一般常識は、魔女に詳しくないシルフォンにも浸透しているらしく、十五歳だと正直に答えたら七百に十五が足された。その程度の誤差はどうでもいいが、七百歳だろうが三千歳だろうが、魔女にだって一歳の頃も、五歳の頃も、十五歳の頃もあるんだとはあまり思われないらしい。

魔女は確かに生まれたときから魔女だ。幼少期だって魔女だ。だが、無邪気で愛らしい時分も、確かにある。瞬きほどの一瞬くらいは。

心の中で行われている抗議を、当然の如く知らないリアンのお説教は止まらない。

そう、これはお説教だ。怒ってるなぁとは思っていたけれど、内容を聞けば何のことはない。ただのお説教だった。

「シルフォンの情報を知らなかったこともそうだ！　自分が訪れる国の情報くらい、まず事前に調べろ！　もし治安が悪い国だったらどうするんだ！　城に行くのならせめてその国の王族の力関係や評判くらいは耳にしておけ！　魔女は国を持たないのなら、どの国もお前達の領域じゃないということだろうが！　他人の領域で何かあったらどうするんだ！　何かあってもどうにかなる自信があるのかもしれないが、まず何も起こさせないよう防ぐことも重要なんだぞ！」

な、なんだよぉ。怒るなよぉ。興味なかったんだよぉ。

「魔女は個人主義なんだろう！　それならば尚更、情報は大事だ！　何かあったとしても国の後ろ盾がないのならば、お前が自分で気をつけなければならないだろうが！　七百十五年無事だったからといって、これからも無事とは限らないだろう！　大体お前は女……今は私も女だが、お前はこれからもずっと女だろう！　女の一人旅なら尚更気をつけろ！　阿呆が！」

月明かりを浴びながら、腹の底から声を出して怒る美女。

どうしよう。全然嬉しくない。

相手が男だろうが女だろうが嬉しくない。そもそも怒られて嬉しい存在などいるのだろうか。

……いるんだよなぁ。世界には様々な嗜好を持った存在がいると、師匠に関わっていたら強制的に知るのだ。

しかし私にそんな趣味はない。ないんだけど。

「あのぉ、殿下……」

そぉっと聞いてみる。

「何だ！」

ぐわっと返された。凄い勢いだ。でも返事はしてくれる。いい人だ。

「もしかして、心配してくださってるんですかね？」

「当たり前だろうが！　自国にいる以上、敵以外の全ては王族が守る対象だ！」

そんな趣味はないんだけど、困った。それなりに嬉しい。うるさいけど。

かりかりと杖で頭を掻く。

「いやぁ……殿下は変わってらっしゃると思っていましたが、想像以上でした」

杖で帽子のつばを押し上げ、苦笑する。リアンはむすっと眉間に皺を寄せた。この人、男だったときもこういう顔をしていたんだろうなと、容易に想像がつく堂に入りっぷりだ。

「青い夢想家だろう。よく言われる」

「ああ、いえ、そうではなく。魔女への対応と言いますか……魔女に説教くらわす存在はあまりいません。魔女はそういう生き物だと諦めるか、恐れるかのどちらかですから」

「まあ、ここは大人も子どももふわふわした国だからなぁ。私も呑気な部分があるのだろう。シルフォンは、平和で穏やかで少し抜けた、自慢の国だ」

「ええ、――いい国ですね」

素直に認めると、リアンは嬉しそうに笑った。

本当に自慢の国なのだろう。くしゃりと照れたように笑う姿は、まるで子どものようで。

何かを誇らしく思うことも、それを褒められることも滅多にない〝魔女〟には浮かべられない顔だ。思わず見惚れるくらい、綺麗だった。

夜は闇に覆われる。闇は魔を呼ぶ。夜は、魔物の時間だ。

だから夜は魔女のもの。昼だって魔女は好き放題生きるけれど、夜とは比ぶべくもない。

それなのに、この生き物は月明かりを味方にしている。夜でも光を己がものとできるとは、彼はまさしく光の生き物だ。光に愛された、光の申し子。

魔女とは真逆の生き物は、どうやら夜でも眩しいらしい。その笑顔は、闇をものともしない光のようだった。

「七百年も他の国を見てきたお前に言われると、誇らしいな」

「まあ、師匠に連れ回されて色々な国に行ったのは確かですねぇ」

「そうか。私は仕事以外で他国へ行ったことがないんだ。行っても自由に出歩くことはできないしな」

「それでいいと思いますよ。愛おしい故郷があるのなら、あなたはここから出るべきではない。だって世界は、命に対して情など持ち得ないのだから」

さて、用事も終わった。

夜もそれなりに更けたことだし、これ以上の夜更かしは人間には酷だろう。早々に解散し、自由時間を取るべきだ。

立ち上がり、スカートの皺をぱたぱたと手で払う。杖でやってもいいけれど、リアンが傍にいる状況で杖を振り回せば彼に当たってしまう。

「では殿下。明日は貴方の叔父から話を伺いたいので、そのつもりでお願いします。どうします？ 同席されます？ 私は別に一人でも問題ありませんが」

いやあるか？ どうだろうと首を傾げる。

女好き、女好きかぁ。リアンから与えられている事前情報からは、一人で会いたいとは全く思わない印象しか受けない。だからといって、年相応の外見しかしていない私にまで食指が動くだろうか。女好きと言われても、好みくらいあるだろう。

「……私も同席する。さすがに叔父と女を二人っきりにさせるわけにはいかん。何せ、この私にまで色目を向けるあの節操の無さっ！」

リアンは心底嫌そうな顔で吠えた。

そのリアンのほうが余程生物的に女としての魅力に溢れて見える。あ、問題ない。これが好みだった場合、私は一切問題ない。

「殿下が好みの場合私は問題ない気がしますが、分かりました。じゃあ一応、魔女の性格設定ちょっと変えていきます」

「……そんなノリで変えていいのか？」

「何種類かあるので」

私は咳払いした。あーあー、喉の調子がよすぎて望む声が出にくい。何度か喉を震わせ、しばらくぶりの声を探し出す。

「あー……まだまだひよっこの坊や達には分からないかもしれないがねぇ。我々魔女にはある程度の器用さがいるんだよ」

喉から出てきたしゃがれ声に、リアンはぎょっとした顔をした。いたずら心が湧いて、さっと杖で一撫でした顔を老婆へと変える。

大きな鷲鼻、垂れ下がった頬と目、しょぼくれながらも大きな唇。

「坊やのような可愛らしい子は、食ってしまおうかねったぁあ!?」

「月明かりしかない場所で不気味なことをするな！」

「頭殴ることないじゃないですか！」

「ろくでもないいたずらをした奴には拳骨と相場が決まっているんだ！」

「相場なら仕方がないですね！」

ぎゃんぎゃん騒いでいたら、見回りの兵士が入ってきて二人揃って注意された。二人組兵士の生温かい視線に私は慣れていたが、リアンは酷く落ち込んでいた。可哀想だったので、再び鷲鼻魔女の顔になって慰めてあげたら凄まじく怒られた。

元気が出たようで何よりである。


バンバンバンバンバン、ガンガンガンガンガンガンガン、ドンドンドンドンドンドン。

シルフォン国王城客間の朝は、大変、うるさい。

連続して鳴り続けるのに微妙に変化していく騒音に、眉を寄せて唸る。

くぁっと大欠伸しつつ、うつ伏せのまま両手と背筋を伸ばす。猫の伸びだなこれ、と、自分でも思うけれど、身体を起こしきるのも面倒だ。

しかし、もう一度大欠伸している間にも音は止んでいない。

魔法で作った服は寝るときには解いてしまうので、魔女の寝起きは基本的には下着だ。それか素っ裸である。ちなみに師匠は素っ裸派だ。

なかには寝間着を着る魔女もいるけれど、魔女は基本的に己の魔力を編んだ服しか着ない。寝る間も魔力維持できる寝間着を編める魔女はそうそういないので、下着で眠る魔女が多いのは必然でもある。

人の服は、どうにも合わないのだ。

重力に従って首元で揺れている石に触れれば、あっという間に杖が現れる。くるりと回し、外に声を通す。

「朝っぱらからやかましい……」

「何が朝だ！　もう昼過ぎだ！　いつまで寝ているんだ！　叔父に話を通せと言ったのはお前だろう！」

「あー……今はお一人で？」

「それが何だ！」

「いえ……言葉遣いどれにしようかと」

「ああ、そうか。私一人だ」

騒音に起こされた呻き声を混ぜながら答えると、合点がいったのか口調は少し穏やかになった。

こういう物分かりのよさと、相手の事情を汲んであっさり受け入れてしまえるところは、人として美点であろう。だが、王族としては危なっかしいとしか思えない。魔女のような存在につけ込まれることになりかねないので、リアンは気をつけたほうがいい。

「とりあえずどうぞ……」

杖を揺らして扉を開けた。まだしょぼしょぼする目を擦りながら開けた扉のほうを見遣る。身体を起こすのだるい。昨日本を読みすぎた。眠い。

ともすればそのまま寝てしまいそうな意識をなんとか繋ぎ止める。リアンは独りでに開いた扉をしげしげと見つめていた。今日も変わらず、ぱつぱつぶかぶかな格好だ。長丁場になるかもしれないから、服は新調したほうがいいと思われる。

その間に、杖を回して顔を洗ったりと身支度を整えていく。気が向けば、顔を洗うことも歯磨きも人間のように道具を使うが、面倒であれば魔法で済ませてしまう。だって魔女なのだ。

くぁっと欠伸をする。だるい、動くのが億劫、眠い。そうなると今日は面倒のほうである。さて服はどうしたものか。

リアンの視線がこちらを向き、ぎょっと目を剥いた。引きちぎらんばかりの勢いで上着を脱ぎながらつかつかと入ってきて、上着を私に叩きつけた。

「ぶっ」

「服を着てから扉を開けろ、大馬鹿者！」

「着てるじゃないですかったぁ⁉」

上着の上から的確に頭へ拳骨を落としてきた。ろくでもないいたずらの相場が拳骨だと言っていたくせに、いたずらでもないのに拳骨を落としてくるとは何事か。

じんじん痛む頭を押さえ、涙目で上着から顔を出す。その間も、リアンは私が蹴飛ばしていた布団を拾い、せっせと私にかぶせている。

「起きるんですから埋めないでください」

「お前はっ！　いくら自分が七百十五歳で、私が現在女の姿をしていようと、それなりの恥じらいというものがあるだろうが！」

「全く問題ないようにしか聞こえなくないですか？」

「屁理屈を言うな！」

「えぇー……」

屁理屈か？　いや理不尽ではないか？

私は首を傾げた。その辺りの判断はつけづらい。だって人間の常識に疎いのだ。それはそれで仕方がない。だって魔女なのだ。魔女には魔女の掟。

目はすっかり冴えてしまった。だったらさっさと用事を済ませてしまおう。

上着と布団をはねのける。くわっと眦を釣り上げて怒鳴ろうとしたリアンの唇に指を当てて黙らせ、杖をくるりと回す。

彼の叔父に会うのなら、飾りっ気のない単純な服がいいだろう。お前に興味などないと示せるような、真っ黒な一枚布。身体の線も消し、中身が丸くなろうと背が曲がろうと大して分からない、そんな服がいい。

魔力を編み上げ、服を用意する。唯一使われている黒以外の色は、髪と同じ色。己の魔力の色を差し色にして、簡単に済ませた。凝らなければ服など簡単に作れる。

あっという間に服を編み上げ終わると、リアンは目を丸くしていた。どうしたというのだろう。

この指を外した途端、怒鳴りつけてきたら嫌だな。

そんなことを思いながら、そろーっと唇から指を離す。私の指が離れた後も、リアンはまだぽかんとしていた。もしかして、魔法が珍しいのだろうか。

「魔法はそんな使い方もあるのか」

「魔法は知識と同じですから」

首を傾げられてしまった。言い方が悪かったらしい。

頭が悪いわけでも、端からこちらの言い分を聞くつもりがないわけでもない人が分からないと伝えてくるのは、こちらの伝え方が悪いのだ。ちょっと考えて言葉を足す。

「どう使うかは使う者次第で使い方次第ということです」

考えたところで足せる説明は微々たるものだ。けちっているわけでも億劫がっているわけでもなく、他に言いようがないのだ。

だけど、そんな短い説明をリアンは生真面目な顔で咀嚼し、成程なと頷いてくれた。

「殿下は怒りっぽいけれど怒りっぽくないんですね」

「は？」

私が出しっぱなしにしていた瓶を珍しそうに覗き込んでいたリアンは、怪訝な顔で振り向いた。

「いやぁ、魔女は基本、何しても怒られるので」

「何だ、それ」

「答えたくないことを答えなくても、答えた結果相手が理解できなくても、相手に不都合な内容でも、都合がよくても、基本全部怒られるんですよ」

「…………何だ、それ」

「さあ？　都合が悪い言葉は呪い、都合がよければ覗き見して得た情報。そんなところでしょうか。だから殿下は珍しいです。殿下と話していると面白いですね」

鏡の前に立ち、くるりと回って背後も確認する。髪を持ち上げ、背中から一通りの流れを見て、問題ないと杖を下ろす。

寝ぼけて作ると、背中に穴が開いていたりするので要注意なのだ。最後に杖をくるりと振り、帽子をかぶればいつもの魔女である。

「じゃあ行きましょうか」

部屋を出たのに、今度はリアンが部屋から出てこない。眠いのだろうか。寝るなら自分のベッドに戻ってほしい。

いやでも、彼は自分の部屋に仮眠へ戻ろうとして女にされた過去がある。それは確かに部屋へ戻るのも躊躇うだろう。じゃあそこで寝てもいいですよ。だって元々、ここは彼の家なのだから。

「お前は」

そう伝えようとしたら、リアンは別に眠そうな顔をしていなかった。それどころか、何だか顔が硬い。

「何ですか？」

そういえば今はお昼過ぎと言っていたな。お腹空いた。でも先に用事を済ませたほうがいいだろう。なんなら、話を聞きながら食べてもいい。

あ、それいいな。

自分の思いつきが思ったよりいい感じで、私は一人でこっそりご満悦となる。だって魔女っぽいではないか。魔女っぽくないと師匠に散々笑われてきたので、独り立ちを機に、これからは更に魔女っぽさを気をつけなければならないのだから。

そんなことを考えていたら、リアンは溜息と一緒に肩の力を抜いた。

「いや、何でもない。それより、叔父上と会うのだからもう少し色々気をつけろ。叔父上の前であんな格好絶対にするんじゃないぞ」

「はあ。まあ大丈夫だと思いますけど。何かあったら呪うので別に」

かりかりと杖で頭を掻きながら答えると、リアンがぐわっと大口を開ける。

「何かある前に呪え！　だがこれ以上面倒事増やすな！」

「うわ、びっくりしたぁ！　怒るとこ唐突すぎて掴めませんよ、殿下！」

「私は至極まともで一般的な常識で怒っている！」

「あ、それじゃ私には分かりませんね。魔女なので。いやぁ、仕方ない仕方ないったぁ⁉」

拳骨が降ってきた。帽子を胸に抱え、頭を直接押さえて呻く。

……あれ？　おかしくない？　私、この大きなとんがり帽子かぶっていたのに、何をどうやったら人の脳天に拳骨を振り落とせるのだ？　おかしくない⁉　もしかしてリアンも魔女か⁉

そう思って、痛みに滲んだ目でそろーりと見上げる。魔女は怒れば怒るほど妖艶に笑っていくものだ。さて今のリアンはというと……口をひん曲げ、中心で炎を燃やす瞳、どこからどう見ても烈火の如く怒っていますと言わんばかりに怒ってる。

これ違う。魔女じゃない。ただの魔王だ。

魔王は妖艶さなど欠片も宿さぬ炎の勢いで、ぐあっと吠えた。

「年上なら年上らしく、年下の見本になるようせめて少しくらいは心がけろ！」

「あー……そういうの向き不向きがありますし、魔女としては及第点なんですよ、これでも。殿下はきちんとした人間の見本として適材ですね。殿下の年下にあたる人間は恵まれてますね」

「煙たがられるがな」

「あー……」

「年上にもうるさがられるな」

「あー……」

「……お前今、分かるーって思っただろ」

「イヤマサカソンナー」

これから人に会いに行くというのに、食堂に立ち寄った上、手で持って食べられる物を頼んだ私に、リアンは眉を顰めた。彼からすれば眉を顰めるような、礼儀さの欠片もない行動であろう。けれど、かくかくしかじかでと魔女っぽさを強調する為だと説明すれば、意外にもすんなり認めてくれた。最近魔女にフラれたばかりの叔父だから、魔女っぽい相手には手を出さないいんじゃないかと思ったそうだ。

まあ、魔女っぽいも何も私は魔女なのだが。ちなみに一番の理由はお腹空いたからだけど黙っておこう。

そうして食堂のコックから私に渡された物は、丸の林檎だった。

私の手の中で甘酸っぱい香りを放つ、赤い丸。昼も過ぎて食堂の片付けが一段落した今、余計な洗い物は増やしたくないそうだ。

……あれ？　私、魔女……恐怖の、呪いの、悍ましい、魔女。魔女の、威厳……。

両手で林檎を包み持ったまま無言を貫き通す私の背を、哀れみを込めた目でリアンがぽんっと叩いた。私、魔女……。


魔女の威厳と林檎との関係性を必死に繋げようとして、結局無駄な足掻きだった私の前では、金の髪を持つ男と、金の髪を持つ少女が向かい合っている。

この二人、髪の色だけではなく目の色もそっくりだ。そして顔つきもよく似ているが、身体的特徴以外似ている箇所は皆無だ。向け合っている表情や雰囲気は、見事なまでに真逆である。

私達はいま、リアンの叔父、シタレーヘナトの寝室にいた。

王族の寝室に魔女が入っちゃっていいのかなぁと人間っぽく考えてみたけれど、そういえばその前に、既に別の魔女が入った上に通りすがりの王子に呪いかけていったんだった。

シルフォン国、ふわふわだなぁ。

そんなふわふわのシルフォン国王城の一室では、歌うような男の声と、林檎を貪り食べる音が響いていた。

「いやいやいや、参ったよ。この僕が声をかけてあげたのに、まさかこの僕を置いて世界に羽ばたいていくなんて」

もっしゃもっしゃもっしゃ。

「この僕を置いていくなんてあり得ないよね、そうは思わないかいリアン……ああ、そうか。彼女はきっと天使だったんだ。天からの使命を帯びた麗しき天使だ。だから、この僕を置いてでも向かわなければならない場所があったんだね……」

むっしゃむっしゃむっしゃ。

「燃えるような赤い髪に瞳、爪も同じ色に揃えていた。美意識の高いそれは美しい女性だった……まさにこの僕の隣に相応しい、そんな女性だったのだよ。王都の女性は皆この僕の美しさに気後れしてしまうらしいんだ。僕を敬いすぎて、誰も気楽に接してくれないこの僕の寂しさを埋めてくれると信じられるほどに……」

おかしいな。林檎なのに胸焼けしてきた。しかもこの林檎酸っぱい。ジャムにしたら美味しいだろうけど、そのまま食べる用じゃない、絶対。

あれ？　私、魔女……普通魔女にこんな林檎食べさせたら、蛙にされるか鼠にされるか、気まぐれで面白がられて見逃されるか、気に入られて纏わり付かれるかのどれかで大変危険だから、その辺りはリアンからそぉっと注意してもらったほうがいいかもしれない。

私は面倒だから呪いを振り撒いたりはしないから別にいいけど……いや、よくはない。どうせなら美味しい林檎がいい。いや、できれば何か……もっとこう、パンとか……。うお、芯になればなるほど渋い！

頑張って食べきった林檎の芯をじっと見つめる。リアンが死んだ目で聞いているシタレーヘナトの話が長いので、林檎を食べきってしまった。

思わず顔をしかめそうになるほど渋かった芯を真上に放り上げ、花にする。落ちてきた赤い花を受け止め、もう一度放り上げ青い花にする。もう一度放り上げ、青い鳥にする。鳥は私の上を三度回り、窓の外へと出ていった。

それを見送った視線を戻せば、さっきまでの死んだ目を復活させたリアンと目が合った。

「お前、それ何だ？」

「手遊びだよ、坊や」

しゃがれた声で答えてやればぎょっとした顔を一瞬した後、瞬時に取り繕っている。昨日一回聞かせておいてよかった。立ち直りが早い。

私は壁に凭れていた背を離し、杖先でシタレーヘナトを指した。相手は椅子に座っているから指しやすい。

「そこの坊やの話があまりに退屈でねぇ。それで、あんたが逃げられた女の名前は知っているのかい、知らないのかい」

赤の魔女。頭の中で魔女図鑑を捲る。

サバを読んでいなければ二百歳前後。まあ、魔女がサバを読むとしたら、年上の方向か、いっそ十代にまで派手に読むので、二百歳という年齢を答えたのなら真実である可能性が高い。赤の魔女で二百歳。絞れるかな？

リアンの叔父は、二十代後半か三十代前半だろうか。人間の年は大体見た目に出るから分かりやすい。魔女はなぁ。見た目三つくらいなのに四千歳とかざらにあるからなぁ。

揺らしながら答えを促していた杖先に、シタレーヘナトが指を這わせた。え、ちょ、触らないで。そぉっと心持ち杖を下げたけれど、指はそのままついてきた。やだ、引っ付いた。

「可愛い人、妬いてくれるのかい？　妬かなくても、僕は貴女の虜だとも」

がす。

思わず杖を押してその額を突いていた。しまった私は七百十五歳。こんなことで動揺してはいけないのだ。魔女には魔女の掟。

「他の魔女のお下がりなんて興味はないよ。それにあたしは、あんたみたいな坊やは好みじゃないのさ。男はやっぱり逞しくないとね。あんたみたいな貧弱な身体じゃあ、到底乗り気にはなれないね」

「ふふ……服を着ていたら分からないだろうけれど、僕、実は、脱いだら凄いんだよ」

がす。

駄目だ。思わずが止められない。

本当は杖でも触れたくないけれど、手で触れるのはもっと嫌だ。シタレーヘナトは、聞いていた以上に見境のない男のようだ。これのとばっちりを受けたリアンが本当に可哀想である。

彼は死んだ目で、私と自分の叔父を見ていた。いつも瞬時に爆発する怒りを私に向けてくるくせに、この部屋に入ってからずっと目が死んでいる。その様子を見るに、もう怒る気力もないくらい迷惑をかけられ続けてきたのだろう。

迷惑な親類縁者は、百の災害に匹敵する。哀れ。

「あんたを捨てた魔女の名前を早くお言い。まさかもう忘れただなんて言わないだろうね？」

「ベリンダも炎のように美しい女性だったけれど、君のように薄荷を思わせる刺激的な女性も素敵だね。君達魔女は皆一貫して普通とは違う美しさを持つ。昔ここにいた薔薇のような魔女も、それは妖艶で美しかった……」

私は思わずリアンを見た。

そんな話は聞いていない。シルフォンは魔女に縁がない国ではなかったのか？

リアンは目を丸くしてシタレーヘナトを見ている。これは彼も聞いていないとみた。聞いていない同士仲良くやろう。しかし、同士と目が合わない。同士はシタレーヘナトしか見ていない。

聞いていない同盟は、発足時点で座礁した。

「何だ、それは。叔父上、私はそんな話を聞いたことがありませんが」

「そりゃそうだ。お前が生まれる前の話だもの。聞きたければ兄上から聞けばいいさ。兄上の客人だったんだから。そんなことよりも、美しい魔女のお嬢さん。お名前を教えていただけないでしょうか。貴女には是非、この僕と一夜を過ごす権利を差し上げたい」

「……叔父上、それは私の呪いを解きに来た魔女なので、余計な手出しはしないでいただきたい」

「ああ、そうだ。もう少しでお前の十八の誕生日だ。盛大なパーティーを開くから、それまでに呪いを解いておくんだよー」

「だっ、誰のせいで！」

「それにしても、何だいリアン。嫉妬かな？　……不思議だね。今までは何とも思わなかったのに、君が女性になってからは僕の小鳥のように繊細な心は震えてしまうんだ。そうともこれは禁忌の愛……」

あ、無理。

そう悟った私は、リアンへは無駄に美しい動作で形作った指を向け、こっちへはいつの間にか杖を這い上がらせた指で私の手に触れそうになっているシタレーヘナトの額に、渾身の一撃を叩き込んだ。

膝で。


『私は駄目な魔女です』

自主的に首にかけた看板の裏には、『私は悪い魔女です』の文字がある。即席だったので使い回しは許容していただきたい。

ひとまず情報を整理しようと、リアンの執務室に戻ってきた。普段は仕事をしている部屋だけれど、状況が状況なので今は半分休暇中状態になっているそうだ。

そんな王子、現在王女は、椅子にどっかり座って難しい顔をしている。その足下で正座している私は反省中だ。

「魔女なのに……私、魔女なのに……物理で、物理で攻撃してしまった……魔女なのに、物理で……呪いを、そうだ今から呪いをっ！　殿下！　私今からあれの部屋に戻ってちょっくら呪いをかけてきます！」

「これ以上話をややこしくするな！」

さっきまで難しい顔で考え込んでいたのに、弾けたように怒られた。本当に種が弾けるように怒る。しかも頭まですぱんとはたかれた。

何だ、元気だ。私は地の底まで落ち込んでいるというのに。

ちょうどはたきやすい位置にあったのも敗因だろう。リアンの足下に正座しているのは単にこの距離が話しやすいからであって、頭をはたきやすくしているわけでは決してない。

リアンの机の上には切り分けられたアップルパイが二つ置かれている。食堂のコックが持ってきてくれたのだ。さっきの林檎はやはり甘く煮て使う用だったらしく、『間違えて渡しちゃったごめんね、これ俺のおやつ用だけどよかったら王子と食べてー。林檎はそのままじゃ食べられたものじゃないから戻すか捨てちゃっていいよー』だそうである。

既に全部食べたとは言えなかった。

胃の中では、本日唯一の食事である酸っぱく渋い林檎がぐるぐる回っている気がした。口直しをしたいが、それより何より心の口直しをしたい。

わっと顔を覆って嘆く。

「だって殿下、魔女が、魔女が膝蹴りっ……！　魔女がっ！」

「七百十五歳の魔女から咄嗟に膝蹴りを食らうほど気持ち悪かった男を叔父に持つのと、どっちが落ち込むか正直に答えろ！」

「あ、私全然平気ですね。アップルパイ食べよーっと」

大変傷ついた顔のリアンにより、私が下げている看板が回された。


『私は悪い魔女です』の看板を下げながら、アップルパイを頬張る。生地がさくさくで美味しい。林檎も甘くて最高です。形がしっかり残っているところなんて私好みで素晴らしい。くたくたになるまで煮た物も嫌いではないが、林檎林檎している物が一番好みなのだ。

にこにこおやつを楽しんでいる私を、机に突っ伏したリアンが恨めしそうに見上げてくる。

無視して美味しい美味しいとアップルパイを嗜んでいるうちに、リアンはやけになったのか、フォークで一刺ししたアップルパイを一口で食べてしまった。

吸い込まれそうなほど大口を開けて豪快に食べたので、喉を詰まらせやしないかと無駄にはらはらしてしまう。

だが、リアンは慣れた様子で口を動かし、ぺろりと食べきった。何という口だ。

「豪快なのに器用に食べますね」

「男だからな」

「えぇー、性別関係なくないですか？　私の兄はもっと上品に食べてましたよ」

窒息の心配はなさそうなので、自分のアップルパイ攻略に戻る。美味しい。

リアンは目を丸くした。

「お前、兄がいるのか？」

「魔女は別に木から生まれてくるわけじゃないですし、家族くらいそりゃいますよ」

「そう言われればそうだな。家族とは仲がいいのか？」

「よかったですよ」

リアンに遅れてぺろりと食べきったお皿を机に置く。その上に載せていたフォークが置いた拍子に動き、からんっとやけに澄んだ音を響かせた。リアンは僅かに眉を動かす。

「今はよくないのか？」

「というより、もう死んでます。私は人間の家に生まれた魔女ですしね」

「ああ、成程……七百十五歳ならそうだろうな」

「魔女にとって墓参りが化石参りになるのは珍しくないですよ。師なんて、自分が子どもの頃書いた落書きが出土して歴史的価値がなんたらかんたらで騒ぎになったって言ってましたし」

お腹抱えて笑っていた師を思い出す。うけるーと大爆笑だった。

ちなみに、クレヨンの持ち方も分からないような、本気の本気で無邪気な時分に書いたそうなので、意味は全くないらしい。まあそれはそうだろう。よく残っていたなと思えるくらいだ。

だがそこは魔女。本人が意識していなくても魔力を発してしまったのだろう。だから意外と、貴重な歴史の遺物として保管されている物は、魔女の持ち物だったことが多かったりする。

そう説明したら、リアンは非常に複雑そうな顔になった。私にそんな顔をされても困る。

「しかし、シルフォンに魔女か……そんな話、聞いたことがない」

「お父さんに聞いてみたらどうですか？　私はベリンダを捜しますから、そっちは殿下がお願いします。無理そうだったら無理しないでいいですけど」

赤の魔女。二百歳前後。ベリンダ。

充分な情報だ。あいにく私の魔女図鑑に該当者はいないが、それだけ情報が揃えば捜しようはいくらでもある。

考え事をしているときの癖、というよりは普段からの手遊びの癖で、杖をくるくる回す。回してはゆらゆら揺らし、また回しては杖先で床をかつんと鳴らした。

動いているものがあればつい見てしまうのだろう。リアンはその杖をじっと見ている。別に興味があるから、というわけでもなさそうで、見るともなしに眺めていた。

「そうはいかん。父上は現在、シルフォンにいないんだ」

「あれ？　そうなんですか？」

「ああ、父上は少々腰を悪くして湯治に出ている。現在シルフォン国王代理は叔父上だ。……叔父上はな、国王になりたいという欲もなく、あれでな、どうしてだか、優秀なんだ。父上は母上を早くに亡くした後、再び妃を娶ることなく今までやってこられた。それなりに話はあったはずなんだが、全て叔父上が退けてくださったそうだ。シルフォンがふわふわしていられる理由の一つは、あの叔父がいるから、で……どうしようもないほど、優秀なんだ」

優秀な阿呆ほど手に負えない。

虚ろな目で遠くを見つめるリアンを、私は心の底から同情を込めた瞳で見つめた。可哀想……。


天気は快晴。見渡す限りに暗雲は見えず、日差しは心地よく身体を温め、涼しい風は火照った頬を冷ますのにちょうどよく。

そんな、遠出にはもってこいな天気なのに、座り心地のよい長椅子に座っているリアンの頬は盛大に引き攣っていた。

「深紅、気に入りませんでした？　青にします？」

「だ、れが色が気に入らないと言った気になるのはこの状況一択だろうが！」

勢いがついたのか、途中から一息で怒りきったリアンは結構元気だ。ならば問題ないだろうと、欠伸を返す。

「ついてくるって言ったの、殿下じゃないですかぁ」

現在私達は、気持ちのいい空を飛んでいた。長椅子に座って。

長椅子に並んで腰掛けたまま空を飛びはじめてからずっと、リアンは行儀よく背筋を伸ばしている。さすが王子様と思わないでもないが、別に誰に会うわけでもないので、のんびり寛げばいいのにとも思う。

ぴしりと伸びた背、がきんと曲がって固定された手、床もないのにまるで見えない床に置かれているような足。鉄で作った人形のようだ。それも関節が動かない類いの人形だ。

そんなリアンから遙か下方には人々の営みが見える。建物が密集している場所から一歩踏み出せば、即農地と牧場が見える田舎具合。建物密集地内にも畑がごそっと陣取っている場所もある。だからこそ、適度に平らで、適度に忙しなく。のんびりとした気風は、どうやら町並みにも現れているようだ。騎士は大欠伸し、棒を持って走り回る子ども達に手を振っている。

空中を飛ぶのは、虫と鳥と魔女くらい。虫はこの高さまで飛ばず、この周辺には魔女がいないので他にいるのは鳥くらい。

普段生活している場所を上から見ているだけ。それだけなのに、遙か遠くまで見渡せる特権を得たような気持ちになる。何度飛んでも飽きることはない。地上より冷たい風も、熱い陽光も、掴めそうな雲も、視界を遮る存在のない世界も、全て飛べるものの持ち得た権利だ。

風が気持ちいいなぁと目を細める横で、リアンは相変わらず鉄の人形と化していた。

ベリンダ捜してくるからちょっくら留守にします。

そう言った私に、じゃあ自分も行くと言ったのはリアンのほうだ。私は別に誘っていないし、城を留守にしていいのかとも聞いた。問題ない、元々やることはそんなにない、何せふわふわのシルフォン国だと言ったのは彼なのである。

もう一度言うが、私は別に誘っていないし、無理に連れてきたわけでもない。それなのに、何故責められねばならぬのか。

「どうして馬車を、いやせめて馬を使わない！」

「時間かかるじゃないですか。飛んだらあっという間なのに、わざわざ時間かける理由もありませんし」

「大体、魔女は箒で飛ぶものじゃないのか⁉」

「そう、それ！　どうしてそんな魔女の形が人間の間で流行っちゃったんですか？　魔女が扱うのは箒じゃなくて杖ですし、何より箒で飛んだら股が痛いじゃないですか」

「…………もうちょっと言葉は包め」

「人間の想像力って乏しいですね」

「悪化しているしそこじゃない！」

な、何だよぉ。怒るなよぉ。分かんないよぉ。

空を飛ぶ生き物は、虫と鳥と魔女だ。それは一般常識である。だが人間が当てはめる空飛ぶ魔女の姿は、何故だかいつも箒に跨がって描かれるので、魔女達は一様に首を傾げるものだ。

魔女は箒には跨がらない。面白がって跨がる魔女もいないわけではないが、普段使いにはまずしない。乗り物は乗り心地、居心地のよさ。これ必須である。そもそも箒は跨がるものではなく掃く為にあるのではなかろうか。

「椅子で移動してるだけいいと思ってくださいよ。寝台で移動する魔女、結構多いんですから」

「……寝台」

「文字通り寝ながら行けて凄く楽なんですよ。天蓋付きだと日差しが強いときでも楽だし、雨よけにもなるし。でも殿下は嫌だろうなと、私なりに珍しく気を使って椅子にしたのに……」

「そうだったのか……知らないこととはいえすまなかった」

「あと、私が殿下と寝台に寝転びたくなかったってのが一番大きいです」

「未だかつて、これほどまでに謝罪するんじゃなかったと思ったことがあっただろうか」

私に聞かれても彼の過去は知りようがないので、自分の記憶を掘り起こして確認してほしいと思う。

気が済んだのか、身体の力を抜き背もたれに身を預けたリアンを横目で見つつ、杖をくるくる回す。だが、風のせいで杖に髪が絡まった。仕方がないので指に絡め直して杖から外し、自由になった杖を振る。

ゆるゆると勝手に編み込まれていく髪をリアンが見ていた。動いているものをつい見てしまうのは、杖でも髪でも変わらないようだ。

「お前達の髪は光を纏っているんだな」

リアンの視線の先には、日の光だけではない光が艶のように流れていく私の髪がある。光は風と一緒に好き勝手流れ、毛先で散っていく。その一束を掬い取り、指先で巻く。

「魔力を纏っているからです。髪は魔女にとって魔力の貯蔵庫みたいなものですから。帽子も杖も服も、自分の魔力で作っています。そうじゃないと落ち着かないので」

「そういうものなのか」

「人間だって、いくら血がないと死ぬとはいえ、他人の血塗りたくられて安心します?」

「………気持ち悪いな」

「そうでしょう？　だから魔女は、身につける物は全て自分の魔力で編み上げるんです」

魔女ではない人間にも、生き物である以上大小の差はあれど魔力に似た何かは存在する。本人は意識せずとも、否、意識していないからこそ如実に、彼らが作った物には彼らの力が宿る。

それが魔女には苦痛なのだ。魔女にとって魔力とは血と同じ。生命を維持する為に必要な物であり、体内に取り入れるのであれば己の魔力しか受け付けない。だからか、身に纏う物に他者の魔力が纏わり付いていることに対し、特に不快感を示す。

まるで獣のようだと吐き捨てる人間もいた。事実、魔女は獣に近いのだろう。人の形をしながら人の枠組みに入ることを疎ましく感じる、魔の獣だ。

「ああ、でも、魔力を纏っているから、お前達の髪はそんなに綺麗なんだな」

今日は風が心地いいなぁ。そんな呑気な言葉を紡ぐような声音で放たれた言葉に、自分でも驚くほどくすぐったい気持ちになってしまった。

お世辞やご機嫌伺いの美辞麗句など聞き飽きた。だが、思ったことをただ口に出した、そんな声で紡がれた音は、妙に心をくすぐる。

「殿下は、変な人ですね」

「何を以てしてその評価に至ったか、詳細に報告しろ」

「いやぁ、だって、魔女の髪は禍々しい不吉の象徴って言われるもんですよ」

「そうかぁ？」

心底不思議だと間の抜けた声を上げる様子は、年より少し幼く見えた。

すっかり慣れたのか諦めたのか、リアンはもう身体を強張らせてはいなかった。ただ、足は椅子に上げて胡座をかいている。ぶらつかせる勇気はないようだ。

時々下を覗き込み、遠くに視線を向け、同じ高さを飛ぶ鳥に手を伸ばしたりもしている。順応力が高い。魔女に人の一般常識を説いたり、魔女の態度を怒ったりする割には、意外と頭が固くないらしい。

「本当にオリナトに私を呪った魔女がいるのか?」

オリナトとはシルフォンの隣にある国であり、私達の目的地だ。

私は地図を広げた。風ではためき、べろんと半分に折れる。持って見る頻度が高い地図は厚手の紙が使われるとはいえ、さすがに飛行中の使用は想定されていない。風に負け、あっさりと折れ曲がった部分をリアンが押さえつつ、正常な角度に直してくれた。

二人がかりで地図を広げ、とりあえずこの辺りにいると指さす。

「王都から外れているな。確か、そこそこ大きな町があったはずだが」

「そうなんですか。それと、別にここにベリンダがいるとは限りませんよ」

「は?」

「いるのは魔女です。それがベリンダとは限りません」

魔女とは不思議な生き物で、互いの存在を感知できる。これは国も群れも持たない魔女の本能か、またはこれがあるから群れを持たずとも生きていけるのかは誰にも分からないし、誰も興味がない。

どの距離まで分かるのかは魔女による。自分を中心として、国全体に渡るまで認識できるほどとんでもない索敵能力を持つ魔女もいれば、町一つか二つ分、といった魔女もいた。

しかし、索敵能力はどうであれ、自分と近い距離にある魔女の居場所は確実に分かるのだ。

魔女を一人見かければあちこちから湧いてくると言われる理由はここにある。また、生まれた魔女の元へ魔女が現れる理由も同じだ。

だけどそこまで深くリアンに教えるわけにはいかない。魔女には魔女の掟。

「この近辺は元々魔女がいないってことなんで、ベリンダだといいなぁとは思ってます」

後は、私の気配に気づいたベリンダが逃げなければいいなとちょっと思っている。

私から分かるということは、ベリンダからも私が分かるのだ。彼女の索敵範囲がどれくらいかは分からないが、私の存在は近づけば確実に彼女の知るところとなる。

周囲に魔女の気配がない地域で、自分が呪った後に魔女が現れれば、かなりの確率でその呪いを解くよう依頼を受けた魔女だ。

さあ、ベリンダはどう出るかなぁと、杖を回しながら欠伸をする。面倒なことにならなければいいのだけれど。

三章　魔女の相見

「いやだね！　あたしはあの男に仕返ししてやったんだよ！」

成程こう来たか。

臭気を撒き散らしながら飛んでくるよく分からないヘドロを、片手で回して向きを整えた杖先で弾く。ヘドロ第一陣は余所へと飛んでいったけれど、すぐに第二陣が飛んでくる。

杖をくるりと回し、杖先から膜を取り出す。私達を覆った透明な膜はしゃぼんに似ている。べしゃりと膜にぶち当たったヘドロが、その痕跡を残したままずりずりと落ちていった。

ここはそれなりに大きな町にある、それなりに大きな屋敷の庭だ。

ベリンダはどこぞの貴族の別宅を借りているらしい。魔女の色香はきちんと使えば役に立つのだ。魔術を使っている可能性も捨てきれないが、まあどちらでもいいだろう。

「ベリンダ、あんたの気持ちも分かるけどね。私もこれが依頼なのさ。悪いけど、解いてもらうまで帰れないよ」

「そんなこと知るもんかい！　あたしを侮辱したあの男が悪いのさ！」

「私は関係ない……」

真っ赤な髪を振り乱してヘドロを撒き散らすベリンダの言葉に、リアンが死んだ目で呟いた。ご尤もであり、最も可哀想である。

ベリンダは、襟元が大きく開き、胸の形が強調されるような服を着ている。スカートも丈は短く腰に沿っている。惜しげもなく晒された長い足には網タイツがよく似合っていた。外見年齢は二十代半ばだろうか。服は差し色として薔薇色が組み込まれている。

こういう服装が好みなのか、はたまたたまたま気分が乗っただけなのかは誰にも分からない。何せ気まぐれの代名詞魔女なのだ。場合によっては本人すら己の好みを把握していないことすらあり得る。

初対面の魔女の特性を知ろうと、じーっと見つめて観察している間もヘドロは止まらない。膜がある限り私達に被害を齎すことはないけれど、顔面の高さに張り付いたヘドロに、リアンの頬が引き攣った。死んだ目は解除されても、その理由がこれではあまりに哀れである。

そんな哀れなリアンに、ベリンダが追い打ちをかけていく。

「美人になれてよかったじゃないか、坊や。そんじょそこらの女じゃぁ太刀打ちできないよ。好きに男見繕って生きな。よく似合っているよぉ」

「私は関係ない……」

鼻で笑って言われた言葉に、再びリアンの目が死ぬ。是非とも生きてほしい。

「大体、それだけ腹立たしいならどうしてあの男本人を呪わなかったんだい。この坊やはとんだとばっちりじゃないか」

この坊やと示されたリアンの目が更に死んでいく。死んでいるのに死んでいく。生きてほしい。

「うるさいねぇ。あいつは異常なまでに女好きだけれど、自分だって異様に好きだろう。女にして、もしも喜ばれたらあたしの面目丸潰れじゃないか」

「あー……」

否定できない。ちらりとリアンを見れば、こちらも否定できなかったのか、死んだ目が遠くなって虚ろになった。リアンの死が止まるところを知らない。頑張って。生きて。

止まるところを知らないヘドロの猛攻により、だんだん視界が埋まってきたので、膜の下にもう一つ同じ膜を張り、最初の膜を弾けさせる。ぱちんと弾けた膜と共に、土台をなくしたヘドロは落下していく。

しかし、開けたヘドロのない視界に特大のヘドロが飛んできた。次が来る前に、即座に外へと一膜作り、内側の膜を弾けさせる。

中に中にと作り続けていたら、いずれこっちの陣地が無くなってしまう。そんな耐久戦ちっとも望んでいないので、できれば早々に方を付けたいところだ。何せ魔女同士である。三日三晩ヘドロ攻防戦をしたとしても不思議ではない。

「あんたこそ、どうしてそいつを連れてきたんだい。魔女同士の話し合いに人間を連れてくるなんて野暮もいいとこだよ」

「そうだねぇ。私もそう思ったんだけどね、あんたが気になると思ったんだよ」

「あたしがぁ？」

ヘドロの猛攻が止まる。その隙に、できる限り自然な動作を装って歩を進める。勿論膜はそのままだ。

私の斜め後ろについているリアンも、共に歩を進めた。

絶対に私より前へ出ない。真横よりも下がる。リアンは、ここに来るまでに伝えた注意をきっちり守っていた。真面目でそれなりにお堅い性格のようだから、注意を無視される心配はしていなかったが、律儀だなぁとも思う。

目の前に自分を呪った魔女がいるのだ。頭に血が上って駆けだしてしまっても仕方が無い範疇だというのに。

「そうさ。あんたの呪い、ただの性別転換じゃなくて新しい魔術かい？」

「そんなわけあるか。あんな一瞬じゃあ、簡単な物しかできやしないよ。それこそ、あんたがわざわざあたしの元に来なくたって簡単に解けるやつさ。……暇だからあたしを嘲笑いに来たんじゃないのかい？」

「そこまで暇じゃあないさ。あんたの呪い、妙な形に変質しちまってるんだよ。だから一応、元を聞いておこうと思ってね。見てごらんよ。ちょっと簡単には手出しができないんだ」

そこで初めてリアンを私の前に突き出す。おいっと焦った声を出したリアンに目配せする。リアンはしぶしぶ指示に従った。

ベリンダは不審そうな顔をしていたけれど、興味には勝てなかったのだろう。真っ赤な石が浮く杖を抱きしめたまま、じりじりとこっちに近づいてきた。

リアンは表情を強張らせても、何とかその場に踏ん張っている。時々不安そうに私へ視線を向けてきたので、小さく頷いておく。

魔女に頼み事がある場合は、魔女の好奇心や興味を煽るに限る。魔女は気まぐれで欲深で、抑えが利かない。自分が興味を持ったことを諦めることも収めることもできないのだ。

だから、魔女が作る薬は異様に効く。効くまで作り続けるからだ。

魔女の始まりも、恐らくはそんな性質からだったのだろうといわれている。自らに渦巻く魔力の塊。それの使い所を探したのだろう。

他の人とは違う場所を放置せず、できず、突き詰めた結果魔女が生まれた。

そしてその使い方を、同じ体質の他の人間に教えた。その結果、数が少なかったが為に疎まれ、迫害され、狩られ、呪い、争い、隠れ、現れの繰り返しだ。魔女の歴史は、時代による善悪の認識次第でころころ変わっていく。

それでも魔女は変わらない。ちっとも変わらないのだ。

ベリンダは私が取り払った膜には全く反応を示さず、リアンの目の前に立ち、まじまじと見つめた。真っ赤な爪でリアンの顎を掬い、瞳の中を覗き込む。ベリンダのほうが背が高い。

真っ赤な魔力と同じほど真っ赤に塗られた唇を見ていると、何だか上から捕食されているみたいだなぁと思う。

そう思いながら眺めていると、だんだん暇になってきた。暇なので、二人の横にしゃがみ込む。見る角度が変わると、入ってくる視覚情報も当然変わるので多少は暇が潰せるのだ。

ヘドロは私達の周辺だけは撤去した。飛び散った分は知らない。

膝に肘を置き、合わせた手の甲に顎を置いて見上げていると、リアンの手が所在なげに揺れていた。ベリンダを押しのけたいのだろうが、それもできない。置き場のない手がいっそ哀れで、杖先を向けてやった。即座にぎゅっと握られて……身動きが取れなくなった。意外と力がある。

「ああ、本当だね……随分変質しちまってまあ………成程ね。あんた、強引に手を出さなくて正解だ。こいつは、あたしが呪うより前から呪われてるね」

「は？」

リアンが泣きそうな声を出した。可哀想……。

「やっぱりそうかい？　私もそう思ったんだよ。あんたの魔力と違うもんが引っ付いてるし。あんたが二種の魔力を持っているんじゃなきゃ、先客がいたんだろうなとね」

「は⁉」

ベリンダの手を振り払い、弾かれたように私を見たリアンの顔がぐいっと強引に戻される。真っ赤な爪が刺さった綺麗な顔が潰れていた。

視線だけで私を睨んでいるリアンの心中はきっと『聞いてないぞ！』であろう。対する私の答えは『言ってないぞ』一択である。

だってベリンダに確認を取るまで真偽は分からないし、言ってもどうしようもないことだ。知ろうが知るまいがやることは変わらないのでどうでもいいし、聞かれなかったしまあいいかと思ったのだ。聞かれたら答えていた。たぶん。

「へぇー……こいつは面白いね。成程ね、あたしの元に持ってきた理由が分かったよ。あたしの呪いを省いた状態を見たかったんだろう？」

「そうなんだよ。どちらの呪いにも関与していない私じゃあ、ちょっと難しくてね」

「そうだろうね……でも、こいつはどうしたもんかねぇ……」

ベリンダはさっきまで私達にヘドロを投げつけてきていたことを、すっかり忘れたのだろう。じぃーっと見つめていたリアンをぺいっと捨て、私に手招きをした。よいしょと立ち上がり、裾を払ってから近づく。

「ちょいとおいで。えーと……あんた、名前は？」

「キトリだよ、ベリンダ」

「こちらこそ、また一つ図鑑が増えて嬉しく思うよ」

「こちらこそ、図鑑を彩ってもらえて嬉しいよ」

魔女特有の挨拶を交わした私とベリンダを、リアンは不思議そうに見ていた。

「あんたはそこにいな。ここから先は魔女の領分だ」

連れ立って歩きはじめたとき、ベリンダはそう言ってリアンを制した。リアンはぐっと呻き、私に視線を向ける。私はくるりと回した杖を振り、背を向けた。

リアンを置いて、少し距離を取る。ベリンダは自分の杖をくるりと回し、音が外に漏れないよう結界を張った。

「ごめんなさいね、ややこしい呪いになっちゃったみたい」

ぺろりと舌を出す様子に苦笑するしかない。

「ベリンダが悪いんじゃないよ。殿下の運が悪かっただけ」

「それもそうか」

けらけら笑うベリンダに、私も肩を竦める。なんて運が悪いんだ、リアン。叔父の代わりに呪いを受ける前から、ややこしい呪いを持っていたなんて。

ベリンダからリアンへの敵意が失せたことを確認して、私は簡単に事情を説明した。

元々、魔女が魔女を殺すことは滅多にない。何せ魔女は執念深く執拗で、飽き性なのだ。それらは正反対の存在なのだが、魔女は器用に同居させる生き物なのである。

魔女が本気で殺し合えば、何千年も殺し合うだろう。だが、来る日も来る日も呪い合えば、いずれぷつりと飽きる。その間周辺に齎される被害は尋常ではないので、巻き込まれた人間達は哀れだ。あまり酷くなるようであれば魔女の掟を掲げた番人が出てくる。そして、それで終いだ。

さっきの私とベリンダのヘドロ合戦も、お遊びのようなものだ。魔法を使った戯れは魔女同士でなければなかなかできないので、こんなときしかできないお遊びであり、挨拶に近い。

ヘドロ合戦中も、リアンは盛大に引き攣っていたが腰の剣を抜くことはなかったので、私をそれなりに信頼してくれていたらしい。

思い起こせば、初めて会ったときも剣を抜くことはなかった。魔女に呪われた後にしては誠実な対応だったといえよう。全く、面白い人間もいたものである。

「キトリ、依頼を受けてるとはいえ、あれからは手を引いたほうがいいかもしれないわよ」

「やっぱり？」

「ええ。あれ、相当厄介な呪いよ。私の呪いに絡みついたことでようやく可視化したみたいだけど」

　ベリンダはそこで一度言葉を切った。一度切られ、続いた言葉は、あまり当たってほしくない予想が当たってしまったことを明確に知らしめた。

「あれは死の呪いだね。それも、あまり触れないほうがいい類いの」

　そっと息を吐く。ベリンダから外した視線を、リアンへと向ける。

　リアンはヘドロの中にぽつんと立っていた。私が弾いた場所しかヘドロが片付いていないから、距離を取って見たらヘドロの中に立っているみたいだ。

　少しくらい動いて、ヘドロに囲まれた状態から抜け出せばいいのに、律儀にその場で待っている。所在なげにしているわけではない。胸を張り、まっすぐに視線を向け、凛と立つ姿はまるで女騎士のようだ。

「そうじゃないかと思ってた」

「気づいていたの？」

「ベリンダの呪いを一カ所引っ張り出したとき絡みついていた紫の糸が、汚らしかったから」

「それは完全に死の呪いね。分かりやすいったらないわ」

　ベリンダはふんっと鼻に皺を寄せた。

　呪いの形がどう見えるかは魔女によって違うが、呪いの種類については皆共通の見え方をしている。小さな呪いなら小さく、手間がかかっている呪いなら細やかな細工が、お茶目な呪いならびっくりするようなことが、楽しい呪いなら楽しいことが見えるし起こる。

　そして、負の呪いであれば汚らわしい物が付きまとう。死の呪いなどその最たる物だ。魂を穢（けが）し、屠(ほふ)る。それが汚らわしい以外の何といえるだろう。

魔女は気まぐれで残忍で狡猾だ。だからこそ、己の魂を穢すのならばそれに相応しい行為を厳選する。どうでもいい人間を殺す為に、己の魂を穢す馬鹿はいない。

ベリンダが仕掛けたちょっとしたいたずら程度の呪いならば、魔女の箔が付くというものだ。だが、負の、それも死の呪いとなると話は変わる。他者の魂を穢せば、自身の魂も汚れる。当たり前の話だ。

だが、紫の魔女はそれをしでかした。リアンに、それをしたのだ。

「詳細は分かりますか」

呪いを重ねがけたベリンダだからこそ見えるものがある。己の呪いを除外した状態で見ることができるのだ。

私には無理だった。互いの呪いが絡み合い、元々かかっていた呪いの全容は掴めなかった。

「十八になれば、あの坊や死ぬよ」

息を吸い、吐く。

自分の髪がゆらりと不自然になびくのが分かったが止められない。魔力が垂れ流しになっている。

怒りは、持たないほうがいい。私は自制の利かない未熟な魔女だから。

そうと分かっているのに、この感情を随分久しぶりに抱いた。

リアンはまだまっすぐに立っている。一人仲間はずれにされているのだし、楽な体勢で待っていればいいのに、視線も逸らさず、怒りも含めず、まっすぐに。

綺麗な人間だと思う。姿勢も、生き方も、魂が綺麗な人間だ。

ああいう人間ばかりなら世界はもっと楽しいのにと、短い付き合いながら思う。そう思うほどには、好ましいと感じてしまった私がいると、もう気づいていた。

「そうですか。ありがとうございます。時間はあまりないということですね。急ぎます」

正確な日数は分からないが、誕生日が近いとシタレーヘナトは言っていた。十八までは目前だ。早くけりをつけなければ間に合わない。

頭を下げる代わりに軽く杖をぶつけ合う。かんと石のような澄んだ音が響く。魔女同士の挨拶だ。

ベリンダが張った結界からするりと抜け出し、リアンに歩み寄る。話が終わったと判断したのだろう。リアンもヘドロを器用に避けながら大股で歩み寄ってきた。

私よりも距離を稼いであっという間に前に来たリアンは、開口一番言った。

「お前、大丈夫か？」

「何がですか？」

「いや……何だか、具合が悪そうに見える。少し休んでいくか？　宿を取ってもいいが。飛んで疲れたんじゃないのか？」

具合が悪そうな顔をした覚えはないし、空を飛んだくらいで疲れるようでは魔女はやっていけないし、そもそもそれは既に魔女ではないだろう。

リアンは真剣に心配しているようだ。心配されなければならないのはそっちだと笑ってしまう。魔女の具合を心配するとは、本当に酔狂な人間だ。生真面目で頑固なのに酔狂とはこれ如何に。

「何でもないさ」

そう、何でもない。何にもない。解決してしまえば、何にもないと同じ事だ。

「キトリ」

名を呼ばれ、振り向く。ベリンダは、杖を脇に挟み、腕を組んでいた。

「やめときな。あんたの手には余るよ」

「そうかい」

「その手の呪いをかける奴は、番人に目をつけられているだろうさ。それなのに呪いが生きてるって事は、魔女も健在ってことだ。つまりは、星の管轄だ」

「そうだね」

魔女に魔女の掟。そしてこの掟破りは、お遊びでは済まされない。

それなのに、現在も掟破りの魔女は健在だ。それは対象の魔女が、掟を遵守させるべく存在する番人の目をかいくぐれるほどの実力を持っているか。

それともこの事件が、番人が手を出さない星の管轄か、だ。

そうであった場合、私は手を出すことを許されないだろう。だがそうも言っていられない。

「仕方がないさ。私は依頼を受けたんでね」

「せめて師の手を借りるべきだ」

「そうもいかないさ」

「何故だい」

私はここで初めて、ちょっとだけ表情を崩した。

「何せ、師と別れた直後なんだ」

そう答えれば､リアンとベリンダはお互い同じほどの驚愕を浮かべた。リアンは驚きと一緒に少々の痛ましさを浮かべているから、どうやら何か勘違いしているらしい。

私は別に師と仲違いしたわけでも死別したわけでもない。巣立っただけだ。独立ともいう。

ベリンダは私が言いたいことを的確に受け取った。目を見開いた後、派手に笑いはじめる。

「そ、そりゃあとんだことだね！　なんてこったい！　い、いや、笑い事じゃないけども、あーっはっはっはっはっはっ！　あっはっはっはっはっはっ！」

「全くだよ。これが解決しなきゃ、私はお先真っ暗だってのに、ややこしくしてくれたもんだ」

むすっと答えれば、ベリンダは更に笑った。どうやら私が、ひよっこもひよっこ、師の膝元から巣立ったばかりの雛だとは思いもしなかったらしい。

「そりゃあ無理だ。やめときな。手に余るどころじゃない。師に文句を言って、代償も肩代わりしてもらいな。こいつは師が悪い。依頼を見誤るにも程があるってもんだ。この件に関しては、助けてもらったって誰も文句を言いはしないよ」

だけどベリンダ。心の中で呟く。悪いんだけど、あまり甘く見てもらっても困るのだ。何故なら私は、大魔女の弟子なのだ。

「ベリンダ、私の師は大魔女ディアナスなんだよ」

目尻に滲んだ涙を拭っていたベリンダは、笑いを止めて私を見た。さっき以上に目を丸くしている。その瞳内を、感情の乱れによる魔力が通り抜けた。

「何だって……？　じゃあまさか、あんたがカナンの」

「ベリンダ」

私は静かな声でベリンダの言葉を遮り、ゆっくりと首を振った。

「ディアナスだよ！　あのディアナス！　ディアナスが弟子を助けたり、手を貸したり、面倒見たり、自分の始末をつけるはずがないじゃないか！　私の飯を奪い、金を奪い、時間を奪い、薬を奪い、借金取りを押しつけ、騙した男を押しつけ、からかった女を押しつけ、薬の調合を押しつけ、掃除洗濯食事を押しつけ、ついでに服の趣味を押しつけるようなディアナスが、私を助ける⁉　おかげで腹を空かせ、睡眠時間を削られ、胃薬奪われ、金策に追われ、男に襲われ、女にひっぱたかれ、仕事に追われ、家事に追われ、真冬に胸出し腕出し腿出し腹出しだ！　男に殴られ女に引っかかれ、寝不足でヘロヘロになっている私を見て腹を抱えて笑うそんなディアナスが、何度でも言うが、あの、ディアナスが、私を、助ける⁉　――あり得ないっ！」

膝をつき、地面に両拳をも叩きつけた私の魂の叫びが響き渡る。師の血はきっと青いに違いない。

血涙を流しながら過去の苦行を叫んだ私の傍に、リアンが静かにしゃがみ込んだ。草が潰れる音でさえさくりとたおやかだ。柔らかな女の手がそっと私の背に触れる。血涙流しながら視線を上げれば、可哀想に……、そんな瞳が私を見ていた。

私達は何故、この感情を互いの間でやりとりせねばならぬのだ。

「……あたしの師でさえ、そこまでじゃあなかったよ。あんた、可哀想だねぇ……どうしようもなくなったら、あたしの呪いだけは無理やりにでも解いてやるから、依頼反故にはならないようにしてやるよ……」

ベリンダから送られた同情たっぷりの瞳も、リアンからの同情と同じくらい私の心を抉った。


同胞と別れ、人が作った道に沿って歩く。歩いている行為に特に意味はない。この国にも町にも、用事はなかった。ベリンダに会ってさえしまえば、既に目的は果たされたのだ。

空を見上げればまだ赤くはなっていない。あと一時間もすれば日が傾きはじめるだろう微妙な刻限だ。そんな時間を、私とリアンは歩いている。

「どうします、殿下。私、戻ったら少し忙しくしますから、この国に用事があるのなら先に言っておいてくださいね」

「忙しく、か」

口角を片方だけ上げる笑い方をするリアンを、初めて見た。器用だなと思うと同時に、少しの違和感を覚える。こんな笑い方をする人ではないはずだ。笑い方だけでなく怒りも驚きも、真っ直ぐな感情を浮かべていた。魔女にさえ、そうだったのに。

私が言葉を浮かべられなかった瞬きの間に、歪(いびつ)な笑みは消えていた。見間違いだっただろうか。いや……そんなわけがない。世界で一番似合わない笑い方を、この人に当てはめて見間違えるなんてするはずがなかった。

「……殿下」

「せっかくだ。食事していくか。オリナトはシルフォンと同じく、山と海と川の幸に恵まれていて料理がうまいぞ」

「殿下」

問うたわけでも急かしたわけでもない。確信を持って呼びかけた声を無視できるような人だったら、私はきっとここまで絆されなかった。

リアンは言葉を止めて私を見た。そして、困ったように笑う。

「悪いな。完璧とまでいかないが、私は読唇術の心得があるんだ」

「あー……」

成程。迂闊だった。

呻きながら顔を覆う。仰け反ったせいで落ちかけた帽子をリアンが支えてくれた。

「とりあえず、何か食おう」

どうしたものか。

言葉を切らせた私の背をぽんっと叩く。その手は前につんのめる勢いは全くなく、風のような軽さで、されどしっかりと質量を持った人の温度を私の背に残していく。

「お前、意外と人を慮れるよな」

そう言って少し眉を下げて笑ったリアンに、私は酷い絶望を味わった。

どうせなら飲食店が建ち並ぶ区域で選ぼうと、どうやら何度か来たことがあるらしいリアンに連れられて場所を移動する。他国は仕事でしか来たことがないと言っていたが、さすがに隣国は数多く訪れているのだろう。

慣れた様子で道を進んでいくリアンを引き留める理由もなく、ついていく。

辿り着いた場所は、様々な食事が提供されていた。店内で食事が可能な店が軒を連ね、更に屋台も転々と存在している広場だった。食事の時間からずれているとはいえ、それなりに混雑しているところを見ると期待が持てそうだ。

「食べたい物はあるか？」

「そうですねぇ。屋台も多いので種類多くちょこちょこ摘まみたいです」

「じゃあ一周回るか。椅子も座れないわけじゃなさそうだし、慌てなくていいな」

最初に覗いた屋台では、濃いめの甘辛ダレで焼かれた串の肉団子が売られていた。買った。次の屋台では、ぴりりと辛いタレに絡められたイカが鉄板で焼かれていた。買った。次の屋台では、ごろごろと豪快に切られた野菜がとろとろになるまで煮られたクリームのスープが売られていた。買った。次の屋台では、一口の大きさになった果物がシロップの中で泳いでいた。買った。買った。買った。買った。買いすぎた。

あっという間にリアンの両手がいっぱいに埋まってしまった。ちなみに財布もリアンの物だ。

別に無理やりお金を出させたわけではない。本人が自分が払うの一点張りだったので、ありがたくご馳走になっただけである。

「殿下、持ちましょうか？」

「いや……大丈夫だ…………たぶん」

「無理して落ちたほうが悲しいですよ。大体殿下、今は手の大きさも違うでしょうし。ほら、載せてください」

帽子を持ち上げて頭を杖先で示せば、リアンは盛大に妙な顔をした。

「曲芸師の心得でもあるのか？」

「あるわけないじゃないですか。一旦しまっとくだけです」

ほら早く載せてと帽子を揺らせば、怪訝さを隠しもしないリアンが、ぐらつく食べ物の山をしゃがんだ私の頭に載せた。その上から帽子をかぶり直し、ぱっと脱ぐ。リアンの目が丸くなった。私は別に何もしていないけれど、してやったりな気持ちになる。

載せた食料が空っぽになった頭を、リアンに鷲掴みにされるまでは。

「うぎゃ！」

「どこにやったんだ⁉　食べたのか⁉　頭で⁉　一旦しまうって腹にしまったのか⁉　はっ、出すなよ⁉　私は食べないぞ⁉」

「帽子に決まってるじゃないですか！　私は魔女なんですから！　帽子は魔女の工房ですよ⁉　物をしまうくらい誰にでもできます！」

とんでもない勘違いをされた。頭で食べるって何だ。まるっきり化け物である。

大体頭で食べたら、目と鼻の奥を食べ物が通過することになるじゃないか。うっかりくしゃみをしようものなら大惨事は免れない。なんて恐ろしい。

「魔女は、凄いな……」

「いきなり魔女の頭を鷲掴みにする殿下も相当凄いですけどね……」

魔女と人間の異文化交流は驚愕を生む。互いに。

人間は魔女の文化に驚き、魔女は魔女の文化に驚いた人間が起こした行動に驚かされるわけである。ちなみに驚愕で済めばまだいいほうで、そこから面白がらせてしまえば更なる大惨事を呼ぶであろう。

魔女の好奇心ほど厄介なものはそうそうないのだ。

「殿下、いい加減頭離してもらえますかね」

「そういえば、お前もいい加減殿下はやめろ。城下に出ている場合は特に」

「はあ、じゃあ王子」

「意味ないだろそれ、リアンでいい。それにしてもお前、頭小さいな」

「それは遠回しに馬鹿だと言われているんでしょうかね。殿下……リアンだって今は小さいんじゃないですか？　知らないですけど」

掴まれっぱなしでぐしゃぐしゃにされるのはまあいいが、帽子をかぶれないのは何だかそわそわしてしまう。

帽子は魔女の工房。魔女の財産が丸々収納されているのだ。採取した薬草も、調合した薬も、その調合器具でさえ、全てが魔女の帽子の中だ。

工房の中では外の介入を受けない。時の流れもない。魔女の魔女による、魔女個人の為だけの世界。

作りかけの薬は永遠に作りかけのまま、温かい物も冷たい物もその温度のまま保たれ続ける。

私は昔の癖、という名の大人がしている行動を真似たいという憧れで、トランクを持ち歩いてしまうが、本当はトランクなんて必要ないのだ。

だからこそ、頭を覆うそれがなくなると、素っ裸で放り出されたような不安感に襲われる。

「今は女性ですからね。それはともかく帽子かぶりたいんで、手、どけてください。さもなくば私も頭を鷲掴みにしますよ」

「別に構わないが、楽しいか？　それ」

「現在進行形で人の頭鷲掴みにしている人が言う台詞ではないですね、それ」

頭を離してくれたらそれでよかったのに、何が楽しいのか人の頭で遊び続けているリアンは、首を傾げながらも頭を下げてくれた。人にやる以上自分も差し出すことを躊躇うつもりはないらしい。

仕方がないので、杖と帽子を脇に挟み、リアンの頭を両手で挟む。柔らかくもさらりと軽い髪だ。漂う香りは草と石鹸が混ざり合った清潔感のあるもので、彼らしいと、くすりと笑う。

「魔女は本当に髪が長いな。邪魔じゃないのか？」

足下に着くか着かないか、ぎりぎりの長さを保っている私の髪を軽く持ち上げているリアンは、まるで子どものようだ。好奇心が強い様子は少しだけ魔女を思い起こさせるが、彼と魔女を一緒にしては冒涜というものであろう。

「どうでしょう。逆に短くなったほうが調子が崩れるんです。魔力の行き渡り方が変わりますし、髪の長さも自分では調整できません。自身に合った魔力貯蔵としてちょうどいい形で収まるようになっています。しかしリアン、髪、柔らかいですね」

「そうか？　自分では分からん。だが、お前のほうが柔らかいと思うぞ」

「私は硬いほうですね。びっくりするくらいふわふわの人もいますし。もうほんと、綿菓子も目じゃないくらいふわっふわです。その分絡みやすくて……師匠がそういう髪なんですが、私が梳いて編んで整えた頭で男を引っかけ、手酷く振り、私に後始末を押しつけるっ！」

「あー……その、何だ。お前の師匠とは一度面談をしたほうがいい気がするな。私が役に立てるかは分からんが…………かぶってろ」

　突然帽子を奪われ、頭にかぶせられた。確かに帽子をかぶりたいと思っていたけれど、誰がこんな目深にかぶせろと言ったのだ。

　ただでさえ大きなつばなのに、ぎゅうぎゅうと下に引っ張られたら、帽子に頭を食べられたようになってしまう。何も、見えない。

　つばを引っ張り、思っていたより深く嵌まっていた帽子を引っこ抜く。いくら帽子は魔女の工房とはいえ、こんな町中で用事もなく工房に引っ込んだりしない。そもそも、他者から放り込まれて自分の工房に入るなど魔女の名折れにも程がある。

　何なんだとかぶり直した帽子を押さえた視界に、見知らぬ足が三人分あることに瞬きした。

「お嬢ちゃん達、暇ー？」

「可愛いねー」

「俺らと遊ばない？」

何と軽薄な響きか。この短い会話から読み取るにはあまりに莫大な量の軽薄さ。百人中百人が軽薄だと言うであろう言葉の響きと声音。

視線を上げていくと、見知らぬ若い男が三人いた。やけに胸元が開いているのと、ごつい装飾品をつけている以外は、特に目立つ特徴の無い三人組だ。

強いて言うなら、一人は鼻が大きい。鷲鼻まではいっていない。何とも中途半端な鼻だ。鼻に文句をつけられても困るだろうし、人の身体的特徴をあげつらう趣味はないが、他に特徴がないのだから致し方ない。

私が男達の特徴を探している間、その対応はリアンが一身に担っていた。

「すまないが、お前達と遊ぶ余裕はない。他を当たってくれ」

「お、格好いいね。お嬢ちゃんもしかして女騎士？　剣持ってるもんな」

「魔女なんて珍しいね。そういや向こうの通りに魔女が住み着いたって聞いたっけ」

「もしかしてお嬢ちゃんはそれ関連？　いやぁ、この辺りで魔女なんて珍しいからさぁ」

軽薄注意報発令中。

女性になっているリアンと、元より女の私より三人組は背が高い。だというのに、いちいち顔を覗き込んでくる。その仕草に、少しいらつく。

私はつばの広い帽子があるからそうそう覗き込まれはしないけれど、男達は無遠慮にリアンの顔を覗き込み、舐め回すように見ている。

美しい存在を見ていたいのは人の性かもしれないが、無礼にも程があるのではないだろうか。

王子だぞ。ふわっふわっのシルフォン国とはいえ、今は女といえ、王子だぞ。それを、不躾な目で舐め回していいと思っているのか。思っているんだろうな。まさかこんな場所に一国の王子様が女になって、魔女を一人連れただけで屋台巡りをしているとは夢にも思わないだろうし。

あれ？　これはリアンが悪いのでは？

そもそも、魔女が人間の枠組みを遵守しようなんてお笑いにも程がある。魔女にとって、相手が国王であろうが下働きの女であろうが、花屋であろうが食堂の親父であろうが騎士団の隊長であろうが、何の違いもない。

なのにいま、いらっとした。そして現在進行形でもいらついている。それは、おかしい。どうして魔女が人間の枠組みに配慮して、それを人間が破ったからといらつかなければならないのだ。

男達からちょっと妙な臭いがしているからだろうか。草の臭いが混ざっているから分かりづらいが、酒だ。何かを漬け込んだ酒を飲んでいたのだろう。呼吸に酒気が混じっている。

「ここで食う物買ってたんなら食う時間くらいあるんだろ？　何かおごるからさ、一緒に食おうぜ」

「結構だ」

「君、可愛いね。この辺の子じゃないだろ」

「そうだな」

「今日は旅行？　女の子二人旅は危ないよ。まあ、こっちは魔女だけど」

そう言った男の手が、腰を抱こうと下りてくる。隣を見れば、中途半端な鼻を持つ男がリアンの肩を抱こうとしていた。

　杖を持った手を揺らす。何がいいかな。蛙か蜥蜴か鼠か、羽虫でもいいな。ありんこでもいい。ぷちっとやられてしまえばいい。大丈夫、ぷちっとやられれば元の姿に戻る。ただし、死ぬ恐怖はしっかり味わうが。

　どれにしようかなと考え、羽虫でぷちっといってもらうかと決めた瞬間、腰が抱かれた。反射的に杖を向けかけて、ぴたりと止める。腰は、思っていた方向とは反対に引かれていた。

　視線を落とせば、白く細い指が腰に回っている。

　余って一度折られた袖。細い手首。しなやかな指。身体の半分が酷く温かい。他者の温度だ。身体の半分だけ茹でられているような気持ちになる。他者から移る温度がこんなに心地いいなんて、思い出したくはなかったのに。

「彼女は私の友だ。手出し無用で頼む」

　まずいと、思った。だって、熱いのだ。

　他者の体温は心地いい。家族に抱かれた柔らかな記憶がそれを私に教えてくれた。だけど、他者の体温が温もりを超えた場合、それは。

「じゃあ、君が付き合ってくれる？」

「今度な。せめて明るいうちから酒を飲んでいないときにしてくれ」

「えー、そんな飲んでねぇよ」

「悪いな。一杯だろうと、昼間から酒を飲む奴と関わっちゃいけませんと親から言われているんだ。

互いの親同伴でなら相席を許可するが？」

茶目っ気を持って瞑られた片目に、男達はそれは勘弁だと肩を竦めた。

酒を飲んでいるのは事実のようだが、どうやらそこまで悪い酒ではなかったようだし、これ以上の無理強いをする気はないらしい。

そこからはあっさり引いた男達と別れ、その背が掌ほどの大きさになった頃、リアンは私から手を離した。

「あいつらが飲んでいた酒は、ここの名産の一つだ。身体が温まる薬草を漬け込んだ酒で、安価で手っ取り早く酔える。薬草効果で身体が温まるから、主に北国に輸出されているんだ。匂いが独特だからすぐに分かるな。酔っていると先に気づけてよかった……キトリ？」

「――何でしょう」

「どうした？　妙な顔をしているが」

息を吸い、杖先で大きなつばを持ち上げる。下を向きたいときほど向くべきではない。

だって私は魔女だ。魔女には魔女の掟。

私にはもうこの生き方しか残されていない。それなのにこの愚か者は、どうやら本当に大馬鹿者のようだ。

誰が、誰を慮っているって？

馬鹿なキトリ。人間に恋心を抱いて、どうしようというのだ。

「キトリ？」

私を覗き込む顔は、眦を少し下げ、眉間は少し寄り。心配を、している。魔女であるこの身を、己を呪った魔女と同じ魔女を、この優しい人間は案じているのだ。

魔女を対等な人として扱う、この馬鹿な人間は、魔女がどんな存在なのか全く分かっていない。いいや、分かっても同じことをするのだろう。それくらいには生真面目で、頑固で、融通が利かなそうだ。

そんな面倒そうなこの男の気質が好ましく思えていた時点で、駄目だったのかもしれない。

生き様の生真面目さを、尊さを、ただただ美しいと憧れていればよかったのに。それだけならば何も変わらず生み出さず、ただただ日々は回ったのに。

この温度に触れられる場所にいたいとじわりと灯る願いを、人が恋と呼ぶのなら、そこには絶望しか残らない。

彼は人で、私は魔女だ。

カナンの、魔女なのだ。

「いやぁ、蛙にしようか蜥蜴にしようか鼠にしようかと悩んだ結果羽虫にするところだったんですが、残念です！」

「私は今、結構な善行を積んだことを知った」

真剣な顔で頷いているリアンは知らない。目の前の魔女がどんな存在なのか分かっていない。

馬鹿なキトリ。愚かなキトリ。悍ましい、魔女。

今更、人間に恋心など抱いてどうするつもりだ。お前が一体どれだけの人間を屠ったのか。分かっていて、この美しい魂を持つ人を好きだというのか。数え切れない人間を殺した災厄の魔女が、人間に恋をするなど、悍ましいにも程がある。

ああ、本当に可哀想な人。心から、そう思う。

なんて不運なのだ。心から、そう嘆く。

とばっちりで呪いをかけられ、その前から十八になれば死んでしまう呪いをかけられていて。解呪にやってきた魔女は巣立ったばかりのひよっこで。

殺戮者で。

一人や二人なんて数ではなく、多数の集落を根こそぎ殺し尽くした。そんな行いを全く後悔していない、異常者で。

だからこその魔女で。

そんな魔女に恋をされてしまった、不運で哀れで、美しい魂を持つ人は、「とりあえず呪う前に一言知らせてくれ」と、いつもの真面目くさった顔で私に言った。


その後も屋台をぐるりと回り、ちょこちょこ買い足して。

私、いい食事場所知ってるんですよと誘ったのはついさっき。現在私の前には、何やら疲れ切った顔のリアンとずらりと並んだ美味しそうな料理、そして青空が広がっている。この空も、あと少しすれば赤に色づきはじめるのだろう。

「……まさか空で食事をすることになるとは」

私とリアン、そして料理達を乗せた絨毯は、驢馬より速く早馬より遅い速度でシルフォンへと向かっている。

「混雑していないし、他に話も聞かれないし、景色もいいし。いい場所だと思いませんか？」

「混雑していたら大問題だろう……それに、これは下から見られないのか？　この辺りは魔女に慣れていないから、大騒ぎになるぞ」

「大丈夫ですよ。周りにはこう……なんて言うんですかね？」

「私に聞くなっ。私が聞いたんだ！」

そうは言われても。

私はかりかりと杖で頭を掻いた。

「説明したことないんですよ。魔女が誰かの理解を必要とするとでもお思いですか？」

「どう考えても必要だろうが！　今までその必要がなかったとしても、いずれ必要となるときが来たらどうするんだ！　魔女が個人主義なら余計にだろう！　他者の理解がなければ追い詰められたときに為す術がなくなる！　やったことがないのなら練習しろ！　その為の時間ならいくらでもあるだろうが！」

リアンは真面目だなぁと思う。いちいち怒って体力使わなくても、どうでもいいと流してしまえば楽なのに。

相手は自らの過ちを知らず、直すこともなく、一人で勝手に価値を下げていく。自分の体力を使ってまでどう思っているか、今がどういう状況か。ちゃんと教えてあげる生き方は、面倒だろうに。

「えーと、周りにこう……やっぱり面倒なのでやめていいですか？」

「いいわけあるか」

すっぱり否定された。これはリアンを説得するほうが面倒かもしれないと、改めて説明を考える。

「えーと……周りにこう、鏡みたいな術をかけていて、下からはそれに反射した空が見えているので大丈夫です」

一応私なりに頑張って説明してみた。するとリアンはさっきまでの怒りをあっさり引っ込めて、穏やかに会話へと戻った。

「そうなのか。だが反射しているだけなら、よく見れば気づかれるんじゃないのか？」

「大丈夫ですよ」

私達からは見える眼下の世界。小さな人間達が、同じ高さの幸せを享受し、日々の営みを繰り返す世界。

「人は空の歪みになど気がつかないのだから」

だから空は人の領分ではない。

人は脳の進化を優先し、飛ぶことを諦めた。鳥は飛び続ける為に、脳の進化を諦めた。魔女は、同じ姿形をした多数を弾き、弾かれ、人の形でありながら空に到達した。

空は魔女の領分だ。けれど空は、星に近すぎる。

目を細め、青空に薄ら浮かぶ月を見ていた視線を戻す。魔女の領分にたった一人連れ込まれた人間は、脅えも怒りもせず、じっと魔女を見ていた。

「せっかくなので、温かいうちに食べましょう」

「……ああ」

二人で座るには充分すぎる大きさの絨毯には、たくさんの動物が描かれていた。森に、花に、川に、空。どれも色鮮やかなのに、使われている糸はどこか白が混ざっているような柔らかさがある。子ども部屋に使われているような、華やかで楽しい刺繍が施された絨毯の上には、どう見ても二人分には見えない料理がずらりと並んでいた。

屋台の料理も、湯気の出る状態でこれだけ並べれば壮観だ。どれにしようかなと迷い、肉餡の包み揚げにかじりつく。周りはさくさくと解け、中から出てきた肉汁に慌てて口へ放り込む。熱かった。

私が熱さに悶絶し、一通り悶え、熱さを乗り越え飲み込んで顔を上げれば、リアンは頭を抱えていた。

「食べないんですか？」

「………食べる」

肺が空っぽになるんじゃないかと思うほど、それはそれは深い息を吐ききったリアンは、さっき私が食べた包み揚げに手を伸ばし……少し迷って隣の串焼きを取った。包み揚げはまだ熱いと私を見て学習したようだ。先陣を切った私だけが口の中を火傷した。

次は安全に冷めた物からと思ったが、そこは作りたての醍醐味。全部ほかほかだ。甘い物は冷たい物が多かったので、それを摘まむ。

「食べる順番まで気まぐれってどういうことだ……」

「必要に迫られた結果なんですけどね」

そうは言っても食べる順番なんて普段から気にしていない。食べたい物を食べたいときに食べたいように食べる。魔女なので。

気が向くままに摘まんでいたら、リアンも何か吹っ切れたらしく、順番なんて何のそのと食べはじめた。綺麗な顔で、意外にも一口一口が大きい。あっという間に次々空にしていくから、私は食べたいときに、という気ままさをかなぐり捨てなくてはならなくなった。

この人、思ったより食べるの速い。

一息ついたとき、気がつけばほとんどの器が空になっていた。思ったより食べるなこの人と思いながら、杖先をちょいちょい動かして器を重ねていく。リアンは地道に手で重ねて片付けていた。

こういうところはお育ちがいいと思うが、普通王子ほどお育ちがよすぎれば自分で後片付けしないと思うと何だか面白い。

そして、魔女に〝普通は〟なんて思わせるこの人の不思議さを面白いと思うのは、まあ、そういうことだからだろう。

どうしたものかと思っていたら、リアンは後ろに手をつき、背を反らせながら息を吐いた。お腹いっぱいだろうに、その姿勢は苦しくないのだろうか。

「で、これからどうするんだ？」

「やることは決まっていますが、殿下はどこまで状況を把握したのか聞いてもいいですか？」

「おい、呼び方戻ってるぞ」

「人前じゃないのでいいかなと。それより、はい、報告」

「あー……私には魔女も触れたくないような呪いがついていて、十八になれば死ぬんだろ？」

誤魔化しようのないほど綺麗に拾われている。そんな特技を持っていると知っていたら、せめて背を向けて話していたのに。

「怒らないんですか」

いつもは怒りんぼですぐに怒るのに、こんなときは酷く静かな人だ。不思議に思って問えば、リアンは苦笑した。

「この件に関しては、お前に怒る理由がないだろう？　私はとりあえず、叔父上に話を伺って父上にも…………」

「殿下？」

不意に言葉を切ったリアンは、愕然とした状態で開けたままの唇を、自分の掌で無造作に覆った。がばりと嵌まった掌の中では、まだ口が開いているのが分かった。

顎と目玉が落ちそうで、はらはらする。

「……お前、何をしているんだ？」

リアンが見た通り、膝をついて腰を浮かし、杖を脇に挟み、揃えた両手をリアンの顔下に配置している。リアンは、さっきまで愕然としていた顔を怪訝そうなものへと変えていく。

「え、いや……顎と目玉が落ちそうで……なくなっていなかったら治せるし、拾おうかと……」

「そうそう落とすか！　だが、落ちた場合はよろしく頼む！」

任せてー。

リアンの顎と目玉は大丈夫だそうなので、元の位置に戻る。そのまま戻っただけなので、なんとなく正座になった。それを見たリアンも、何故か正座した。何故私達は、空の上で正座して向かい合わなければならないのだろう。

首を傾げると、リアンも首を傾げた。だが、すぐに神妙な顔つきに戻る。

「キトリ、一つ聞きたいのだが」

「はいはい、何でしょう」

「はいは一回だ！」

「はーい」

言うことを素直に聞いたのに、何が不満なのか頭痛を覚えたような顔をされた。魔女がまともに言うことを聞いただけでも御の字だと思ってもらいたい。

「…………私が、父上がいつから湯治へ行っているのか、また、どこへ湯治に行っているのか、まるで記憶にないと申告した場合、病を疑うか？」

「どっちかというと魔法を疑いますねぇ」

「そうか」

ほっとしたような複雑なような。何とも形容しがたい顔をされてしまった。まあ、どっちが原因でも「よかった！」とはならないだろうから、この顔は正当だ。

リアンは複雑な顔を一つ吐いた息で取り払い、真面目な顔に戻った。

「ならばひとまずは、これが魔法であると仮定して話を進めたい。私は魔法に詳しくないから教えてくれ。この場合、どういう対処が可能だ」

「私に任せていただけると早いんですが」

杖で帽子のつばを持ち上げ、かりかりと頭を掻く。

「任せはする。だが、その方法を私も知っていたいんだ」

「私が信用できませんか？　魔女を信用すべきではないですから正しい判断ですね！」

「違う！　満面の笑みで自分から言う馬鹿者がいるか！」

な、何だよぉ。いるよぉ。魔女だよぉ。

真面目だなぁと思うし、そういうところも好ましいと思うけれど、怒るとは全く思っていないところで爆発されるとちょっとびっくりする。反射的に言い訳もしてしまう。

だが、口に出さないくらいの分別はいくら魔女といえどある。だって下手に言い訳すると説教が長くなると知っているし、余計な手間を増やすのだ。

「というか、父上はご無事なのだろうか……」

「殿下の父上が消えたのは最近のようですし、それにしては妙な痕跡も危うい気配もなかったので、まずご無事だと思いますよ。無理やり連れ去られたのなら、それなりに残留するものがあるはずなんですがそれもなかったですし」

どんな命であれ、強い思念や感情は残りやすい。まるで魔力のように。そして魔女はそれらが見えやすい生き物なのだ。何せ感情のまま生きる気まぐれ代表なのである。

感情が形になった存在、魔力が生きている、そう評した学者もいたらしい。名前も出身国も生死も知らない。興味がなかったのだ。

「そうか！　それはよかった……だが、お前に関しては全くよくはないがな」

「えぇー！　せっかく説明したのに……」

杖を抱きしめて膨れる私に、リアンは溜息をついた。リアンはよく、小さめのものから肺が空っぽになりそうなものまで、よりどりみどりな溜息をついている。

酸欠にならないだろうか。大丈夫だろうかと、わりと心配だ。

「自分が全く考えつかない手法で策を練られると、たとえ解決したとしても問題だろう。特に王子としては落第だ。お前の邪魔をしたいわけじゃない。ただ、できる範囲で理解をしたいんだ。そうでなければ、もし次があった場合、対策も対処も全くできないままでは困る」

「はあ、そうですか。魔女の掟で魔女以外には話せないこともありますが……魔女のやることなすことにあまり興味を持たれないほうが、これからの人生にはよろしいかと思いますよ？　お父上にもそう進言されたほうがよろしいかと。人間は、魔女の道理に理解を示す他人をことのほか嫌う生き物ですから」

「余計な世話だと言いたいところだが、魔女の道理を知らない人間としてはそうもいかんな。一意見として受け取っておこう」

「殿下はくそ真面目ですねぇ」

「私はな、キトリ。一応かろうじて僅かながらにも口調を取り繕いながらも、全く相手を敬う気がない存在がいるということを理解できるくらいには、世慣れしているんだ」

「はあ」

自分で財布を持ち、護衛もおらず付き人もおらず、屋台巡りができ、男に声をかけられても揉め事を起こさずさらりと追い払える人が世慣れしていないとは、私だって思っていない。

「いっそ敬語じゃないほうがましだと言っているんだ！」

「まあまあ。それはともかくとして。とりあえず、嫌かもしれませんが、殿下の叔父さんは殿下のお父さんの行方をご存じか聞いたほうがいいでしょうね。殿下に魔法がかけられているとしても、呪いの件で探った折りに発見できなかったとなると巧妙に隠されているのでしょう。呪いが重ねがけされている状況で、深い場所をいじくり回すのは危険ですし、あまりやりたくありません。だったら、殿下から情報を引っ張り出すより、周りから情報を得るほうが安全です」

「成程な。納得できる。叔父上がご存じでなかった場合、当てはあるのか」

「あまり使いたくありませんし、殿下を連れていける場所ではありませんが、一応」

きゅっと眉を寄せたリアンに、それはともかくと話を変える。

私としては、こっちを先に聞いておきたかった。それなのにリアンは、この話を変えられるのは不満のようだ。不満を隠しもせず、「おい」と不機嫌な声を出した。

「お前の安全は絶対条件だぞ。大体お前は、どうも危なっかしい。七百十五歳には見えない」

「殿下。十八歳まで、あと何日ですか」

ぴたりと、リアンの口が閉ざされた。

「あまり時間がないと、あなたの叔父が言っていましたね。だから急ぐつもりです。ですが、明確な期限が分からないと困ります。それによって、無理を押す度合いが変わりますので」

「……三週間後だ」

小さく呟かれた返事に、口角を吊り上げる。

絨毯の上に広がっている金緑の髪が、不自然になびく動きが視界の端に映った。光が通り抜けていく様も視界に引っかかり、我が事ながら意識の邪魔だなと思う。

けれど一瞬、まるで美しいものでも見たかのように呆けたリアンこそが愛らしいと思ってしまった自分が誰より馬鹿だと、分かっている。

「魔女に嘘をつくその代償を、もうすぐ死ぬ貴方ご自身が払えますか？」

ぐっと息を詰めたリアンに、心の中で苦笑する。

駄目だよ、リアン。私はきっともう、あなたを害せない。けれどこれから先、もしもまた魔女と関わることになってしまった場合、私を基準にされたら、困る。

あなたが、困るのだ。

ゆらゆらと髪が揺れているのが自分でも分かる。唇もきっと裂けんばかりに吊り上がり、それは悍ましいことだろう。

魔力の通った瞳は瞳孔が開き、爪は尖る。魔女は魔性の生き物だ。人間より獣に近く、獣より人間に近い、どの領域にも属せない魔の生を生きる物。

忘れないで。忘れてはならない。

お願いリアン、忘れないで。

魔女が嫌悪される理由を、疎まれる理由を、弾かれる理由を、蔑まれる理由を。本能のように恐れられるその理由を、どうか忘れてしまわないで。

その恐怖を忘却してしまえば、いずれ死に直結する。それがあなたのものか、あなたの大切な人のものかは、分からないけれど。

「殿下、魔女は死を振り撒く生き物だとどの本にも書かれていたはずですが？　だってそれが魔女の本質ですから。私があなたの身体の奥、精神の奥、果ては魂にまで絡まる呪いに触れられるその意味を、どうぞお忘れなく」

取って食っちゃいますよ。

明るい声でそう付け足しても、リアンの顔にはいつもの苦笑すら出ることはなかった。

だが、恐れもしてはくれなかった。突如、その頭が丁寧に下げられる。私が動揺を動揺と理解するより早く再び上げられたとき、そこにあったのは嫌悪や恐れではなく、他者への変わらぬ尊重だった。

「……悪かった。魔女であるお前を軽んじたわけじゃない」

そういうところがまずいのだと、心の中で苦笑する。

「分かってますよ。私にはいいですが、他の魔女にはやめてください。その場で魂つかみ出されても文句は言えませんよ。まあ、魂つかみ出されたら物理的にも言えないんですけど！」

「やかましいわ！」

「えぇー。どうせなら魂でも喋れるように練習します？　やり方知りませんけど」

そんな研究、した人はいないだろう。だったら私が第一人者になる。それもいいかもしれない。

リアンが望み、更にこの件が片付いた後、なおかつその後も私が存在していればの話だけど。

半分は本気で考えていると、リアンはそれはそれは大きく疲れ切った息を吐いた。酸欠大丈夫だろうか。

リアンはぐしゃぐしゃと金の髪をかき混ぜながら、上まできっちり留めていた胸元の釦を二つ外す。胸の谷間が見えているがいいのだろうか。女の姿で不格好になっていても、きちっとした格好は崩さなかったリアンが、服を着崩した。

気を楽にした、つまり、気を許された証左だ。その事実で、胸が少し高鳴った。そんな自分が疎ましい。この人の本当の姿を見たことさえないくせに。

「六日だ」

「はい？」

「十八まで、あと六日だ」

「……成程。分かりました。では殿下。ここから先は私の指示に従ってください。あなたに説明する時間も惜しいと思った場合、私は何の説明もなく行動に移します。それでも私の指示に従ってください。手始めに、シルフォンにあなたを戻したら私は部屋に閉じこもりますから入ってこないでください。その間に、あなたはあなたの叔父から話を聞き、私が扉を開けてから結果報告をお願いします」

あまり時間がない、どころではなく、かなり時間がない。これは本当に手段を選んでいる場合ではないようだ。

これからの手順を頭の中で考えている前で、リアンは不満に満ち溢れた顔になっていた。

な、何だよぉ。思わず怯む。

「……まだシルフォンに着いていない以上、説明する時間がないとは言わせないぞ」

成程。説明をすっ飛ばしたことを怒っていたのか。でも、これについては時間があろうがなかろうが変わらないのだ。

「駄目ですよ。魔女の掟範囲内になりますので、殿下には話せません」

駄目ーと、指を交差させバツの形で口元を隠す。リアンはぐっと詰まった。

人間で在りながら、魔女の掟を否定することなく、その枠組みを侵すことなく関わることは、簡単なようでいてできない人間のほうが多い。

だけどリアンは、それに難しさは感じているようだが、煩わしさを感じているようには見えない。まして、自分の要求を通す為に相手に規則を破らせるような真似はしない人だ。

そういうまっすぐな生き方は、酷く生きづらく見える。そう思うことは、傲慢なことなのだろうが。

穏やかであればいい。

そう、ふと思った。

この人のこれからが、色鮮やかで穏やかな時間であればいい。そう願う。

誰かの為に願ったことなど随分久しい。その願いを浮かべた私の心の中は、随分と穏やかだった。

こんなに心が凪いだことも、本当に久しい。

胸が温かく、柔らかい。心の中が丸く柔く、滑らかになったみたいだ。まるで自身が優しい存在になったかのような錯覚を、してしまいそうになるくらい。

おかしな話だ。この人は私の心に踏み込んでなど来ないのに、この人に均してもらったみたいだ。

勝手にこの人の清廉さを取り込んで、勝手に解されて。

勝手に、好きになった。

それはとても傲慢で、自分勝手で、我儘で、醜悪だ。

だからこそ、たった一人で完結できる。私の恋は、私一人で完結させる。

この人を関わらせるつもりはない。ただでさえ不運なこの人に、これ以上の悪夢を重ねるつもりはないのだ。

温かな気持ちで見たリアンは、何故かぽかんとしていた。

「お前……そんな顔で笑えるんだな」

「え？　極悪でした？」

「どの方向に繋がってるんだ、お前の自信は」

「自覚ですよ。そんなことより殿下、あの殿下の叔父さんに会うんだったら釦を留めてからのほうがいいんじゃないですか？」

楽にしたままの服を指せば、リアンは心底嫌そうな顔になった。会う前には直すと言いながら、疲れ切ったように絨毯の上でごろりと寝転がる。行きには関節が動かない鉄の人形になっていた人とは思えない寛ぎようだ。

成程。リアンは長椅子より寝転がれる物のほうがよかったのか。……寝転がるなら長椅子でもよくないだろうか。

リアンは難しい。それもそのはず。リアンは人で、私は魔女だ。人間が魔女を理解できないように、魔女も人間を理解できない。魔女の場合は、理解しようとも思っていない事実が原因のほとんどを担っているが。

「まあ、心配ないですかね。殿下、男の人あしらうの上手でしたし」

「……誤解を招く発言は控えろ。私は場に応じた行動を心がけているだけで、そうでなければ即座に剣を抜いたぞ。私はそれなりに剣の腕があると自負している。我が国はふわっふわだからな。私が国で一番の腕だ。外交官が他国へ赴く際、予定が合えば私も護衛に付いている」

それは、逆では？　魔女が常識を問いたくなるくらいのふわっふわ感だ。

だけど、嫌いではない。のんびりした国の在り方も、そんな中、確かにその国の風潮を踏襲しつつも、堅物で生真面目な部分を頑固に持ち続けるこの人も。

この穏やかさを、魔女が壊すのは、あまりに不粋だ。

「それにお前も、叔父上相手のあしらいがうまかっただろう。叔父上はあれで女性からはそれなりに人気があるんだ。お前の好みは叔父上とは真逆な男らしいが……」

「ああ、あれ。ああいうときは、目の前の男と逆の種類を答えればいいんですよ。お前は要らないと伝わればいいだけなので」

「…………お前のほうが余程手慣れているように見えるが。私は時々お前が七百十五歳だと忘れそうになるが、それだけ生きていれば色々あるんだろうな。実際、お前の好みはどんな相手なんだ？」

「別に色々はないんですが……そうですねぇ」

何となく手持ち無沙汰になった指で、髪を絡め取る。くるくると巻いても、力を緩めればすぐに解けて指から去っていく。短髪だったことは乳飲み子の時分のみで、魔女の髪はずっと長い。魔力が通っているからか、あっという間に地に着きそうなほど伸びてしまうのだ。魔力の調整が効かない頃は、自分の身長よりも長くなってしまうことなんてざらだった。

その髪を、面倒がらずに結ってくれた人達がいた。

母が、父が、六つ離れた兄が。一日でぐんっと長さが変わるような手間のかかる髪を、丁寧に丁寧に。面白く、時にはらはらするような話をして私を楽しませながら、整えてくれた。

随分、懐かしい記憶を思い出した。

「そういうことあまり興味はないんですが、強いていうなら殿下みたいな人は好きですよ？」

「へェー」

「何て覇気のないへぇーだろう」

半眼で羊のような声を出されてしまった。嘘ではないし、適当に答えたわけでもないのに。

別に照れて真っ赤になってほしいわけじゃないし、そんなことは絶対望まないけれど、もう少し普通に返してほしかった。日頃の行いって大事だなぁとしみじみ思う。

「とってつけたようなおべっかには慣れているんだ。これでも一国の王子だからな」

「え⁉　私がおべっか言って相手のご機嫌を伺うような社交性があると思っているんですか⁉　殿下、人を見る目大丈夫ですか⁉　さすがにその節穴はまずいですよ⁉」

一国の王子としても人間としてもまずいと思う。真剣に言えば、リアンはがっくりと項垂れた。どれだけまずいか思い至ったのだろう。

そうだろうそうだろう。まずかろう。でも、そんなに絶望しなくても大丈夫だ。ここで気づけたのならまだ修正が可能だ。

「その台詞、お前だけは言ったら駄目だと思うがな！　全く……お前相手だと、私はもう十七だと言うべきか、まだ十七だと言うべきか、非常に態度に困る」

「はあ」

「お前にとったら私はまだ子どもだろうが、これでもそれなりに大人の扱いを受ける年なんだ」

「はあ。よく分かりませんが、私別に嘘は言っていませんよ？」

起き上がって胡座をかき、猜疑心に満ちた目で私を見ているリアンと向かい合いながら、かりかりと杖で頭を掻く。別に嘘はついていないし、つく理由もない。こんなことに嘘をつくくらいなら、もっと相手を茶化せるどうでもいい嘘をつく。

だから基本的に、私は嘘をついていない。

「だって、大きいと怖いじゃないですか」

「……何だと？」

「それに邪魔ですし。殿下くらい細く小さめだと、邪魔にならなくていいと思いません？」

「人を置物扱いするな！　それに今は女になって背が縮んでいるが、実物は違うぞ！」

「えぇー？　邪魔ですねぇ。縮めていいですか？」

　伸びてきた手が、私の頬を潰した。

「呪いを解いた後に呪うな！　扱いは酷いがそれでも一応友という名の括りに入れるのなら、せめて呪うな！」

「ひゃいひゃい」

「はいは一回だ！」

「ひゃーい」

　解放された頬をぐりぐり回しながら調子を整えていく。頬が潰れた気がする。掌の付け根と指を駆使しながら頬を解している間、リアンは疲れ切ったようにぐったりしていた。被害を被ったのは私のような気がするのだけれど、魔女を相手にする人間の疲労具合を理解できないので、実際のところは分からない。

　でも確かに、呪う発言は今のリアンにはよくなかったかもしれない。過敏に反応してもおかしくない話題だった。

「大丈夫ですよ、殿下」

「何がだ」

「魔女にとって友とは、巻き込んでいい存在であり」

ぶすっと睨んできた目が見開かれる。私はいま、どんな顔をしているのだろう。あなたが安心できる顔だったらいいなとは、思う。

「大切な物を決して失わせてはならない。そんな存在なのですから」

だから、私が友である以上、貴方の命が損なわれることはない。

そして私は、この命が尽きるまでは貴方の友でいたいなと思うほどには、貴方に入れ込んでいる。

だから。だから。

だから。

「私がお守りしますよ。それが依頼ですし！」

その間くらいは、一緒にいてもいいでしょう？

四章　原初の魔女

「では、行ってくる……何かあれば骨は拾ってくれ……」

「骨は縁続きの方に拾っていただいたほうが何かと便利ですので、殿下の叔父さんに頼んだほうがよろしいかと思いますよー」

「意味ないだろ、それ！」

まるで死地に向かうと言わんばかりのリアンは、それでもしっかりと私を部屋まで送り届けてくれた。私は魔女なのだから、人間の令嬢のように送り届けてくれなくても全く問題ないのだが、彼は平等な人間だ。

真面目だなぁと苦笑しつつ杖を向け、魔法で錠をかける。魔法でかけたのだから普通の錠とは違うのに、かちりと音を立てて何かが閉まった。魔法の錠であっても、根底が見知った鍵だからだろう。

魔法を扱う私の中で、錠といえばこうだと印象が固まってしまっていることが原因だと思うが、特に問題があるわけではないので、直そうとは思っていない。

物質的な枷は何もないのに音を立てて閉まった扉を確認し、部屋の中央へと移動する。

くるくると手慰みに杖を回しながら、精神を整えていく。その間、なんとはなしに部屋の中を眺める。部屋の中は、元々設えられていた物以外、ほとんど荷は増えていない。

それも当然といえば当然だ。何せここに私が持ち込んだ物などトランク一個だ。着替えは魔法で賄える。書庫から借りた本は積まれているが、精々そのくらいだ。

長居する気は、なかったのだ。

魔女は定住を求めない。時の流れが違う人間の国に定住しても碌なことがないからだ。最初は受け入れてくれた奇特な住人達も、何かがあれば魔女へ疑惑の目を向ける。運良く何事もなく過ごせたとしても、人はいずれ入れ替わるのだ。次の代が魔女と共に生きられる人物とは限らない。

魔女は身軽な生き物だ。魔女は魔女であることに執着するのみで、他の物はどれだけ苦労して手に入れようが呆気なく捨て置き、いなくなる。

そして魔女には工房がある。全ての魔女は己のただ一つの工房を帽子の中に持つ。だからこそ身軽なのか、身軽だから工房を持つのか。国を持たず、定住地を持たず、持つのは己の原初のみ。

くるりくるりと杖を回し、ふっと息を吐く。

杖の先をぴたりと床につけ、かつんと鳴らす。左の踵を二回、右の踵を二回、踵同士を合わせて二回。計六回靴を慣らし、大きなつばの端を握る。

ふわりと草の匂いが香った。この場でするはずのない森の匂いはどんどんと濃くなっていく。それと共に、私の身体は帽子の中に消えていく。

身体がほろりと崩れるような不安定さでありながら、母の腕に抱かれているような温もりに包まれる。端から見れば私の身体は帽子に飲み込まれているように見えるだろう。足まで消えてなお残っていた私の手はつばを掴んだままで、今度はつばの端から帽子の中に消えていく。

くるりと最後の黒が裏返ったとき、部屋の中には帽子も魔女も全てなくなっていた。

目を開ければ、こぢんまりとした家の中にいた。木でできた素朴な家だ。質素とすらいえるような、玄関を開ければすぐに台所と居間がある、小さな家。

家族が食事を取る机は綺麗なものだが、四つある椅子の形はばらばらだ。元は揃っていたが、壊れた物は父が修理をしたり新たに作ったからだ。大きく賑やかな絨毯の上には、かつて玩具が転がっていて、母からはいつも片付けなさいと言われていた。

家族共用の本棚、雑多な物を詰めた棚、窓の傍には一輪挿しが控えめに置かれているだけで、あとは残った野菜の一部が水につけて並べられ、中途半端な芽が少しだけ生えている。

そして、何も植えられていない小さな鉢植えが一つ。

小さな廊下の右手が両親の寝室、左手が物置、突き当たりが子ども部屋で、外には風呂とトイレがある。そんな家。どこにでもある、元はそんな家だった場所。

それが、私の工房だった。

今では壁一面に付け足した壁に大量の薬瓶が並び、かつては家族の食事が並んでいた場所には本と実験器具が積み重なっている。台所にはどろどろと液状になった薬が、まだ温かい状態で鍋に入っていた。

それでもすえた匂いはしない。どろどろなのは腐っているわけではなく、作りたてだからだ。作ったのはシルフォンに行く前だが、薬は作りたてのまま湯気を立てていた。

ここは現世に存在する家ではない。空間自体が現世と同位置には存在せず、隠世（かくりよ）ともまた違う空間にある。

ここで時は進まない。魔女の工房は、人が生きる世界とは別の枠組みの中に存在するのだ。

魔女は、己の原初の世界を工房とする。生まれ育った家か、そうでなければ引き取られた師の工房が原初となる場合もあった。どこを己の始まりとするかなど本人の勝手だ。

私は生家が工房となった。それだけだ。

魔女の工房には、たとえ魔女同士であろうと当人の誘いがなければ訪ねることはできない。しかし全て同じ枠組みの中にある。いま私がいる場所以外にも、数え切れないほどの魔女の工房がこの枠組みの中にはあるだろう。けれど、相手が許可を出さなければ一つたりとも見つけることは不可能だ。

工房は、魔女が持つ最後の楽園だ。この世でただ一つ、その魔女の為だけの居場所。もう世界のどこにもない、最期の楽園。

帽子をかぶり直しながら家の中を見回して、ふっと息を吐く。帽子の中に入ったのに帽子をかぶっているのは何故だろうと思わないでもないけれど、こんなものだと思っていると大抵どうでもよくなる。

踵を鳴らし、家を出る。外には見慣れたのどかな光景があった。かつては野菜が植えられていた庭には薬草が並んでいる。父が作ったブランコはそのまま、風もないのに揺れていた。

ここは不思議な場所だ。雨は降らず風も吹かない。朝も来なければ夜も来ない。時の流れから断絶された場所だからだ。

けれど作物は実る。種は芽吹き、枯れることはない。存在しないものは、時の流れと天気、そして生き物の気配だ。

獣は勿論虫もいない。時の流れから断絶されたこの空間には、魔女以外の生命は存在しない。ここは命からも断絶された場所だ。

庭の外はぐるりと森に囲まれている。鬱蒼とした森だ。まるで未開の地に足を踏み込んだかのようだ。

人里のある浅い森ではなく、深い深い森がこういう植物を生やしている。蔦や蔓が垂れ下がり、足の踏み場もないほどの草が生えている。木には苔がびっしり生え、見るからにジメジメしていた。雨も降らずずっと晴れている庭を囲むには、あまりに暗鬱とした森だ。

帽子をかぶり直し、杖を地面に三度打ち付ける。

「我らが魔女の祖、我らが魔女の原初。番人を統べる原初の魔女へ目通り願いたい。番人の地へ踏み込み叶わぬならばおとないを待つ。我が名はキトリ。カナンの魔女キトリである」

用件を言い終わるか否かで、森が割れた。

森の奥からざぁっと湿った風が駆け抜けてくると同時に、木や草が風を避け、黒い煉瓦道が現れる。湿った森の中を通っているとは思えないほど乾いた煉瓦は綺麗に敷き詰められ、所々には光る宝石が見えていた。

躊躇わず足を踏み出す。

かつんと鳴った踵の音が合図になったかのように、私が足を踏み出した傍から後ろの煉瓦道が消えていくのが分かる。

歩いた傍から森は閉じていく。だが、そんなことは気にせず黙々と歩を進めた。二十歩も歩けば、もう私の家は見えなくなっていた。

静まりかえった森の中を黙々と歩く。これだけ鬱蒼とした森なのに、響く音は私の靴音だけだ。森は黒い煉瓦道だけを器用に避け、煉瓦がある場所はたとえ空中であろうと枝すらかかっていない。その枝は、現世では見たことがない。煉瓦道から見えるのは、既に絶滅した幻の植物達だ。そんなものが何百、何千種類もびっしり生えている。

そして、ぽっかり空いた空は無だった。

真っ黒だ。夜なのではない。何もないが故の黒だ。星もなければ月もない。生き物がいない。風も吹かない。全てが止まった原初の森。この世界に存在するものは全てが原初だ。

全ての魔女の原初で構成されたそれぞれの工房。その先にいるのは、原初の魔女だ。

延々と続いていた道が、突如開けた。ここまで煉瓦道の幅できっちり割れていた森が、大きく場所を譲っている。巨大な円上に開けた地には、光が十三画を描いていた。

花びらのようにも星のようにも見える図形の一画ずつに、長い黒髪を持った魔女が座っている。髪の長さは果てが見えない。その髪のどれもが森に混ざっていた。森に溶け込み、絡み合い、魔女達はそこにいる。

闇に羽ばたけるほど大きなつばの帽子。深く沈む黒の髪。色とりどりの瞳。大きな石の浮いた長い杖。黒の意匠。その全てが魔女の物。

彼女達は原初の魔女だ。全ての魔女を統括する者。番人を統べる者。魔女の存続のみに尽力する物。

その数は十三人。しかし、この場で生き物の気配を持っているのは私だけだった。

ここの空気は相変わらず異質だ。淀んでいるのに澄んでいる。すえた病人の臭い、死臭、腐葉土の臭い、野の花の匂い、青い若葉の匂い、灰と水と、雨と炎の匂いがする。

「久しく、原初の魔女。目通り願い光栄にございます」

原初の魔女は誰も口を開かない。視線を向けることもない。こちらから働きかけない限り、何百年も無為に時間は過ぎるだろう。

「魔女の掟に基づき、原初の魔女へ物問いを。我が友リアンへ死の呪いをかけた紫紺の魔女を探索中。紫紺の魔女の情報開示及び、紫紺の呪いは魔女の掟を介しているのかを問う」

「原初の魔女よりカナンの魔女へ返答を。紫紺の呪いは魔女の掟の範囲外」

「カナンの魔女より原初の魔女へ申請を。番人の出動を要請する」

「原初の魔女よりカナンの魔女へ返答を。番人の出動を許可する」

ざぁっと森が鳴いた。原初の森を風が走り、影が溶け出ていく。それらは細長い人の形をしていた。番人は、風に乗って通り過ぎていく際は、尾を引くように影を闇に溶かしていく。

「カナンの魔女より原初の魔女へ物問いを。我が友リアンの命は繋がれるか」

「原初の魔女よりカナンの魔女へ返答を。問いに意味なしと判断。番人は放たれた。よって紫紺の呪いはいずれ解ける」

「いずれでは遅い！　カナンの魔女より原初の魔女へ抗議する！　六日以内でけりをつけられないのならば、紫紺の魔女の情報開示を要求する！」

魔女が人を呪うのに、原初の魔女の許可は必要ない。魔女の掟に触れることもない。

だが、生命の呪いは話が別だ。理由がなければ魔女は人を殺してはならない。呪うにはそれ相応の理由が必要で、更に原初の魔女の許可が必要だ。

それも一人の許可ではなく、この場にいる十三人中半数を超える承認が必要となる。

いま、番人は放たれた。よって紫紺の魔女は、原初の魔女の承認を得ずリアンを呪ったことが証明された。魔女の掟を破ったのならば、罪の重さに応じた罰を受けねばならない。番人が放たれたのならば、どこに隠れていようと紫紺の魔女はいずれ必ず捕らえられるだろう。

だが、それだけでは足りない。意味がないのだ。

「原初の魔女よりカナンの魔女へ。要請は受け入れられない」

「我が友リアンの死に間に合わなければ、要請した意味がない！」

「原初の魔女よりカナンの魔女へ。汝は火難。禍難の魔女。いかなる理由があろうと、二つ名の魔女に、他の魔女殺害許可は無し」

灼熱が頬を撫でた。業火が立ち上る。竜のように無の空へと立ち上った火柱を纏い、歯噛みする。

「魔女の掟破りに誰も気づかず、罰さず、紫紺の呪いを放置した！　これは魔女の不始末だ！　魔女にはリアンの命を助ける義務が発生したと進言する！」

「原初の魔女より禍難の魔女へ。紫紺の呪いは星の管轄であると過去の申請時に判断」

炎が肌を嬲（なぶ）り、髪を燃やす。

「知って、いたのか」

自分の身体が随分小さくなっていることには気づいている。だが止められない。

「星の管轄だからと……過去に同じ内容で申請されたにもかかわらず放置したのか！」

魔女の掟に反していても、原初の魔女が番人を動かさない場合がある。特例中の特例であるその理由は、星の管轄内の出来事であるから。

星の管轄。それを人は、運命と呼ぶ。

原初の魔女は運命に身を任せる。忌々しいほどに。

「お前達が動かぬならば私が手を下す！　紫紺の魔女の居所を言え！」

ここは原初の森。感情を保てなければ、己の原初へ立ち返る。

髪が引きちぎれ、頬は腫れ上がり、服はずたずただ。指どころか手足に至るまで折れ曲がり、炎を撒き散らし、感情を叫び散らす、目だけがぎらぎら光る小さな子ども。

これが、禍難の魔女の原初だ。

「禍難の魔女より原初の魔女へ要求する！　紫紺の魔女の情報を吐け！」

「原初の魔女より禍難の魔女へ返答する。要請は認められない。如何なる理由があろうと、汝が魔女殺害を為せば魔女の掟重大違反と判定し、汝の魂を徴収する」

「構うものかっ！　二つ名の魔女が命など惜しむわけがない！　大体、星の管轄だからとこのような勝手を許してきたから二つ名の魔女が生まれたのだろう！　我が名は禍難の魔女！　この身は、魔女の罪を知っていながら星の管轄を理由に見過ごしたお前達と、見過ごされるまま災厄と化した魔女に恐怖を与えられた人間共の短慮によって生み出された二つ名だ！　魔女の未来にしか注力しないお前達の傲慢が、二つ名の魔女を作り出したものと知れ！　原初の魔女！」

腕や足だけに止まらず、身体中の骨が折れている。癒える前に負った打撃が重なり、肌は尋常ではない色を纏う。血泡を吐く。眼球の一つは潰れ、聴覚にも異常を来している。

ああ、私の原初が帰ってきた。

「原初の魔女より禍難の魔女へ。要請を一部却下、一部承認。禍難の魔女は独り立ちの試練制約を一部解除。師、大魔女ディアナスへの助言要請を許可」

「助力ではなく助言だと⁉　お前達は人間の命を蔑ろにしすぎる！　私の生も、家族の命も、そうやって見捨てたお前達が、魔女の掟を遵守させようなどと笑わせる！」

私の原初を司る主たるもの。私を禍難の魔女へとたらしめた主たるもの。

全てを滅ぼしても止まれないほどの怒りと憎しみは、どれほどの時間が経とうと未だ激しく血を流し、肉を焼く臭いを漂わせた。

「私の罪は私の責だ！　だが、お前達に罪がないとは言わせないぞ！　知っていただろう！　人間共の罪を！　私の未来を！　知っていてお前達は放置した！　星の流れを妨げぬよう、お前達は私を禍難の魔女とした！　今度はリアンをどうするつもりだ！　星への忠誠を形にする為に我らを犠牲にし続けたお前達を、私は生涯かけて恨む！　リアンまでお前達の忠誠の形にするというのなら、私が原初を覆すぞ、原初の魔女っ！」

喉奥から迫り上がる血の塊と怨嗟を吐き出すと同時に、ぶつりと世界が途切れた。

原初の世界から叩き出されたと気づいたのは、目の前に真っ青になったリアンがいたからだ。気がつけば、私に与えられた城の部屋に戻っていた。叩き出されたので、まだ身体が原初のままだ。この状態で戻されたら部屋を汚すので、せめて一段落してからにしてほしかった。

何より、この人が心配するではないか。

「キ、トリ？　お前、キトリか⁉　何がっ、お前、何があった⁉　しっかりしろ、キトリ！」

ぼろ屑のようになった子どもの身体でも、私と分かってくれたようだ。それが嬉しいだなんて馬鹿なことを考えるくらいには、どうやら私はしっかり毒されているらしい。

鮮やかな月明かりの夜に似た金の髪。澄んだ湖を思わせる水色の瞳。どちらも魔女にとって好ましく、そして私にとっては優しい思い出が付随する色だ。

だからこそ、そんな人にこんな様を見られたくはなかった。

「くそ……だから番人共は嫌いなんだ……」

原初の魔女と、口に出すことはできない。原初の魔女は、魔女以外には禁忌の名だ。魔女であっても、一人前にならないと知らされることはなく、一人前となってもきっかけがなければ知ることはないだろう。

だから魔女同士の会話でなければ、彼女達のことは番人と呼称する。実際番人とは、原初の魔女達の使い魔であるが、魔女以外にそんなことを教えるわけにはいかない。彼を魔女のしがらみに巻き込むわけにはいかないのだ。

胸の奥に溜まっていた血の塊を吐き出し、小さな手で口元を拭う。拭いにくい。視線を向ければ、指は折れ、爪は剥がれ、腕は折れた骨が突き出ている。ああ、なんて情けない、惨めな手だろう。

「番人⁉　お前どこに行っていたんだ⁉　いや、いい、今はそれどころじゃない！　すぐに医者を呼んでくる！　だからしっかりしろ！」

「へ、いきです、殿下」

「平気なわけあるかっ、大馬鹿者！」

壊れている聴覚にもなかなかの衝撃を齎す大音量だった。リアンはもう少し、怪我人への配慮を覚えたほうがいいと思うのだ。まあ私は、実質的には怪我人ではないので問題ないのだが。

それにしても、幼児期の甲高さは失われているとはいえ、顕著な声変わりが存在しない女性の声だというのにかなり迫力のある声だった。

人の上に立つのに向いている声をしている。女性の声でこれなら、男性の声だともっとはっきりとした声になるだろう。

華奢な肩なのに常に怒らせて、胸を張り、仁王立ちで胸を張る少女が生まれ持った姿はどんなものだったのだろうと、少しだけ気になる。

けれどきっと、見ないほうがいい。

私と縁を繋いだのは、呪いを受けたリアンだ。呪いから解放され本来の姿を取り戻したシルフォンの王子は、真っ新なままいるべきである。魔女となど、関わらないほうがいい。

そして、医者は本当に必要ない。部屋から飛び出していこうとするリアンの袖を掴む。あ、ぎりぎりくっついていた爪が取れた。うーん、力が入らない。

これではリアンを止められないと眉根を下げて視線を上げれば、さっき以上に真っ青になったリアンがハンカチを裂いていた。

どうやら私が好きになった人は、動揺するとハンカチを裂く癖があるらしい。よく分からない癖だ。まあ、動揺すると人を殺す癖があるより断然ましなのでよしとしよう。

「お前、馬鹿、馬鹿野郎！　じっとしていろ！　指までもげるぞ！」

酷い顔色で私を罵ったリアンは、裂いたハンカチで私の指をぐるぐる巻きにした。どうやら動揺したらハンカチを裂く癖があるわけではなく、手当てをしてくれていたらしい。人から手当てを受けるという現象から遠ざかって久しく、その可能性に全く思い至らなかった。

困惑と混乱で思考に支障を来すほどむず痒いが、それに負けている場合ではないと何とか持ち直す。

「へい、き、です。これ、は、怪我では、ありません、から……」

「何……？」

ひゅぅと妙な音が漏れる呼吸をなんとか落ち着ける。その間、不安そうに……いや、違う、心配そうに私の背を擦っている彼の体温が少し遠いなとぼんやり考え、その理由にすぐ思い至った。

どうやら彼の上着をかけられているらしい。

幼い子どもの姿になっている今の私には、女性になってもいつもの服を着ている彼の上着はとても大きくて重いのに、それが心地よくてくすぐったかった。

懐かしい重さだ。まるで、お父さんの上着を羽織って遊んでいたあの頃のように。

「これ、は、過去が蘇った、だけ、です」

何度か深く呼吸すれば、聴覚が戻る。これればかりは魔法に頼っても意味がないので、ひたすら自分を取り戻すしかない。

目の前で酷く狼狽えている人を見れば、落ち着くなんて簡単だ。それも相手が好ましい人で、私のこの姿を見て痛ましい顔をしていればなおのこと。早く直りたい。そう思えば、いつもの何倍も早く身体が戻っていく。

折れていた腕がまっすぐになり、長さも変わる。子ども特有の丸みが失せ、しなやかに伸びていく肌からは傷や打撃痕も消えていく。引きちぎれ、燃えて縮れた髪は、流れ落ちる光と共に戻り、視界が両目分へと増え、呼吸に血が混ざらなくなる。服も工房に向かう前の状態に戻っていた。

やっと一息つき、俯いていた顔を上げる。足を組み直し、背後に向け手をつき、仰け反る。

「あー、しんどい！　だから番人は嫌なんですよ！　あ、殿下、びっくりさせてすみません。これは別にいま負った傷でも何でもなくてですね。番人のいる場所は、気をつけてないと昔の傷が再現されちゃうんですよ。ちょっとうっかりしてやらかしただけです。だから医者も要りませんよ。ハンカチすみません。直しますね」

指に巻いてもらったハンカチを解き、残りの破片をかき集める。いつの間にか首飾りに戻ってしまっている杖を握ろうとした手を、リアンに取られた。

自分と同じほど細く柔らかい指に握られ、まじまじと観察される。両手を取られてしまうと私にできることが極端に減ってしまう。

「治っている、のか？」

「いま負った傷でもありませんし。あの、手離していただかないと杖がですね、握れなくてですね」

そう申告したのに、リアンはこれっぽっちも聞いてくれない。指が全部無事なのを確認した後、適当に指を絡めて握り、上に引っ張った。引っ張られた腕は当然上へと動く。袖が捲れ、腕が丸出しになった。

何度か上下させられているのは何故かと首を傾げていると、ぐるりと回された。そこで、どうやら骨や関節の具合を確かめられているようだと気がついた。

「ここも無事だな。血も、消えているのか？」

「はい、全部元に戻っているので平気です、ので、あの、手」

杖がですね、これさっきも言った気がするが、握れなくてですね。杖が握れずともできる魔法はあるけれど、何はともあれ杖がないと落ち着かない。杖は自分の手足と同様だ。その杖が握れず、なおかつ手まで確保されていては落ち着きようがない。

「本当に、大丈夫なのか？」

「は、い。ですから、ですね、あの、手」

手が解放された。しかし、私の精神は落ち着きを取り戻せていない。

私は確かに手の解放を求め、その願いは果たされた。他に望むものなどないはずだ。だが私は、解放された手を有効活用できないでいる。

何故なら、私の手を解放したリアンの手が、私の顔を確保しているからだ。

「目は、見えているか？　痛みはないのか？」

「平気、です、ので、あの、手」

どけてください。膝を立て、私の顔を挟み込みまじまじと覗き込んでくるリアンが近い。近くて無理。何だこれ、無理。

無理。

「おい」

怪訝な声にはっと気がつけば、無意識にリアンの目を覆っていた。意識の外で私の手はいい仕事をした。褒めてあげたい。

せっかく手がいい仕事をしてくれたので、この機会を逃さず力を籠めて押し戻す。だが、リアンの顔が逆らった。何故か押し戻してくる。しかも手を外そうともしてきた。

「何をする」

「え、それこっちの台詞ですね」

「見えないだろうが」

「見せないんですが」

「何故だ」

え、寧ろ何故見ようとするのだ。怪我はない。あったとしても直っている。それなのにどうして見る必要があるのだ。

そもそも魔女の怪我など放っておくべきである。痛みにいらついてどんな八つ当たりをくらうか分かったものではない。

それを説明すれば、リアンは変な顔をした。目を塞いでいるのに、口だけで大変妙な顔を作り上げている。

「そもそも、殿下はどうしてこの部屋に？　私、鍵をかけていたはずなんですが」

工房に行くときは部屋にいないが、帰ってきたときの状態が不透明だったのでちゃんと魔法で鍵をかけた。現にこんな状態で戻ってきてしまったのだから私の判断は間違えていない。

けれど実際にリアンはここにいる。おかげで無様な姿を見られてしまった。無様というか悲惨というか、まあ控えめに表現しても死にかけのぼろ屑である。

好きな人には一番綺麗な姿を見てほしいだなんて可愛らしい思考は持っていない。魔女なので。だが、何が悲しくて一番悲惨な姿を見られなくてはならないのだ……いや待てよ？　一番悲惨か？

師匠の借金返済の為に三日徹夜して薬作りした直後、師匠に捨てられた男が殴り込んできて、それを追い返した直後に師匠に男を取られた女が怒鳴り込んできて、それを追い返した直後に師匠に住処を奪われた魔物が命取りに来て、それを叩き返した直後に用意していた借金とは別口の借金取りが来て、それに対応してようやくベッドに倒れ込んだら師匠のいたずらが発動して壁棚が全部落ち、薬品や薬草が降りかかってきたが反応する気力もなく気絶するように眠ったときのほうが悲惨ではなかったか？

どっちがより悲惨なのかちょっと判断がつかないが、どっちも悲惨で問題ない。

「いや、開いていたぞ？」

大問題である。


「は？」

慌てて手を外してリアンを見る。リアンは不思議そうな顔をしつつ、まじまじと私を見つめていた。だから怪我はないというのに、視線で身体中を撫でられて心底居心地が悪い。

師匠の修行で獣の血を頭からかけられ、腹を空かせた魔物の群れに放り込まれたときより居心地の悪い思いをすることがあるなんて思わなかった。

だが今は、居心地の悪さより大問題のほうだ。

「お前の用事はまだかかるとの話だったが、叔父上と話をした後、一応お前に会いに来たんだ。ノックをして反応がなければ帰るつもりだったんだが、部屋の扉が半開きだった。いくら何でも不用心すぎるから一言声をかけようとしたら、血まみれのお前が倒れていたんだ……不用心どころの話じゃないだろうが！」

「うわびっくりした！」

そこまで淡々と話しておいて、いきなり最後だけ声を張り上げるのは遠慮してほしい。完全に油断していた。

「あんな状態になるなんて聞いていないぞ！　お前は分かっていたのに一人で鍵をかけて籠もったのか⁉　馬鹿か！　寧ろ鍵をかけずに外で私を待たせておく状況だろうが！」

「えぇー……すぐ直るし別にいいじゃないですか」

「治らなかったらどうする！　大体お前はいつも用意が足りない！　過剰に心配して不安になれと言いたいわけではないが、もう少し予防策を張ることを覚えろ！　万が一のことがあったらどうするんだ！　自分しかいない場合ならばともかく、私がいるなら私を使えばいいだろう！　魔女は自分勝手だといつも自分で言っているくらいなんだ、だったら勝手に私を使え！　こんなもの子どもの手伝い程度の手間もないわ！」

　他人の為に怒るときも真面目真剣全力で。毎日真摯なリアンが疲れないか心配だ。こんなに全てに全力では、どこかで倒れてしまいそうである。

　でも、心配してくれるのはくすぐったくて嬉しいので、何やら申し訳ない。

「まあまあ。それより鍵が開いていたほうが問題です。私、魔法で閉めたんですよ？　それなのに誰が開け」

「あたしだよ」

　窓から聞こえてきた女の声に、リアンは弾かれたように剣へ手をやった。私は直ったばかりの顔色をさっきと同じほど青ざめさせる。

　閉まっていた窓が勝手に開き、一匹の蜥蜴が現れた。

するりと部屋の中に滑り込んできた蜥蜴に、リアンは盛大に困惑した顔を私へと向けた。説明を求められている。

そんなリアンの視線には答えず、私は溜息をつきながら立ち上がり、首飾りを握って杖にした。杖の先で服を軽く払って皺を取っていく。

「随分とお早い登場で」

「用があるのはお前だろう？　番人嫌いのお前が、召集されたわけでもないのに自ら番人の巣に足を運ぶほどの事態だ。少しでも力になってやろうという可愛い親心だよ」

「番人好きの魔女なんていないでしょう。それに可愛い親心を持っている師は、弟子に借金押しつけたりしないと思いますがね」

蜥蜴はかぱりと口を開け、美しい女の声を奏でる。その間、蜥蜴の口は動いていない。身体を反らし、ぷくりとした指も口も目一杯広げたままだ。

「キトリ……これは、どういうことだ？」

躊躇いがちにそぉっと問うてきたリアンに、蜥蜴の尻尾がぴたんと動いた。目は動かない。蜥蜴の索敵範囲は広いから、わざわざ動かさずとも見えているのだろう。

「殿下、紹介します。こちらは、我が師であり大魔女である、偉大なるディアナス」

リアンの目が見開かれる。蜥蜴はどこか得意げだ。

「に、乗り移られている哀れな蜥蜴です」

「ちょいとキトリ、一言多いんじゃないかい？」

「そうですか？　我が師ディアナス、こちらはリアン。私の依頼対象であり我が友ですので、余計なちょっかいは無用に願います」

「おやまあ、人間嫌いの男嫌いが、いつの間にか随分成長していたもんだねぇ。あたしはてっきり、男を見るのも嫌で女にしちまったのかと思っていたよ。そいつ、ここの王子だろう？」

「ディアナス、余計な口は慎んでいただけますか——……ちょっと待ってください。貴女まさか、依頼内容確認しないで引き受けたんですか⁉」

聞き捨てならない。聞き捨てならない台詞を吐いたぞこの蜥蜴！

いや間違えた我が師ディアナス！

蜥蜴はぱかりと開けた口からぺろりと舌を出し、大きな瞳を片方ぱちりと閉じた。これが答えである。

ぷるぷる震える私の背を、リアンがそっと叩いた。

「こっんの大馬鹿師匠！　契約書の内容は確認しろっていつも言ってるじゃないですか！　そうやっていつもいつも阿呆みたいな内容の契約結んでその後始末私に押しつけるのいい加減どうにかしてくださいよ！　私はもう独り立ちしたので貴女の後始末はつけてあげられないんですからね⁉大体貴女、私が弟子に来る前はどうやって生きていたんですか！」

「そんなの、適当にのらりくらりとに決まってるじゃないか。どうしようもなくなったら姿を消すか相手を蜥蜴にしちまえばいいんだからさぁ。いやぁ、それにしてもお前が弟子に来て三百年。楽だこと楽だこと……ああ、いや、二百年？　あれ？　五百年だったかい？」

「……どうでもいいですよ、もう。貴女に当たり前を求めた私が馬鹿でした。依頼内容を確認するなんて当たり前のこと、貴女がするはずがなかった！　そしてそのツケを私に払わせないわけがなかったっ！」

髪を鷲掴みにして苛立ちを露わに蹲（うずくま）った私の背を、リアンは黙って撫で続けている。言葉はなくとも、その労りと同情の気持ちがひしひしと伝わってきた。

でも、もうやだこの師匠だなんて私は思ってない。もうずっとやだこの師匠と思っているだけだ。

「歓談中失礼。私はシルフォン国王子リアンと申します、大魔女ディアナス」

「話には聞いているよ。厄介な呪いを受けているようだねぇ」

頭の上で交わされた会話に、床と仲良くしていた私はがばりと顔を上げた。その話は聞いているのに依頼内容は聞いていないのかこの野郎と思った気持ちがないわけではなかったが、それより師とリアンを会話させるなんて、そんな危険なことを許すわけにはいかなかった。

だって、師とリアンだ。リアンの身が、一方的かつ理不尽で無尽蔵な危険に晒されている。恐ろしい。

「殿下は黙っていてください」

「まあいいじゃないか、キトリ。大魔女相手に臆さず話しかけてくる人間は貴重だよ。面白いことは大歓迎さ」

だから嫌なんだと心の中で叫ぶ。

杖を握りしめる力を強くし、いつでも魔法を発動できる状態で保つ。そんな私に気づいているだろう師は、蜥蜴の目をにゃぁと嫌な感じに歪めた。

勝手に嫌な感じにされた蜥蜴に謝ってほしい。彼に……彼女？　彼？　……この生物に一体何の罪があるというのだ。

「師弟である貴方方のご関係に口を出すにはあまりに新参者ではありますが、幸運なことに私は彼女の友という位置づけをいただきました。よって、失礼ではありますが申し上げます。彼女に理不尽な後始末をつけさせることはお控えいただきたくお願い申し上げます」

「殿下⁉　ディアナス、動かないで！　殿下に何かしたら承知しませんよ！」

まさか私の待遇改善を師に進言するとは夢にも思わず、飛び上がって驚いてしまった。もう取り繕うこともせず、堂々と杖を師に向ける。

もしも師が動けば、蜥蜴には悪いが死んでもらうしかない。この場に師の本体が存在しない以上、媒体となった器が砕ければ師は退去するしかないのだ。

蜥蜴はぽかんと口を開けたまま、動きを止めていた。

「殿下、下がってください。絶対私の前に出ないでくださいよ⁉」

「下がるのはお前だ、キトリ。何かあった場合、これは私の選択だ。その結果をお前が負う必要はない」

「貴方は王子なんですよ⁉　軽率な行動は控えてください！」

「もうすぐ死ぬかもしれん王子が、保身に走ってどうしろというんだ。それに、王子だからこそ、友が理不尽な苦労に晒されているのを見過ごすわけにもいかん。そんな王子に誰が仕えたいと思うんだ」

「私が仕えますからもう黙ってください！」

　ぐいぐいと後ろ手でリアンを追いやっていると、その手ががしりと掴まれた。無造作に掴まれたせいで、指と指の間にリアンの指が挟まって握られている。指を交互に重ねるでもない歪な掴み方は、雑なのに真摯で、もうどうしろというのだ。

「お前は私の友だろう。ならば仕える必要なんてない。そんなもの友じゃないじゃないか」

「ああ言えばこう言う！　殿下は魔女をご存じでない！」

「知っているぞ。私の友は魔女だからな」

「私を基準にしないでください！」

　もういいから黙ってと、片手で自分の帽子をむしり取る。重さでつばが折れてしまう前に、その勢いを殺さずリアンの頭へ流し乗せた。これぞ横流し。

　リアンの身長が高くないからできたことだ。背伸びしなければ届かない身長差だった場合、帽子は手に持っている部分を残してへろりと折れたことだろう。

「あは、あっはっはっはっはっはっはっはっはっはっ！」

　蜥蜴が妖艶な女の声で馬鹿笑いしている。口は一切動いていないのがまた腹立たしい。だが、口は動かずとも目玉は変化していた。瞳孔がきゅうっと細まり、くわっと大きくなる。

　笑い声もやかましいが、瞳も忙しないなこの蜥蜴、じゃなかった我が師ディアナス。うっかり罪もない蜥蜴に苛立ちを募らせかけた。蜥蜴に罪はない。蜥蜴は悪くない。師以外は誰も悪くない。

ディアナスが何かをしようとした場合、即座にリアンを私の原初へしまえるよう、意識を集中する。

「あんたの面白さと我が弟子の取り乱しように免じて許してあげよう。シルフォンの王族は面白いねぇ。さて王子、あんたは二人の魔女に呪われ、二人の魔女に気に入られた。その生は魔女と深く縁づいた。あんたを呪った一人は陽気な流れの魔女、もう一人は魔女の掟に二度も反した大罪人の紫紺の魔女。あんたを気に入った一人はこの大魔女、もう一人は史上最年少で二つ名を有した禍難の魔女。なんとも奇妙な縁じゃないか」

「カナン……？」

「シルフォンの王子、魔女が互いの名に色をつけて呼ぶのはただの区別だ。けどね、二つ名がついた魔女には理由がある。それはね、人間を殺した魔女ってことなのさ」

問うたリアンにかぶせている帽子のつばを引っ張り下ろす。視界を遮られたリアンが文句を言ってくるけれど引っ張る力を緩めず、深くかぶらせる。

「我が師、いい加減無駄口が過ぎる」

「おや、いいじゃないか。たかだか二桁の赤ん坊のような年月しか生きていないくせに、悟ったような振りをして縁を極力避けていた小娘が、いっちょ前に師から人間の男を庇っているんだよ。浮かれたくもなるさ」

「ディアナス、無駄口は終いにしてくれ。そんなことより、紫紺の魔女が魔女の掟に二度反しているとはどういうことです」

紫紺の魔女は、魔女の掟を通さずリアンへ死の呪いをかけた。これは明確な掟違反だ。だが、二度とはどういうことだ。それより以前に、または以降に掟を破っているというのか。

一度は落ち着いていた怒りがふつりと湧き上がるのを感じる。ふつふつと止めどなく湧き出る感情は、押さえないと爆発してしまいそうだ。

一度ならず二度までも魔女の掟を破った魔女が放置されている。そのせいで、リアンの命が脅かされている。原初の魔女は、紫紺の魔女の罪を分かっていて放置した。

星の管轄だから、と。

魔女は基本的に、星の流れに逆らわない。だからこそ、忌々しい。悲劇が起こると分かっていて放置されていることが、心の底から。

「ディアナス、貴女の図鑑に紫紺の魔女は記載されていますか」

ここでいう図鑑とは、書物のことではない。ある意味書物ではあるが、実体のある紙の本ではない。

魔女の図鑑とは、魔女が今まで関わった縁の全てが記載されている。場所、薬草、動物、鉱物、土、人、魔女。それらの全てが蓄積され、魔女の中で形となっている。

魔女とは貯蔵庫だ。知識と技術と魔力の塊が、魔女なのだ。

魔女は知っていることならば引き出せる。たとえ忘れていても、だ。だが、知らないことは分からない。どんな存在でも知らないことは分からないのだ。魔女に分かるのは、己はそれを知らないという事実だけである。

私の図鑑はまだ薄い。どれだけ生き急ごうと、図鑑の厚さは長く生きた魔女に追いつけるはずもなかった。

「ああ、いるとも」

蜥蜴は口が渇いたのか、そこでようやくはくりと口を閉じた。はくはくと幾度か動かし、またぱくりと開いたまま固定される。

「紫紺の魔女は大魔女マーチヤの娘、アスディナ。大魔女になれるほどの魔力を備えてはいたけれど、素質が伴わなかった魔女だよ。彼女が起こした事件は大魔女以上にはそれなりに知られている。王子、以前シルフォンにいたという魔女についてお前の叔父から聞いたのだろう？　お前の叔父は何と言っていたんだい？」

突如話を振られ、リアンははっとなった。恐らく、急に話を振られたからだろう。自分に来ると思っていなかった矛先を振られれば誰だってびっくりする。

私を見ていたリアンは、慌てて身体と視線を蜥蜴に向け直した。中身は何であれ、見た目は普通の蜥蜴だ。それに対して礼儀を正すことを苦に思っていないのは凄いことである。

「叔父も詳細はご存じではなかったのですが、紫紺の髪ではなかったと聞いています」

「え？」

驚いてリアンを見て、慌ててディアナスへ視線を戻す。ディアナスは特に驚いた様子はない。

私はシルフォンに魔女がいたとの話は彼の叔父からしか聞いていないので、もしかしたらその魔女は人として過ごしていたのかと予想を立てていた。魔女は人として過ごすこともできる。ただしその場合、魔女らしさの一切を表に出してはならない。魔法を含めた一切をだ。

だから魔法で髪の色を変えるなんてことはできなくなる。

かといって、染めることも切ることも、簡単にはできない。魔女の髪は魔力の貯蔵庫。魔力の色がそのまま髪の色となっている上に、本人にとって必要な長さまで勝手に伸びるのだ。下手に手を出すと魔力の調整が狂い均衡を崩す。ようは、あまり見た目を弄れないということだ。

魔女の髪と瞳と爪は、その魔女の魔力の色である。ならば。

「シルフォンにいた魔女は、紫紺の魔女ではなかった、ということですか？」

私はてっきり、過去にシルフォンにいた魔女は紫紺の魔女で、何かしら騒動があったのだと思っていた。

蜥蜴は私の言葉に、どこか自慢げな顔をした。はくりとその唇が動く。

「その通り。いやぁ、あたしの弟子は賢くていい。その賢さで、ちょいとこの借金空にしてくれないかい？」

「ついこの間空っぽにしてツケも払い終わったばかりじゃないですか！　この短期間にどれくらい増やしたんです！　ああもう！　借用書見せてくださっ……私はもう独り立ちしたので、その借金に関わる必要はないのですよ、我が師」

「ちっ、気づいたか……」

うっかりいつもの癖で始末をつけようとしてしまった。癖って怖い。蜥蜴の器用な舌打ちに、危なかったと胸を撫で下ろす。

「話が逸れた」

「逸らせたのは貴女です、我が師」

据わった目で睨んだ私の言葉は綺麗に無視された。蜥蜴ははくはくと口を動かし、またぴたりと固定したままリアンを向く。

「シルフォンにいた魔女はアスディナの姉魔女さ。姉魔女はお前の父親がまだお前と同じ立場、シルフォンの王子だった頃に彼の友となった。アスディナはその姉魔女を追いシルフォンに来た。そして、お前の父親を殺そうとした。姉魔女に阻まれたアスディナは、呪いの対象をお前の父親ではなくいずれ生まれてくるであろうその子どもへと向けた。姉魔女の防衛範囲は未来にまで及んでいなかった為、呪いは成ってしまった。姉魔女は呪いを解こうとしたがかけた本人にしか解けず、またアスディナはそれを拒否した。結局、姉魔女はアスディナを殺し損ねた。結果今に至るぅ〜」

最後でどっと脱力する声が聞こえてきた。さすが、魔力切れのところを盗賊に襲われ、比喩抜きで皮一枚が繋がった首を揺らしぎりぎりで命を保ちながら『キトリ、直して〜、死にかけてる〜うふ、凄い、一枚、あたしの命ぺろんぺろん、うふ、うっふっふ〜』と大爆笑していた師匠だ。

蜥蜴になっても緊張感を保てないらしい。

ちなみにその盗賊は、弟子の義務に従ってきっちり石像にしてきた。彼を心の底から愛する存在からのキスで解けるようにしているので、頑張ってほしい。石像を愛する存在がいるかは知らない。

「大魔女以上の魔女なら大抵知ってる顛末さ。魔女が番人の許可を得ず、人間へ死の呪いをかけたんだ。魔女の間にも情報くらいは回る。しかも阿呆な姉魔女はアスディナを取り逃した上に、番人の許可無しにアスディナを殺そうとした件で、アスディナへの接近禁止令が出されて手出し不能となった。魔女にとって他者の笑い話は好物さ。噂も回る。まあ、その後のでかい事件で塗り潰されて、一般の魔女にはあまり広がらなかったけどねー」

「その後の大きな事件、ですか？　大魔女殿、それは一体？」

掌をぺたぺたと何度か床につけ、尻尾を揺らしている蜥蜴は、笑っているのかいらついているのかいまいち分からない。蜥蜴の表情や様子から喜怒哀楽を読み取れるほど、私は蜥蜴と親しくないのだ。

だが、いつもの師匠よりは読みやすいかもしれない。そう思ってしまい、意識の比重がやや蜥蜴寄りになっていた私は、話の流れに一瞬取り残された。

だから、師の言葉を遮り損ねたのだ。

「そこのキトリが九年前に起こしたジェイナの事件さ、シルフォンの王子。四つの町と六つの村に四つの山を、全ての動植物と五万の人間ごと焼き殺したのは、そこにいるあたしの弟子だからねぇ」

胸の中に氷の塊が発生する。

冷たく硬く痛みを齎すそれは、逆に思考を凍らせ、冷静さを私に与えた。

「我が師、それがいま何の関係が？　貴女はいつも無駄口ばかりだ」

「それが大ありさ、我が弟子キトリ。何せアスディナはいま、ジェイナにいるんだからね」

「――それはそれは」

成程。何も、考えなしに私を煽ったわけではないらしい。

「それも、お前が今なお燃やし続けているジェイナの炎の中に紛れて」

今度こそ、私は口角を吊り上げた。

このまま裂けてもおかしくないほど口角が歪んでいくのが自分でも分かる。だが、止められない。止めるつもりもない。

蜥蜴の大きな瞳の中に映る私は、凄絶な笑みを浮かべていた。

紫紺の魔女アスディナ。お前は私の逆鱗に触れすぎだ。

ジェイナの炎とリアン。

私にとっての逆鱗など本当にその二つしかなくて。しかもそのうちの一つは最近できたばかりで。

世界中にこれだけの物事が溢れかえっている中、器用にその二つに触れてみせたアスディナは、成程、原初の魔女が星の管轄としたのも頷ける。

だからといって原初の魔女の行いに納得しているわけでは決してないが。

蜥蜴はいつの間にか口をぱくりと閉じている。リアンも同じように唇を閉じ、じっと私を見ていた。

「それならば、私がアスディナを殺すのは道理ですね。殿下、ご安心ください。殿下からのご依頼以外で、アスディナを殺す理由ができました。アスディナは正しく私の敵です。殿下、貴方の敵は、貴方の友であるこの魔女めにお任せください。見事仕留めて進ぜましょう」

「……キトリ」

「ああ、私が恐ろしいのでしたらこちらでお待ちください。必ずやアスディナを仕留めて参りますので」

「キトリ」

静かに、リアンが私を呼んだ。

声も瞳も震えておらず、揺れもしない。酷く穏やかで、木漏れ日のように柔らかく、霧雨のように静かだ。

「私も行くに決まっているだろう。何せ、私自身のことだ。それに、友のお前も思うところがあるようだ。ならば尚更一人で行かせるわけがない。ただし、魔女の世界には疎いから、足手纏いになることだけが心配だ。ああ、だが私の友は魔女なので、しっかり補助してくれると信じているぞ」

軽やかに笑うリアンに、爽やかな狡さを見た。

こんな清廉な狡さがあって堪るものか。この人は、狡さまでも綺麗なのかと絶望するしかない。

だって、綺麗なものは穢される。永遠に美しいものは楽園ではなく思い出だけだ。終わったものだけが美しく在り続ける。時の流れに在り続けるものは、必ず変わるのだ。綺麗であるがゆえに人の目につき、妬まれ、恨まれ、奪われ、壊され、穢される。

それなのに、この人は狡さまでもが美しい。穏やかで、優しい。そんなもの、いつか壊される象徴でしかないじゃないか。

「……殿下、やめましょうよ。わざわざ殿下が出向くまでもないですよ」

リアンは腕を組み、胸を突き出しながらふんっと鼻を鳴らした。

「馬鹿を言うな、キトリ。私はこれでも国一の剣の使い手だ。自分の身くらい自分で守れる」

「馬鹿を言っているのは貴方ですよ、殿下。魔女の呪いに剣で対抗するつもりですか」

「呪いはお前がどうにかしてくれるんだろう？」

なあ、私の魔女。

そう言うから。この人は、ディアナスの言葉を聞いてなお、そう言って笑うから。

やめて、本当にやめて。

魔女なんて信用しないで。私なんか信じないで。魔女となんて、二度と関わらないで。

貴方の人生に魔女なんか関わってはいけないのに、どうして私なんかにそんな笑顔を向けるの。

ああ、嫌だ。私はこの人の人生に関わりたくなんてなかった。この人を穢す何物も許せないのに、そんな存在にしかなれない自分が悍ましくてならない。

「連れていきな、キトリ」

「これは私の問題です。ディアナスは黙っていてください」

「お前の問題だから言っているんだよ、馬鹿だねぇ」

蜥蜴はけけたけたと笑う。その口縫い付けてやろうかと思ったが、蜥蜴に罪はないので堪えた。これが師の口だったら本気で縫い付けていたかもしれない。その程度で止まる師とも思えないが。

恐らく、縫い付けられたら頭や手にでも口を作って喋るだろう。何十個も作って喋り倒すかもしれない。そういう魔女なのである。

「アスディナはそいつを、正確にはそいつの父親を呪ったときからずっと、番人に見つからないよう隠れ続けているんだよ。姉魔女はアスディナを殺し損ねたが致命傷は負わせた。命からがら逃げ出した傷は、たかだか二桁の年数じゃ癒えきっちゃくれないからね。でも、ずっと引き籠もってるあいつも呪いの成就までもう少しとなると、様子が気になって出てくるよ。そういう魔女だ。そのとき、お前がこの王子の傍にいないでどうするんだい。あたしの手は貸せないよ。それは番人の望むところじゃないからね」

アスディナは、呪い殺せた事実より呪い殺す現場を重視する素晴らしい趣味を持った魔女らしい。死ねばいいのに。

しかしそれならば、リアンから離れるのは得策ではない。そしてこの件において協力者を得られない以上、リアンを連れて出るしかないようだ。

番人は協力者の存在をディアナスに限定した。それも、助力ではなく助言としている。これはあくまで、私に解決しろと言っているのだ。

それはいい。望むところだ。だが、リアンを連れていくのは嫌だった。だからといってこの場に置いていき、私の手が離れた場所でアスディナに殺されることはもっと許せない。

「まあ、どうするかはお前が決めな。これはお前の依頼だか、ら――――」

「ディアナス?」

不意に途切れた蜥蜴の言葉に首を傾げる。ディアナスは気紛れで気紛れで気紛れだけど、だからこそ会話の終了は分かりやすい。

別に相手への気遣いではない。ここで終わりと勝手に話を打ち切る代わりに、それ以上食い下がられないよう終わりを明確にするのだ。

蜥蜴がまだ動いていないのを見るに、ディアナスはまだ蜥蜴の中にいるようなのに、珍しいこともあるものである。

リアンも不思議そうな顔をしているが、私がじっとしているのを見て黙って待っていた。私達の視線を一身に受ける蜥蜴は、やがてはくりと口を動かす。

「ああ、悪いね。ちょいと客人が食人植物に食われたんだよ。全く、近づくなって言っておいたのに、相変わらずどんくさい奴だ」

「だからあれ、玄関横に植えるのやめましょうって言ったじゃないですか。せめて人を丸呑みしない大きさにしましょうよ。っていうか、珍しいですね、お客人。茶葉の場所分かりますか？　赤い缶に入っている分は、この前ディアナスが腹下しの魔法かけたんで使っちゃ駄目ですよ。それと食人植物にもこの前ディアナスが特性追加したせいで、早く出してあげないとお客人溶けますよ」

借金取りやその他迷惑襲来な訪問以外は滅多に客など訪れないのに、本当に珍しいことだ。蜥蜴は心なしか肩を竦めた。

「あー、だからかー……まあいいか。それに客人は丸呑みにされてないから大丈夫。半飲みだよ。足が見えてる。若干小さくしたからね」

「そこは撤去しましょうよ。客人に対し気遣いを発揮するという、信じがたく耳を疑い驚嘆に値し想像もできない奇跡的な行いをする常識が貴女の中に極小でも残っていたというのなら」

「えー、やだー、あれ可愛いじゃないか」

「え」

気紛れか、よくても防犯用に植えられていると信じていた物体が、まさかの愛玩用だった衝撃に思わず固まってしまった。

私の太股より太い茎、両手を広げた幅より広い葉、大きな花弁の中心にある、本来ならば花粉がある空間に私の頭より大きなぽっかり開いた空洞、またの名を口。歯まである。

控えめに表しても化け物一択な物体を思い出すと、毎日あれに食われかけながら出入りを繰り返した思い出も一緒に蘇ってきた。懐かしさは欠片も感じず、恐怖しかない。

「は？」

そんなことを考えていた私の頭は、地の底を這うような声を放ったリアンによって引き戻された。独り言にしては険を含みすぎている。

「殿下？」

「ま、そういうわけで頑張りな」

「ちょっと待ってください、ディアナス。助力はいりませんが、せめて殿下を師の家に滞在させることは」

「往生際が悪いよ、キトリ。それに、それはあたしと話し合うべきことじゃないね」

リアンの様子も気になるが、ここでディアナスに帰られるわけにはいかない。リアンには悪いが、今はディアナスを優先すべきだ。

そう決めた私の腕が、がしりと掴まれる。心以外は女になっている人間が出しているとは思えない力で掴まれた腕に、ぱちりと瞬きした私の視界には、この世のものとは思えない気迫でにこりと作り出された笑顔が映った。

これが王族の威厳なら、確かにひれ伏してしまいたくなると思うくらい絶妙に怖い。笑顔なのに怖く、笑顔だから怖い。

「で、殿下？　どうしたんですか？　何か不都合が？」

「大ありだ」

何だっけ？　何やらかしたっけ？　考えるが、思い当たる節しかない。

ジェイナのことなどその最たるものだが、それにしては反応がおかしい。

だってリアンは怒っているのだ。ジェイナの殺戮を黙っていたことに付随する反応ならば、脅えが正しいだろう。

しかしリアンは怒っている。それも凄まじく。

理解が追いつかず思考を堂々巡りさせている私の腕が強く引かれ、目の前にずいっとリアンの顔が近づいた。目尻は吊り上がり、眉は寄り、大変お怒りな顔である。

「キトリ」

「は、い？」

「お前は何歳だ！」

全く予想外の方向に話が飛んで、呆けた瞬きを返事としてしまった。

「はい？」

「先程大魔女殿は仰ったな？　『二桁の赤ん坊のような年月しか生きていないくせに』、そう言ったな？　そして、お前はそれを否定しなかった」

　何度か瞬きし、リアンの言葉を咀嚼し、飲み込み。首を傾げる。

「それ、一番どうでもよくないですか？」

「いいわけあるか！」

「えぇー!?」

　胸倉を掴もうとしたリアンの手が一瞬躊躇い、結局肩に収まった。しかし勢いは削がれず、そのままがくがくと揺さぶられる。帽子のつばがゆさゆさ揺れ、頭から抜けそうだ。髪もわさわさ揺れているのが分かるが、何より頭が揺さぶられてまともに喋れない。

「もうこの際、お前の身の上を含めた一切合切全てを吐いてもらうぞ！」

「屋台、屋台飯が、出る、殿下！　吐く！　吐いちゃいけないもの、吐く！」

「魔女の事情や過去はともかく、友宣言したのならば年齢くらい明かせ！　せめて！」

「ど、でも、いいかな、って」

　あ、これもう駄目かも。

　ふっと諦めた瞬間、ぴたりと揺れが収まった。肩から手も離されてよろめく。杖を支えにしていたので膝をつくことはなかったけれど、抱きしめるように縋っていなかったら、床に突っ伏していたかもしれないくらいには限界だった。

　そんな私を見下ろすリアンは、堂々と胸を張っている。

「ふわっふわのシルフォンといえど、一応王子の私はそれなりに気を使われてきた。その結果、友人が一人もいないんだ！　この歳まで友零人の男の、友への期待と憧れをなめるな！　要求すること山の如しだぞ！　利害を無視した秘密の共有など、その最たるものだ！」

「え、えぇー……」

記念すべき初めての友達が魔女でいいのだろうか。しかも私でいいのだろうか。強引に友達になった自覚があるだけに、非常に申し訳ない気分になってきた。

ちょうどしゃがみ込んでいることだしと膝をつく。友達零を堂々と胸を張って言い放ったリアンは、不思議そうに首を傾げた。その前に杖を置き、つけた両手の間に額を下ろす。

「そんな思い入れのある記念すべき友達第一号の座を、私の都合だけで強引に奪って申し訳ありませんでした。何でしたら、今回は特殊事項として回数に入れないという方法を採用してください」

「お前馬鹿か？」

「えぇー……」

杖を床に置く、魔女として最上級の謝罪をしたら、辛辣な言葉が降ってきた。

しかしその距離が近く感じて顔を上げれば、リアンは目の前で膝をついていた。杖を拾いながら私の手を取り、身体を起こすように引っ張り上げる。

「提案はお前だが、承諾したのは私だ。それを謝罪するのは変だろう」

「なんかちょっと違う気がするんですがね」

「しかし年齢は友関係なく普通に教えろ、そこは！　確かにお前は一度も自分から七百十五歳だと言ってはいないがな⁉」

「どぉーでもいいかなと……」

「違うだろう！」

「どの辺りが？」

私を立たせたリアンは、ふんっと胸を張った。どうでもいいが、やっぱりリアンはちゃんと今の体型用に服を誂えるべきだ。さっきしゃがんで手を貸してくれたときに強く思った。

「注意と説教が増える」

「う、げ⁉」

「それなりに年上ならば、そんなやり方でも今までやってこられた実績があるがゆえに強くは言えないが、私よりも年下ならば遠慮は無用だ！　実戦を経た結果ではなく、ただお前が迂闊なだけだと分かった今、私は我慢していた注意事項をわめき散らすぞ！」

「えぇー！」

我慢していたのか。あれで。

彼の口から出てきた衝撃の事実に、仰け反るほどびっくりした。心配で怒ってくれたことは嬉しかったけれど、今までの分だけでも怒りっぽいなと思っていただけに、あれより増えるとなると正直やかましく思う予感がひしひしとする。

「あっはっはっはっはっはっはっはっ！　いやぁ、なかなかどうして、仲良くやっているようじゃないか。それならあたしはもう帰るとしよう。それなりに忙しい身の上でね。手始めに、客人が全部食われる前に助けてやらないとだ」

「まだ助けてないんですか⁉」

その客人、残念ながらもう溶けている可能性がある。

蜥蜴はけらけら笑いながら、犬が水を飛ばすようにぶるりと身震いをした。

「ああ、そうだ。キトリ、ジェイナへ向かうのは夜が明けてからにしたほうがいい。今晩は、酷く荒れるよ」

その言葉を最後に、蜥蜴は大きく瞬きした。それを合図に、全身をしならせてするりと窓の外へと逃げていく。どうやらディアナスが離れたようだ。

もう二度とディアナスに身体を乗っ取られるんじゃないぞと、心の中で応援する。哀れな蜥蜴に幸あれ。

私が蜥蜴に激励を飛ばしている間に、呆気に取られていたリアンが動き出していた。開いた窓を閉めようと近寄り、首を傾げている。

「荒れる？　さっきシルフォンに戻ってきたときの空は鮮やかなものだったが」

確かに、適度な雲と適度な風。遠くまで見渡しても雨雲は見られなかった。だが、ディアナスが荒れるというなら荒れるだろう。

「ディアナスは天候を読むのに長けた魔女ですから、彼女がそう言うのなら嵐が来ます。今晩は大人しく城にいて、明日出発しましょう。ある程度嵐を避けることが可能とはいえ、アスディナが出てくるかもしれない中、嵐に揉まれるのは勘弁願いたいですし」

「そういうものか……どうして男は魔女になれないんだろうな。男でも魔術を扱える者もいるとは聞くが、滅多に見かけないし」

「男の場合は錬金術師ですね。女は自らの身体で命を育むことができるから、体内で魔力を生み出し続けることができ、男は既に備わっている物以外を扱えないと聞いたことがあります。実際のところどうだか知りませんが」

何だか面白くなさそうな顔が子どもっぽくて、少し笑えてしまう。まさかジェイナの話を聞いた後も、こんな様子でいてくれるとは思わなかった。

だったら、いいかなと、思う。

「殿下、いつアスディナが来るか分かりませんから、今日は私と一緒に寝ましょう。用事済ませたら、改めてこの部屋に来ていただけますか？　あ、夕食は食べてきてくださいね。その代わり、特製のお風呂は私が用意しますから」

「は？」

勢いよく跳ね上がった眉に、私はやっぱり笑ってしまう。

だってこの怒りは、魔女を寝室に入れる危険性に警戒を示したわけではなく、私を案じてくれていると分かっているからだ。

ジェイナの話を聞いても、まだ私の身を案じてくれるこの人になら、私の原初を預けよう。

「どうせジェイナへ一緒に行くのなら、私のやったことを殿下は目の当たりにする。それなら、時間もあることですし、私の秘密を貴方に差し上げます。背負わなくていい、嘆かなくていい。私へ感情を向けるなら、恐れか怒りで結構です。それでもよければ」

貴方を、私の工房へお招きします。

私の原初を、貴方はきっと無残に扱わない。そうと信じられるくらいずっと真っ直ぐだったこの人に、知ってほしいと思った。

誰かに知ってほしいと思ったことなど初めてだ。だけど彼にならば。彼にだけは知ってほしい。触れてほしい。魔女の恐ろしさを、魔女の悍ましさを、人間の愚かさを、人間の惨たらしさを。

彼がそれらを私から、カナンの魔女から知ってくれるというのなら。それがカナンの魔女が生まれた理由だったとさえ思えるのだから。

五章　魔女の原初

まあるい葉っぱを一掴み、なみなみの葉っぱを一掴み、お星様の形をした葉っぱを二掴み、お菓子の匂いがする枝を人差し指一つ分、黄色い小ぶりな果実を一つ。

手編みしたレースの袋に入れたそれらを浮かべたお風呂から、何ともいえない顔をしたリアンが出てくる。

「どうでした？」

「………………最高だった」

ぶすっとした顔で言い放つので、思わず噴き出してしまった。杖をくるりと回し、彼の頭を撫でれば、ふわりと髪が乾く。それにさえ複雑な顔を返してきて、やっぱり笑ってしまう。

「そうでしょう？　母直伝、我が家自慢の入浴剤なんですよ。疲労疲れ目肩こり頭痛神経痛不眠食欲不振しもやけ、その他諸々、何にでも効きます」

「確かに最近肩こりが酷かったから助かった……」

それは胸のせいではないかと思ったが、あえて口には出さなかった。

まだ憮然とした顔で、賑やかな絵柄が描かれた絨毯の上にどっかり座ったリアンは、くあっと口を開いた。

お説教入ります。そうくるだろうと思っていたから、言われる前にリアンの前へと正座した。

「私がお前に守ってもらっているのは分かっている。礼を言う！　だが！　女が男を家と風呂と寝台に誘うな！」

「殿下、女じゃないですか」

「今はな！」

「あはは、知ってますよ。それに、普段は男でも女でも誘いませんよ。お誘いしたのは殿下だからです。だって殿下くそ真面目ですし」

私が彼を囲う必要性を理解しつつも、常識面で怒らずにはいられない生真面目な人は、自分で板挟みになって何ともいえない顔になっている。

ここは、私の工房だ。私の帽子の中、全ての魔女の原初であり、全ての魔女の原初がある空間の一角。

魔女の工房は、持ち主の招きがなければ番人や原初の魔女でさえ入ることはできない。ここに誰かを招待したのは、リアンが初めてだ。

工房については簡単に説明してある。ここを壊されると私の精神が壊れるので、派手な破壊はやめてくださいねと簡単に説明したら、そんなところに人を入れる馬鹿があるかと盛大に怒られた。

せめて入れる前に説明をしろ。武器は取り上げろ。そうとは知らずにいつもの癖で剣を持ってきてしまった。何かあったらどうするんだ。

正座して延々と説教をくらい、足が痺れた辺りで「友達だから、いいかと思って……」としょんぼり伝えたら、「う、む……まあ、うん、そうだな。友達なら、いい……のか？」と納得してくれたようだ。

だがいまいち釈然としない思いを持て余しているらしい間に、私は解放された足の親指を回し、必死に痺れを取った。

説教されることは予想済みだったので、適当に様子を見てしょんぼり作戦を出すつもりだったが、リアンが予想より怒ってくれたので作戦決行が遅くなってしまったのである。そして、別にしょんぼりしていないのは内緒だ。

痺れが取れると同時にさっさと立ち上がり、背伸びする。

「じゃあ私もお風呂入ってきます。最初に説明したとおり、外の森には絶対に立ち入らないでください。指一本でも駄目ですからお気をつけて。後は――毒草もあるので、瓶はあまり触らないほうがいいかもです。他は好きにしてください。食べ物はそこの、そうそこ、そこの棚にお茶とお菓子入ってますからお好きに。部屋もご自由に」

そう言えば、リアンは途端にそわそわしはじめた。工房に入ったときから物珍しげな視線を隠しもしていなかったから、興味津々なのだろう。

窓に並べられたちょっとした栽培野菜達の間にちょこんと座った人形をつつきながら、窓越しに庭を見る。

「庭に畑があるが、あそこには毒草はないのか？」

「あ」

「……あるんだな。まあいい。踏み込む予定もないからな」

「あれ？　そうなんですか？」

「当たり前だ。私に畑の知識はない。知識のない者が迂闊に入っていい場所じゃないだろ」

「殿下のそういう当たり前に真面目なとこ、私かなり好きですよ」

当たり前とされる気遣いを当たり前にできる人は、意外と少ない。魔女はできないことが当たり前だが、人間でもできる人はそういないと思っている。礼儀としてだけならできる人も、相手が身近な人になれば途端に気遣いを忘れるものだ。

リアンは魔女の工房が珍しいのか、素朴な一軒家が珍しいのか。ずっときょろきょろしている。

「ここが、お前の育った家なのか」

「概念として、ですが。本物はもうありませんから。壁に貼られたへったくそな絵は、幼い私の力作です。ちなみに何描いてるのかは私にも分かりません。うまいほうは兄作です」

兄が描いた絵も貼られている。年の差はあれど、両者描いた年齢は同じほどのはずなのに、兄のほうはわりと何が描かれているか分かるのが凄いと思っている。

リアンは私が指さした絵が貼られた一角に近づき、ふはっと笑った。

「子どもの絵はこんなものだぞ。こっちはうまい」

「それは兄の分です」

「だろうな。かなりうまい。だが、お前の絵も上手だ。それに、これなんかは何を描いたか私にだって分かる。家族の絵だな。上手だ」

そう言って、この人は笑う。ここに幼い私がいるかのような優しい顔と声、柔らかな言葉で、褒めてくれる。

『これはね、おかーさん！　これはおとーさんで、こっちはおにーちゃんとわたし！』

画用紙に使ったクレヨンより余程多くの色を掌へ移した私に、みんな上手だねって笑ってくれた。

ありがとう、嬉しいよ、キトリはお絵かき上手だねって、たくさんたくさん褒めてくれた。

ああ、殿下。リアン。私の友。

私の王。

「私、幼い頃に貴方と出会いたかった」

「……キトリ？」

帽子を外し、台の上に置く。杖も置き、腕を上げる。一本立てた人差し指の先が光り、ゆっくりと描く線をなぞって光を残していく。

二つの単語を書き上げて、リアンの元へと送り出す。

「これは……カナン、か」

「私は火難。禍難の魔女」

命と文化を焼き殺した、災厄の魔女。

そうなるべく星の管轄によって定められていた私の業。

「貴方のような人間もいるともっと早く知っていれば……私は、二つ名の魔女になんてならなくてよかったのかもしれない」

もしもに意味などないと分かっているのに、あの日死んだ人間のキトリが、今も血を垂れ流しながら未練がましい願いを吐いた。


お母さん直伝の入浴剤が入った湯に沈んでいた身体を、ゆっくりと浮かび上がらせる。どれくらい沈んでいたのか把握できないほどには沈んでいた。

空気に触れた肌から順に、湯に広がっていた髪が張り付いていく。同時に、ぱちりと魔法が弾ける。呼吸の形が水中から地上に適したものへと戻ったのだ。

この入浴剤は、嬉しいとき、疲れたとき、困ったとき、何でもないとき。お母さんが作ってくれた特製の物だ。身体が温まって、いい匂いが続いて、よく眠れる。

だけどしばらくは、ただただ痛みの象徴だった。だって、これだけでは駄目なのだ。

『今日のお風呂は特製よ』

そう言って笑うお母さんがいないと、

『お、今日の風呂は母さん特製の日か』

そう言って笑うお父さんがいないと、

『さすが母さん特製のお風呂だよね。おいで、キトリ。髪を乾かしてあげる』

そう言ってお風呂に入れてくれた兄が、柔らかなタオルを頭に押しつけてくれないと、駄目だった。

同じ香りを作れても、同じ効能を作れても、幸せを作り出してくれた人達がいないと、その人達の喪失をただ思い出させるだけの、痛みだった。

懐かしい香りに揺られながら思うことは、ああ、泣きたいなと、随分久しぶりの欲求だった。

風呂から上がり脱衣所で着替えても、帽子はかぶらない。それ以前の問題として、居間に置いてきた。杖もだ。

魔女である証のほとんどを手放してリアンの元へ置いてきたその理由を、リアンは知らなくていい。

部屋に戻れば、リアンがお茶を淹れていた。その傍には、何故か子ども部屋の寝室にあった大きな熊のぬいぐるみが座っている。一通り探索し終わったようだ。

「飲むか？　…………髪くらい乾かせ」

「わーい、頂きます。ありがとうございます」

杖と帽子は、置いたときと変わらぬ場所に鎮座していた。置きっぱなしにしていた杖を握ると同時に、頭の天辺から毛先まで光を通し、水分を飛ばす。

立ったままお茶を飲み、焼菓子を摘まんでいるリアンの動作がちょっと雑で、何だか可愛い。ここでは王子でいる必要がないからだろうか。

「美味しいですか？」

「ん？　ああ、そうだな。食べたことのない菓子だがうまい」

「そうでしょう。お兄ちゃん直伝のお菓子はおいしいんです」

えへんと自慢したら、リアンの口からぽろりとお菓子がこぼれ落ちた。反射なのか、ちゃんと自分の手で受け止めていたのが凄い。

顔はぽかんとしたまま、手だけは俊敏。剣の腕は国一番というのも、あながち間違いではなさそうだ。

まあ、彼が言うのなら本当にそうだろうなとは思っている。リアンが見栄や自己保身の為に誇張や虚偽を言うとは、欠片も思えないので。

「お、前が作ったのか？　お前そんな……普通のことができたのか⁉　キトリなのに⁉」

「殿下の中で私の印象どんなになってるんですか⁉　私これでも一応六歳までは実家で過ごしてたんですから！　人間の文化は一通り分かってますよ！」

「す、すまない」

生粋の魔女しか知らない魔女達と一緒にしないでいただきたい。そうは思ったが、自分が話していないことで腹を立てるのも自分勝手だなと思い直す。

「魔女は生まれたら三歳までには必ず魔女が迎えに来るんですが、我が家は母も兄も少々魔力持ちでして。といっても母は魔女ではなく、天候を読むのに長けていたり、分かれ道で通らないほうがいい道を当てられるといった風に、まじない師に近い感じでした。兄は魔術師になれるほどの資質を備えていて、隣国へ留学するほどでした。だから、何度か弟子への勧誘はあったんですが、私は魔女に引き取られることなく実家で暮らしていました」

くるくると杖を回しながら、丁寧に淹れられたお茶を味わう。でもコップは手軽で無骨な大きめの物で、割れにくくていいと家族から好評だった。シルフォンの王子が淹れたお茶を入れるには庶民的すぎて、本来ならば決して交わることのなかった組み合わせだ。

コップを置き、くるりと回した杖を床につける。かつんとつけた場所から波紋が広がり、世界は簡単に原初へと裏返る。

全ての始まり、全ての終わり。世界の終わり、終焉の始まり。

私の全てが死んだ日まで、あっという間に転がる日々へ。

「明日はジェイナに出発しなければならないですし、早めに終わらせましょう。――それでは殿下、禍難の魔女の原初へご案内いたします」

リアンの手を取り、恭しく頭を下げた私の手は、風呂上がりだというのに冷たくなっていた。冷え切った指を温かな手が、力を籠めて握り返す。

この人の本当の手に触れたいと、強く願った。


畑に緑髪の少年が座り込んでいる。十歳の少年は土で汚れた手袋が顔に触れないよう、手首で額を擦っている。それを見つめている私とリアンの足下を、小さな影が走り抜けた。

長い髪を高く結い上げ、三つ編みにしてぶら下げている小さな私は、蹲っている兄の丸まった背に勢いよく飛びついた。

「うっ！」

体勢を崩した兄は、驚いたであろうに怒りもせず手袋を外している。

「だーれだ！」

「うーん、誰だろう。難しいなぁ」

背中に負ぶさったまま両足を浮かせている妹を後ろ手で支えながら、兄は笑いながらうーんと考えた。

「えー！　おにーちゃんのことが、せかいでいちばんだいすきなおんなのこだよ⁉」

「分かった！　世界で一番可愛い僕の妹だ！」

「だいせーかーい！　せいかいしたえらいおにいちゃんには、あのね、わたしのアップルパイひとくちあげる」

背中に乗ったまま足をばたばたさせている妹を、慣れた動作で前に抱き直した兄は、びっくりした顔をした。心底不思議そうな顔で、抱き上げた私を覗き込む。それでもいつものように額と頬を擦り合わせ、熱を分け与えてくれる。

「お前アップルパイ大好きなのに。どうしたの？　いつもは僕の分まで食べたがるじゃない」

「……アップルパイ、ひとくちじゃなくて、はんぶん……ううん、ぜんぶあげる！」

「お腹痛いの？　お母さん！　キトリお腹痛いって！」

「ちがうもん！」

ちがうもんちがうもんちがうもん！

癇癪を起こしてべちべち叩く私を気にせず、兄は声を上げて母を呼んだ。兄が作ったアップルパイの焼き加減を見ていた母は、エプロンを外しながら顔を出し、私達の様子を見て苦笑した。

「違うのよ。貴方が来月から留学に行くことを、ようやく理解したみたいで」

「あー……お前、分かってなかったもんね。何度も説明したのに、夕食までに帰ってくると疑ってなかったもんなぁ」

ぶすっと見事なまでに膨れていた頬を兄に突かれた私の顔が、ぐしゃりと崩れる。唇はわななき、力が入って吊り上がった目には見る見る間に涙が溜っていく。真っ赤になった頬を涙が滑り落ちた瞬間、怪獣が泣き出した。

「おにーちゃんいっちゃやだぁあああああああああ！　やぁだぁあああああああああ！　うあああああああんぎゃああああああああああああああびゃああああああああああああ！」

「おーっと。怪獣が泣いていると思ったらうちだったかぁ」

「あらニコ。おかえりなさい。どうだった？」

「ただいまシルヤ。今年は流行病もないし、俺達は通常通りって感じだ」

薬を卸しに昨日から家を留守にしていた父と、母が会話を始めてもぎゃんぎゃん大泣きする私を、兄は困った顔と嬉しそうな顔が半分ずつ同居した顔で慰めてくれた。

兄が留学する。家を出る。

その意味を四歳の私がちゃんと理解できたのは、兄が家を出る十日前で。

遠くに行っても、いつも父の手伝いで家を出ているときのように夕食か、遅くても次の日には帰ってくるものだと思い込んでいたので、一年のうちで家にいる時間より外にいる時間のほうが長いと理解したときは酷い衝撃だった。

いつも通りお兄ちゃんに抱きついて、ほらお兄ちゃんはいつも通りだと安心したのに、結局兄が家を出ることは全く覆しようもない事態だと分かっただけだった。つまり、ぎゃん泣きであった。

「ふ……」

隣から、くすぐったい笑い声が聞こえて視線を向ける。リアンは手の甲を口元に当て、目元を柔らかく解かせていた。

「お前、泣き虫だったんだなぁ」

「しかも甘えん坊の我儘娘です。結局この後、兄が花をくれるんです。自分の力を一部移した花で、自分が元気な限りこの花も元気で、分身のようなものだから、あまり寂しがらないでって言って。でも私やっぱり寂しくって、どこへ行くにも抱えて歩いて、一緒に寝てました」

家は集落から少し離れた森の中にあった。母がまじない師で、私が魔女であるからというのも理由の一つだったが、そもそも父は薬師で、薬草を採取しやすい場所を選ぶと自然と森の中になったのだ。採取だけでなく自ら栽培もしていたので、適した環境は家族の都合と合致していた。

だから、私が生まれる前から両親はここで暮らしていた。周辺の人々ともそれなりに仲良くやっていた。父の薬はよく効いたし、礼儀正しく穏やかな両親の気質を受け継いだ賢い息子。嫌われる要素はなかった。

一つ一つ、ぽつぽつと話す内容を、リアンは何も言わず聞いてくれた。

「それでも私は魔女だから、やっぱり家から離れることはあまりなかったんです。近場へ連れていってもらうこともありましたが本当に稀で。両親も気をつけていたんでしょう。だけど私はそんな事情さっぱり分からなかったし、そんなことが気にならないくらい、毎日が楽しくて仕方がなかった。

兄がいなくなったことは寂しくて堪らなかったけれど、兄は長期の休みには必ずたくさんのお土産と一緒に帰ってきてくれたし、何も……何一つ、不幸なことなんてなかった」

私にとって、穏やかで優しい家族だけが人であり、世界だった。

ぐるりと世界が溶ける。笑う家族が、不幸を何一つ知らない無知な子どもが、消えていく。この二年後に世界が終わると思いもしない子どもは、最後まで笑顔のままほろりと溶けた。

「人は優しいものだと、優しく温かなものなのだと、世界とはこの家の延長線上にあるものなのだと、疑うことなく信じていました」

広がる世界はこの温かな家と同じほど優しくて、楽しくて、穏やかで。乱暴なことも暴力的なことも、暴言すらも知らなかった私は、世界とはそんなものなのだと信じていた。

そして何も、何一つ知らず、突如現れた世界の終わりを見た。

「殿下、ジェイナの事件をご存じですか？」

じりじりと照りつける暑さに、うんざりした顔をしながら井戸の水を汲み上げた母が、畑に水を撒いていく。まだ朝も早いというのにこの暑さだ。暑いのに水をやっては植物が茹だってしまうが、朝にやっておかないと夕方まで持たずに枯れはじめてしまうのである。

よたよたと手伝いながら、「うへぇ」と犬のように舌を出して水を撒いている六つの私を見て目を細めていたリアンは、一瞬息を詰めたように見えた。けれどすぐにまっすぐと私を見る。

「ああ」

九年前、突如発生した炎が、ジェイナ東部地方の一帯を焼き尽くした。

炎に飲まれたのは、街道沿いにある大きな町が一つ、そこよりは小さいものの充分に栄えた町が二つ、少し寂れはじめた三つの村と、あまり人口に変化のない二つの小さな村。そして、それら一帯を点在させる四つの山である。

すぐに王都からも騎士団が派遣され、住民達の救助を開始した。だが炎は、何をしても消えることはなかった。水をかけようが、砂をかけようが、炎により発生した雲で雨が降り続けようが、弱まることすらなく延々と。

命ごとその一帯を焼き尽くした炎は、九年経った今も燃え続けている。

死者の数は推定で五万人に上るといわれている。住民全てを飲み込んで燃え続ける炎のせいで未だ現場には立ち入れず、墓は作れない。燃える物などとうになくなって久しいだろうに、どんな雨嵐でも一向に弱まることなく、されど広がることなく、延々と燃やし尽くしている。

「お前が、やったのか?」

「ええ」

「何があったんだ」

震えず、脅えず、弱々しくもないきっぱりとした声だ。淡々とした事務的な声ですらない、いつも通り生真面目でまっすぐとした声で問うてくれた彼に感謝した。

まじない師。薬師。集落から離れた一軒家。魔術師になる素質のある息子。魔女の娘。

様々な要素は重なっていた。悲劇は起こるべくして起こった。

けれど、何が原因かと問われれば。

「――雨が、降らなかったんです」

それ以外の理由など、なかったのだ。


日照りが続いた。暑い日が続き、様々な物が干上がっていく。

父は薬を卸しに行くたび、暗い顔で母と話すことが増えた。幼い私は何日雨が降っていないかなど考えもしなかったけれど、その年の日照りは酷いものだったそうだ。

山に暮らす私達にはまだ影響が少なかったけれど、町、村、と、山から離れた場所から川は干上がっていった。町では既に井戸の水すら涸れ上がっていたという。

人は困難に陥れば余所へ原因を見つけ出そうとする。どこかに悪を見出そうとする。悪を倒しさえすれば解決するのだと思い込みたいからだ。天候などとどうしようもない要因ではなく、自分達の手に届く範囲に原因があるほうがずっと簡単で、楽なことだからだ。

理不尽な疑惑の目は、まじない師と、魔術師の素質を持つ息子と、魔女の娘を持つ、毎度一定量の薬を卸し続ける男へと向いた。

日照りが続こうが、男の薬は尽きることがない。当たり前だ。だって山はまだ枯れていないのだから。

しかし、日に日に住民達が父へ向ける目は険しくなっていった。このままではもうここには住めなくなるかもしれない。両親は少しずつ荷物を纏めはじめた。よしんば雨が降ったとしても、一度芽吹いた疑惑の種は枯れない。同じ状態のまま保全され、次に何かがあれば一気に花開くだろう。

両親は転居を決めた。だけど私には何も知らされず、二人は首を傾げる私の頭を優しく撫でるだけだった。


お兄ちゃん、夕方に帰ってくるんだよね。あんまり暑いと大変だね。雨が降るといいね。あ、でもお土産濡れちゃう。それに足下が悪くなっちゃうから、お兄ちゃん大変。

母とのんびり交わした会話は、それが最後だった。

「シルヤ、キトリを連れて逃げろっ！」

水やりをしていた私達の元へ、昨日薬を卸しに行った父が血相を変えて飛び込んできた。その額からは血が流れていて、母は真っ青になった。いつも穏やかで楽しい父の怒声と鬼気迫る顔が怖くて、震えながら母の足に抱きついた私を、母はすぐに抱き上げ、身を翻した。

どうして？　お父さん怪我してるよ？　お父さんのところに行くんじゃないの？

不思議に思い、私を痛いほど抱きしめて走り出したお母さんの腕の中で身を捩る。何とか顔を出して背後に視線を向けた私の目には、父を農具で殴り倒す男達の姿が映った。

何度も何度も父を殴りつける男達は、父が動かなくなった途端、跳ね上がったようにこっちを見る。

「あいつらを逃がすな！」

「ほら見ろ、言ったとおりだろ！　水があるぞ！　こいつらが雨をせき止めていたんだ！」

「殺せ！」

「水を奪え！」

「逃がすな！」

「魔女は殺すな！　魔女は雨乞いに使え！」

こっちを指さし、恐ろしい声で叫ぶ男達に、私の身体は震え上がった。母の身体も大きく震える。けれど決して振り向かず、私を抱く腕の力を強めた。

けれど、どんなに逃げても女の足だ。それも、六歳の子どもを抱いている。逃げ切れるはずもない。すぐに追いつかれた母は、髪を掴まれて家の中に引きずり込まれた。血だまりの中に伏せたままの父の横を通り、私も一緒に放り込まれる。

何が起こったのか分からなかった。何が起こっているのか分からない。この男の人達は誰なのか。どこから来たのか。どうしてこんなことをするのか。

これは酷いことだ。酷いことが起こっているのだと、私には気づく余裕さえ与えられなかった。お母さん、お母さん。泣き叫ぶ私に、母も必死に両手を伸ばした。

「やめてください！　私達は何もしていません！」

「嘘をつけ、この魔女め！　それなら何でこの家だけ作物が無事なんだ！　さっきだって水を撒いていただろう！」

「井戸水です！」

「町はもう井戸水も涸れたんだぞ！」

「ここが山で、他に住んでいる人もいないから涸れていないだけです！　このまま日照りが続けば、いずれここの水も涸れます！　現に水位はとても下がっているんです！　やめて！　娘には手を出さないで！　まだ六歳なのっ！　お願いやめて！　やめてやめてやめてぇっ！」

何もしていません。何もできません。私も娘も、そんな力などありません。天候を操る力などありません。

母はそう何度も叫んだ。声が枯れ、血を吐いても叫んだ。何十人もいる男達に惨たらしく殺されるその瞬間まで、叫び続けた。


ふと、掌に温もりが触れた。リアンの手が私に触れている。

握っているのではない。本当に触れているだけだ。離れず。寄り添うようにほんの僅かに力を籠めてその手へ擦り寄れば、くすぐるような柔らかさで握り返してくれた。

その後、痛いほどに握りしめられる。

もうこの先何があるかなど、何も知らなかった馬鹿な私以外なら誰にでも分かっただろう。

難しいことは何もない。両親と同じ末路を辿る。

ただそれだけのことなのだから。


痛い。

同じ言葉がぐるぐる回る。恐怖は既に麻痺した。恐怖だけでなく、感情自体が摩耗して、うまく、動かない。混乱だけがずっと続いていて、怒りは湧かなかった。

分からなかったのだ。これが酷いことだと、理解できなかった。そんなことが起こるなんて思わなかったし、そんなことをできる人がいるなんて知らなかった。世界は優しいものだと、大人は穏やかな巨人だと、信じて疑っていなかった。

重たいものをいっぱい持っても平気な強く大きな手は、私を抱き上げてくれるもので、撫でてくれるもので。まさかそれが拳のまま振り下ろされてくる事態があり得ると、私は知らなかったのだ。

もうどれくらい時間が経ったのか分からない。男達はひっきりなしに入ってきては、色んなものを壊して出ていく。全部取っていく。私のぬいぐるみまで、全部だ。

だけど、お兄ちゃんのお花だけは窓際に置いていたから壊されていない。野菜は取られたけれど、お花は食べられないから置いていかれたのかもしれない。

そんなことを思っていたら、蹴り飛ばされた。跳ね飛んだ身体は、お母さんの横まで滑って止まった。身体は捩じ曲がり、ひゅうひゅうと変な音が胸から漏れている。お母さんも、動かなくなるまでこんな音を出していた。

お母さん。

そう呼んだつもりだったのに、喉の奥から出てきたのはぐちゃりとした赤い塊だった。

おててつなぎたい。

そう思って伸ばしたつもりだったのに、私の指もお母さんの指も全部変な方向に向いていて、とてもではないが握れそうになかった。

私の髪を掴んで引き摺り上げた男の顔が眼前にある。ぶらぶらと揺れる足の下に、ぼたぼたと血が落ちていく。あんなにいっぱい血が出たのによくなくならないなぁなんて思ったのは、もう全てが麻痺していたからだろう。

「強情なガキだな。さっさと雨を降らせろって言ってるだろうが！」

床に叩きつけられた瞬間、水の中に落ちた気がした。

「雨をっ――――――――！」

「――の――キがっ――――！」

「――――――――――！」

男達が何を言っているのか分からない。水の中に潜って聞く音によく似ている。耳が壊れたのかなと、やけに冷静な自分が納得した。だって、目もかたっぽ壊れちゃった。

だけど壊れたのは耳じゃなくて心だったのだと、飛び込んできた意味ある言葉で知った。

「何て、ことを――っ、キトリ！　キトリ、キトリ、キトリ！　やめろ！　キトリに触るな！　キトリ！　僕だよ、お兄ちゃんだよ、キトリ！　目を開けろ、キトリ！」

お兄ちゃん。お兄ちゃんの声だ。お兄ちゃんの声がした。

私はぴくりともしない身体を動かすことを諦め、残った目玉だけでお兄ちゃんを捜した。

お兄ちゃんは、開け放されたままの扉から中に飛び込もうとして、男達に押さえ込まれていた。いつも帰ってくるときに持っていた大きな鞄もお土産もないし、服も酷く汚れているし、顔にまで土汚れがついている。

頬や身体に擦れた傷口があることから、途中から男達に引き摺ってこられたのだろうと分かった。お兄ちゃん。

ごぼりと血を吐く音を呼び声に変えた私を見て、兄は絶叫した。

「できるはずがないだろう！　雨を止めたり降らせたり、そんなことその子にできるわけがないだろうがっ！　あんた達を退けるどころか抗うことすらできていないその小さな子が、天候を操るなんてことが、今そこで死にかけているその子にそんな大層なことができると、あんた達は本当に思っているのかっ⁉」

兄の形相と、ぼろ屑のようになっている私を交互に見て、男達は僅かに怯んだ。

「魔女を自分達に都合のいい神として扱うな！　己の不幸のはけ口に子どもを使うな！　あんた達の悲劇の代償に、俺の妹を使うなぁっ！」

お兄ちゃん、俺って言ったの、初めて聞いた。

私はそんなことをぼんやり思っていた。

怒声と共に、ひしゃげて潰れた男達の悲鳴が轟く。兄が、男達を殺していくのだ。

今なら分かる、魔術師として習ったであろうそれは、決して人に向けてはいけないもので。少なくとも、まだ学生である兄が扱っていいものではなかったはずだ。

けれど兄は躊躇いなくそれを発動し、男達を殺していった。

それでも多勢に無勢なのは変わらない。何故なら男達は常に補充されていくからだ。ここから一番遠く、一番大きな町の憲兵である腕章をつけた男が、兄を家の中から蹴り出した。お兄ちゃんの怒声も、男達の怒号も遠ざかる。

お兄ちゃん、待って。置いていかないで。

さっきまで麻痺していた恐怖心が戻ってくる。

寂しい。怖い。寒い。痛い。お兄ちゃん。いかないで。私も連れていって。お兄ちゃん。

男達の怒号が、壁越しに振動となって聞こえてくる。雨が降らなくなって久しい窓の向こうに、ばちゃりと大量の赤が飛び散った。

お兄ちゃん、お兄ちゃん、お兄ちゃん。

視界の中に入らなくなった兄が寂しくて寂しくて寂しくて寂しくて。

赤がべったり張り付いた窓の前に置かれている、お兄ちゃんの花を見つめる。

いかないでいかないでいかないで。

いかないでお兄ちゃん。

私を置いて逝かないで。

兄の瞳と同じ色をした花が、一瞬で黒に染まった。そうして、ほろりほろりと崩れ、溶けて消えたその瞬間、私は己の死を知った。

人間としてのキトリは死んだ。

残り、そうして生まれたものは。

怒りと憎悪の怨炎だけがこんこんと湧き出る、禍難の魔女だった。

何も覚えてはいない。その間何があったのか、私の中には何一つ意識として残ってはいなかった。ただただ憎かった。恐怖も混乱も全ての感情が死んだ後には、それしか残っていなかったのだ。真っ赤に染まった熱に焼かれたのは世界か私か。炎は私の肌をも焦がし、思考を焼いた。

その後は、歴史に刻まれた通り。ただただ転がり落ちるが如く。炎は数多の人間を飲み込んだ。虚ろな目を見開いたまま、燃える髪を不自然に靡(なび)かせた子どもが炎の中に座っている。炎は子どもの中から湧き出しては子どもを焼き、世界に散っていく。

己が身を顧みない、加減も制限も知らない魔力の爆発は、子どもの身体も一緒に壊していった。客観的に見ればなかなか凄惨な状態だ。けれど、本人からすればどうでもいいことだった。だって、何も感じなかった。痛みも恐れもない。悲しみすら存在しない。

私の中には憎しみしかなかったのだから。

血と憎悪を垂れ流す赤い子どもがふっと消えた。のどかな家が現れる。先程壊し尽くされ、奪い尽くされた家ではない。

同じ家だが、こっちは私の工房だ。勿論、ぐちゃぐちゃに折れ曲がった母も、憎悪に飲まれた子どももいない。

世界には静寂が満ちた。だってここは生命の住まう場所ではないのだ。

「あの後は番人に回収され、ディアナスに弟子として引き渡されました。本来番人を通さず人間を殺した魔女は魂を徴収されるんですが、私は魔女として成立していなかったこともあり、見逃されました。……ディアナスは、やり方は滅茶苦茶でしたが、私の治療の一環でもあったのだろうと、今では思うんです。強制的に関わらざるを得ない状況を作りでもしないと、私はまともに人間と関わろうとはしなかったでしょうから。考える暇もなく〝魔女の被害を受けた〟人間の相手をしていくことは、荒療治ではあったのでしょうが、確かに効果はありました。今では一応、無関係な人間まで殺そうとは思っていません………ははっ、こうして改めて見ると、何のことはない、よくある悲劇ですね」

思わず笑えるくらい、ありふれた、つまらない悲劇だ。

異能に恐怖した大多数が勝手に疑惑を募らせ、猜疑心の果てに異能を殺す。昔から幾度となく繰り返されてきた、使い古された悲劇だ。

だけど、許さない。

ありふれたつまらない悲劇でも、使い古された悲運でも、どうでもいい。

絶対に許さない。何があろうと、絶対に。

当事者もそれを許可した連中も煽った連中も同意した連中も止めなかった連中も傍観した連中も、全て殺してやる。

私の親兄弟を殺したのだから、当事者の親兄弟も殺す。ただそれだけだ。私の家族を見るも無惨に嬲り殺したのだから、お前達の墓も許さない。

「貴方が一緒に来ると言って聞かないジェイナは、未だこの炎が燃えている国ですよ。恐らく、当事者ではない魔女でさえ歩けば石が飛んでくるでしょう。当事者である私ならなおのこと。身の程知らずな人間共には、その都度それ相応の報いを与える。それが、ジェイナを通過する魔女に出されている命です。私と一緒に来れば貴方も悪魔の誹りを受けますよ。ちゃんと貴方が無事なように用意しますので、貴方は向かわないほうが無難でしょう」

私が燃えていた場所をじっと見つめたまま、リアンは動かない。握られた手も離れず、されど力が籠められたわけでもなかった。ただただ手を繋いだまま、温度を分け与えられているだけだ。

そうして気づいた。私の手は冷え切っている。だから、リアンから温度を分け与えられているのだ。

馬鹿らしい、ありふれたよくある悲劇だと、心の底から思ったのは虚勢でもなく本心だ。それなのに、未だ身体が反応しているのか。

リアンはまっすぐに私がいた場所を見ていた瞳をゆっくりと閉ざし、そうして今度は、今の私をじっと見つめた。

何も変わらない瞳だ。私の原初を見る前も今も、何も変わらない。哀れみも、憤りも、何も。ただただまっすぐに私を見ているこの人に、安堵した。

この高潔な心を穢したいわけではない。美しい心に傷をつけたいわけではない。だからほっとした。淀まず、傷つかず、まっすぐに立ち続けるこの人の強さに、私は確かに安堵した。

飲み込まれないで。そう願った。自分ができなかったことを、しようともしなかった耐久を、他者に望む。それがどれほど醜悪な傲慢か、分かっているのに。

「私は一緒に行くぞ」

「殿下」

「私自身のことだ。それに、これも一つの社会勉強だろう？　如何せん友人がいなかった弊害か、どうにも世間知らずで堅物なんだ私は」

「それは否定しませんが、社会勉強ならもうちょっと安全な場所から始めたほうがいいと思いますよ」

「ほう。例えば？」

「…………………………そういえば私の社会勉強ディアナスでした」

まっすぐだった視線が揺らぎ、気まずそうに彷徨う。そして戻ってきた視線には、しっかりばっちり同情の色が映っていた。

「まあ、うん……じゃあ寝るか。私はどっちの部屋を使ったらいいんだ？」

「どちらでもお好きなほうを。同じ部屋でも構いませんが」

「ふむ……じゃあそうするか」

「はい？」

自分で言っておいて何だが、乗ってくるとは思わなかった。

冗談だとからりと笑うのかなとしばし待ってみたが、一向にその様子はない。

リアンは繋いだままの私の手を引き、子ども部屋へと入っていった。床に敷かれている絨毯を指さし、リアンは笑う。

「これ、空飛ぶときに使っていたものと同じだよな」

「……寝転んで、まじまじと見つめた時間が一番長かったのこれだったんですよ」

「馬鹿にしたわけじゃない。可愛いと思っただけだからそう拗ねるな」

不思議な居心地の悪さを感じている私を連れたまま二段ベッドの前に立ったリアンは、ふむと上下を覗く。

「一度二段ベッドで眠ってみたかったんだが、せっかくなら誰かがいたほうが楽しいだろう?」

「はあ。上と下、どっちがいいですか?」

「お前はどっちで寝ていたんだ?」

「下です。幼児は昇降が危ないということで」

「成程、道理だ。では私は上で寝よう」

本当にこのまま眠るらしい。まあいいかと帽子を外し、くるりと回して夜を呼んだ後に杖も置く。

この場所では、自分で呼ばないと朝も夜も訪れないのだ。

リアンはいそいそと上の段に登っていく。ふと思い出して、注意する。

「殿下、天井が近いので頭打たないでくださいね」

「いたっ……！」

遅かったらしい。王子様は、高い天井には慣れていても、眼前に迫る天井には慣れていなかった。

二段ベッド自体が初めてなのだから仕方ない。

しばらくは、頭を打つ音と短い悲鳴、そして体勢を整える位置調整の音が聞こえていた。

ようやくうまく収まったのか、静かになった頃合いを見計らって声をかける。私はとっくに魔力で編んだ衣装も解き、就寝準備を済ませていた。それどころかいつもなら放置する髪も、やることがなかったので緩く編んでいる。過去に感化されたわけではないが、緩く三つ編みにしてみた。

昔は家族が梳いてくれた髪を、今は一人魔力で編む。

「殿下、落ち着きましたか？」

「ああ……なかなかコツがいるんだな」

「殿下の手足が長いからぁ」

「打つのは頭だ」

「殿下の頭が長いからぁ」

適当に返して、枕に体重を預ける。ふっと力を抜けば、身体の重さは布団に沈み込む。この場を動かないと判断した温もりが、布団と自分の間でじわじわと居場所を確立していく。

怖い夢を見ても平気だった。だってすぐ上にお兄ちゃんがいるから。朝起きられなくても平気だった。だってすぐ上にお兄ちゃんがいるから。雷がおへそを取りに来ても平気だった。だってすぐ上にお兄ちゃんがいるから。

ベッドの上段が僅かに軋むたび、安堵した日々は遙か遠い。誰もいなくなったベッドの下で、自分の身体を抱きしめて眠り続けた日々は、未だ呆れるほど鮮明で。

だからいま、ベッドの上に人がいるこの状況をどう感じるべきか、心が迷っている。安堵すべきか戸惑うべきかよく分からない。だけど何だかくすぐったい。

痛いほどに。

「殿下、本当にジェイナ行くんですか？」

「当たり前だ」

「やめましょうよ」

「嫌だ」

頑なリアンから見えないのをいいことに眉を下げる。弱った。困った。そんな顔になった私には気づいていないだろうに、リアンも困った声で笑った。

「お前を一人で行かせたくない男の意地だ。悪いが折れてくれ」

「……どういう意味ですか？」

「まあ要するに、守られてばかりだと少々さわりがある、ということだ。せめて、お前の古巣に一人で行かせないくらいの気概を見せる余地を残してくれ。さすがに一から十まで守られると、私も立つ瀬がないんでな」

「立つ瀬、ないんですか？　じゃあ私魔法で作りましょうか？　足場作ったらいいんですか？」

地上にないのなら空中に作るのもありだなと考えていたら、上段が激しく軋んだ。どうやら派手に笑っているようだ。声を殺していても振動でばればれである。

「お前は意外と、身内を甘やかす類いだな」

「そうでしょうか」

「そうだよ。大魔女殿にも、結局世話を焼いてしまったんだろうなと思った」

そんなことありませんよと言おうとして、うっかり借金の始末をつける算段を考えてしまった自分を思い出し、苦い顔をする。

苦虫を噛み潰している間に、リアンは静かになった。このまま眠るのかもしれない。

だから私もそっと目蓋を閉じた。風もなく獣も虫もいない工房の時間は酷く静かだ。聞こえるものは、互いの吐息と微かな衣擦れの音だけ。

それでも命とは騒がしい。生き物の気配はこんなにも鮮明に心を打つのかと、ぼんやり思う。

「なあ、キトリ」

「はい」

そっと静寂が溶け込んだ声で呼ばれた。自身が放つ命の気配より、余程静かな声だ。

「私は一王族として、人間として、お前の行いを認めることはできない」

「ええ」

静かな声に頷いた後、これじゃ見えないと気づいて音にする。それと重なるように、小さな声が聞こえた。

だが。

そう続いた言葉に、瞬きする。

「友としてならば、よくやったと、私は言う」

息が、止まった。

「お前はご家族の仇を取ったんだ。友として私は、誇らしく思う」

止まった息を深く深く吸い込んで、肺を空っぽにするほど吐き出す。正当性を得たいが為にこの人に知ってもらったわけじゃない。

認めてほしいわけじゃない。許しも同意も要らない。それは本当だ。

だけど、砕け散った私の何かは、確かに満たされた。家族が殺されたあの日から泣かなくなった幼い人間の私が、小さな声で泣いた気がした。

同時に、不安になった。この人は、駄目だ。この優しく生真面目で高潔な魂は、神々が好む最たるものだ。

この人はきっと、神に見つかれば愛されてしまう。神に愛された者の末路は、火を見るより明らかだ。人としての生も幸福も全て奪われ、世界の為に使い潰され、最後は魂ごと召し上げられて永久に囚われる。

魔女を殺した人間は、問答無用で英雄に召し上げられる。

そんなことは、絶対にさせない。だから何があろうと、紫紺の魔女は私が殺す。その先が私の魂の徴収であろうと構うものか。

原初の魔女はこの件を把握しつつ、今の今まで動いていなかった。彼女らはこの件を星の管轄と断じたのだ。

原初の魔女が星の流れに逆らうのは、魔女の存亡を懸けたときだけ。それ以外は星に従順だ。それどころか、星の流れが円滑になるよう尽力する。

この件は、何の星だ。リアンの死？　それとも、それを回避した先の、英雄への道？

「あとお前、何か勘違いしているようだから言っておくが、私は普通の人間で普通の王族だぞ。別に聖人でもなければいい人でもない。狡くも卑怯にもなれるし、敵だと判断すれば容赦せず追い詰められるし、命だって刈れる。それが別段苦ではない。その程度には真っ当な王族だ。そう簡単には潰れないいし、潰されない。……だからお前も、少しは人を頼れ」

「……殿下は本当に真面目ですねぇ」

「リアンだ。お前いい加減、友達を役職で呼ぶのやめろ」

「リアンは本当にくそ真面目ですねぇ」

「リアン呼びすればいいってものでもなくてだな?」

この人を英雄には、させない。

さっきまで彼と繋いでいた掌を握り込み、胸に抱く。この気持ちを、淡く芽生えただけの愚かな恋を伝えることは決してしない。けれど、守ろう。この人を守り切ろう。

十八を超えても、二十を超えても、五十を超えても。いつか百に辿り着けるよう。

この人が星などに振り回されず、己の選択で生を歩んでいけるよう。

この美しく高潔な魂を持つ人に、明日私はどんな笑顔を返せているのだろう。できれば、彼が向けてくれたような、日だまりのような顔であればいいのだけれど。

私は、既に一線を越えた魔女だ。何だってできる。だから、守れる。守ってみせる。

あなたを死の呪いから守り切れるなら、あの日生き残ってしまった絶望すらも昇華されるだろう。

『なあ、私の魔女』

だって私は、いまだけは、あなたの魔女なのだから。

だから、殺してあげる。あなたを害するもの全て、あなたの光ある道を阻むもの全て、私が殺してあげる。大丈夫。私そういうの、結構得意。

好きなものはほんの少しだけ。魔女も人間も関係なくて。ただただ、私の好きな人。それだけの括りだったのに、その少しが叶わないこの世界に抗うのなら、私が懸けるものは最初から決まっていた。


シルフォン出発時は、一晩荒れた影響でゴミと化した枝木や柵などが散らばっている景色を興味深そうに眺めていたリアンも、シルフォンを出た辺りから興味を他国の文化へと移した。

初めて空を飛んだ先日、がっちがちになっていた人とは思えないほど身を乗り出すから、落ちないか私のほうが心配してしまったくらいだ。この人、順応力高いなぁと改めて思う。

「空路というのは早いものなんだな。今日だけで五国を通り過ぎた」

「急いでいるのもありますが、障害物も高低差も、基本的には天候の善し悪しによる悪路も関係ありませんからね。地上でだって、直線だと随分短縮できるはずですよ」

「確かに……」

今日は一旦ここまでにしようと、手頃な山中に降りて工房に籠もる。リアンは二度目の訪問だけれどまだ慣れないらしく、工房に着いてもきょろきょろしていた。

帽子を脱ぎ、杖をくるりと回して適当に髪を結う。服の裾も適当に短くする。ここは風もないし、気温も常に一定だ。どんな格好でも不都合はなかった。

気がつけば、リアンがこっちを見ている。リアンは魔女が日常生活で使っている魔法を好んで見ているように思う。

シルフォンとジェイナはかなり距離があるので、気候にも差が出てくる。シルフォンは比較的温暖で穏やかな地域だ。ジェイナほど日照りと大雨に悩まされはしない。

「殿下、明日にはジェイナに入りますので、しばらく工房にいてください」

動きやすくなった格好を一通り見て、満足する。顔を上げたら、大変不機嫌そうなリアンがこっちを見ていた。さっきまでご機嫌そうだったのに。男心と秋の空。それか山の天気。

「説明しろ、キトリ」

「魔女には九年前から、ジェイナは通過であっても必ず地上を通り魔女の存在を示すようにとの通達が番人より出ており、未だ解除されていないので町を通らなくてはならないからです」

腕を組みふむと考え込んでいる姿を見て、確かに肩凝りそうだなと納得した。

「帰りでは駄目な理由を聞こうか」

「面倒なことはさっさと済ませてしまいたい性質なんです」

手首を軸に杖を回そうとして、杖を置いてしまったことを思い出す。一気に手持ち無沙汰になり、仕方なく髪を指に巻き付ける。くるくる巻き取り、適当に弾く。

「私が幼く、まだ正式な魔女でなかったとはいえ、ジェイナの人間は魔女を人間の都合で扱えると思った。その事実は魔女にとって酷い侮辱であり、逆鱗だ。ジェイナの人間は魔女の恐怖を思い出す必要がある。だからこそ、魔女はジェイナに降り立つんです」

魔女とは天災と近しい通りすがりの災厄なのだと思い出せ。忘れたのならば再びその身に刻み込め。消えぬ炎などでは生ぬるい。その地に生きる全ての民が思い知り、恐怖せよ。

魔女は決してお前達が御せる生き物ではないのだと——この手で再び思い知らせてやれるなら、それはどれだけの愉悦を生むだろう。

だけど。

視線を向けた先では、リアンが私を見ている。無造作を装い、私は自分の唇に触れ、笑っていないか確認する。

憎悪ゆえの笑み。そんな醜悪な顔をこの人には見られたくないと、この期に及んで馬鹿げたことを思った私の手を、ゆっくりと動いたリアンの手が握った。

右手と左手、左手と右手、向かい合ったまま目の前にあった手を握ったリアンは、その手を軽く引き寄せた。引っ張られるがまま、手だけが近づいていく。その手を、リアンはまじまじと見つめる。

「お前、手小さいな」

「そうですかね」

「ああ」

「殿下も、指は長いですけど別に大きくないじゃないですか」

「元に戻ればそれなりに大きいぞ。お前が杖を握っていても、そのまま握れるくらいにはな」

私の手を握る手は、白く細く柔らかく、温かい。この手が硬く大きくなっても、この温かさは変わらないだろうと疑いもなく信じられる己の単純さを、愚かとは呼びたくなかった。

「だから……一人で行くなんて言うな」

「……殿下もいい加減物好きですね。分かりました。それでしたら、こちらをお持ちください。言っておきますが、これを所持しないなら一緒に歩くことは認められませんからね」

溜息と一緒に、髪を一房切り取る。ぎょっと目を剥いたリアンは、怒鳴ろうとしたのだろう。口をぐわっと開ける。

髪の長さを変えれば調子が狂う。そう説明したことがあるから、この怒りが私の為だと分かってしまうことがくすぐったくてつらい。

私は、こんな人の人生の分岐点になんてなりたくない。この人の人生の傷にも、歪ませる要因にも、なりたくないのだ。

「怒らないで、殿下」

リアンはぐっと詰まった。

「……怒ると、怖いか？」

「それは別に……そういえば殿下の大きな声、最初から怖くなかったです。殿下の声も言葉も、人を攻撃する為に発されたものじゃないからでしょうかね」

切り落とした髪を両手に包む。光が集約されて掌に集まっていく。指の隙間から漏れ出す光は、私の髪とよく似ていた。きっと瞳にも似ているけれど、髪ほど自分では見えない。

ゆっくりと開いた手の中には、緑の宝石が載っていた。その上を指でくるりと撫でると、細い銀の鎖がしゃらりと現れる。そうして首飾りとなった石をリアンへ差し出す。

「お守りです」

そして、帰り道でもある。この石さえ持っていれば、シルフォンまで行きと同じ程度の労力で移動ができるように魔法をかけた。

私がいなくても、この優しい人をあの穏やかな国へ無事に返せるように。これは私にとってのお守りなのだと伝えるつもりは、これっぽっちもない。

リアンは受け取った首飾りを、複雑そうな顔で見つめた。

「お前は甘やかしがすぎるな。王子が民からの視線に怖じると思っているのか」

「心配性なのかもしれません。持っているものは少ないのに、なくしものばかりなので」

だからお守りがいるのだ。そうでなければ、恐ろしくて息もできない。何より、肌身離さず握りしめてしまう自分が恐ろしいのだ。

リアンは私をじっと見つめ、小さく息を吐いた。そして、石を受け取った腕をそのまま私に回す。私を包む温かく柔らかな感触に、母を思い出した。

「……殿下、お母さんみたいですね」

「……そう来たか。リアンと呼べば許してやる。しかし何度訂正しても殿下に戻すな、お前」

「殿下はもう少し、魔女に名と存在を認識されている恐ろしさを知るべきです」

「お前はもう少し、友に名と存在を認識されていない悲しさを知るべきじゃないか？」

それもそうかとは思う。だけど、名を呼べばもっと呼びたくなる。この人は、それを疎まず振り向いてくれると分かっているからこそ余計に。そんな離れがたい執着を抱きたくなどない。だから絶対、私を抱くこの背に手を回したりしない。

私はこの人がくれる温かで柔らかい親愛の情に、どす黒い執着を混ぜ込んだ恋慕を返してしまうだろうから。

「キトリ、一つだけ言っておくぞ。私は、お前の王にだけはなるつもりはない。それだけは肝に銘じておけ」

それは私が魔女だから？

そんな疑問はすぐにかき消えた。そういう区分で関係を分ける人ではないと知っているからだ。だったら尚更どうしてだと首を傾げる。

そんな私に苦笑したリアンの額が、私の額と合わさった。

「とりあえず、本来の姿に戻ってからだな」

「何がですか？」

「お前が私を怖がらないか確かめてからの話だ」

女だろうが男だろうが、蜘蛛だろうが狼だろうが、死霊だろうが悪魔だろうが、私がリアンを怖がるわけがないのに、リアンは時々不思議なことを言う。そう言えば、とてつもなく妙な顔をされた。甘い苦虫を噛んだらこんな顔をするんじゃないかなと思う。

へ？

それはともかくとして、結局明日はリアン呼びすることを約束させられた。確かに人前で殿下と呼んでしまえば、かなり対象が限られてしまい、私を恨む人間から復讐の標的に選ばれてしまうかもしれないので、そこは気をつけるつもりだ。

だけど仮の名をつけるつもりだったのに、それも頑なに却下されてしまった。リアンは親から授かった名前をとても大事に思っているらしい。


姿を現わしただけでそれなりに影響力があると判断される場所は、手っ取り早く言えば王都だ。

王城直轄の衛兵がすっ飛んでくるのは邪魔だが、人々の在り方や方針を形作る場所でもある地に、意味は大きい。

私達は魔女の命に従い、王都へと降り立った。空を飛んでいたときから相当数突き刺さっていた視線が、今は至近距離から跳ね飛んでくる。人間は無駄に数がいるなと、いつも思う。

嫌悪も恐怖も厭忌も憎悪も憤怒も全て、吊り上げた口角で受け流す。淀みなく流した瞳でこちらに視線を向ける人間を一撫ですれば、その大半がさっと視線を逸らす。

その程度の感情で、よくもまあ魔女へ喧嘩を売れたものだ。

視線を流す過程で、隣を歩く人の姿も視界に収める。リアンはいつも通りまっすぐ綺麗な姿勢を保ち、特に気負った様子はない。

周囲の視線に気づいていないわけはないだろうけれど、普段と何ら変わらなかった。

他者から向けられる視線や感情に慣れているといった言葉は、強がりではなさそうだ。あまりシルフォンから出たことはないと言っていたが、やはりそこは王族なのだろう。

数が揃っているがゆえの喧噪は、私が通るときだけ一時的に鎮まる。騒がしい場所へ歩を進めれば鎮まり、私が立ち去った場所では先程より大きくなった喧噪が蘇る。

左を歩くリアンをさりげなく見ていたら、右側でざわつきが起った。そちらへ素早く視線を向けたリアンの動きを、杖で制す。私に邪魔されたことで動きを制限されたリアンが、私を酷く非難する瞳を向けたたと同時に、がっと鈍い音と衝撃が額へと走った。

「この国から出ていけ、魔女が！」

そう叫んだ老人をリアンが睨んだのは一瞬で、すぐ私に向いた。視線は、まるで痛ましいものを見るかのようだ。持ち上げられたその両手は、私の顔の輪郭でさえ痛みを感じているのではと言わんばかりに、まだ触れる前から柔く丸められている。

酷く柔いものを恐る恐る触れるときに似ているなと、苦笑する。

貴方が案じてくれたものは、魔女なのに。

何かを紡ごうとしたリアンの唇に、人差し指を当てて塞ぐ。杖先と一緒に視線をぐるりと巡らせれば、老人の勢いに飲まれたのか、ただ枷が外れただけか、他にも石を投げようとしていた十数人の手が止まった。

馬鹿な奴らだと、心の底から思う。

これだけ大きなつばの帽子をかぶっているのに、額に石を当てられた理由を考えることはないのだ。

　つばを上げて作ってやった的にまんまと釣られ、なおかつ後に続いた愚か者共。

「お前、誰に向かって石を投げたのか、分かっているんだろうね」

　吊り上げた口角で角度が変わり、額から流れ落ちた血が口に入った。それをぺろりと舌で舐め取る。旨いものでは決してないけれど、ある種の落ち着きと高ぶりを感じる味だ。

　くるりと回した杖を地面につける。凄まじい土埃が、雷を纏って膨れ上がった。悲鳴と狂乱も同様に膨れ上がり、人々が叫びながら走り出したが、先程の人間達を逃がすつもりは毛頭ない。

　土埃はけたけた笑いながら、その人間達を人混みから引きずり出してくる。

　震え、引き攣り、跳ね上がった悲鳴。地面に爪跡をつけながら必死に抵抗する無様な姿。自分から石を投げたくせに、投げようとしたくせに、こうして目の前に単独で引きずり出されればがたがたと震え、青ざめた顔を隠すこともできていない。

　同種の波に紛れていなければ立ってもいられないような度数の感情で、よくもまあ他者を傷つけることができるものだと、毎度呆れる。

「誰に向かって石を投げたのか、その目をかっぽじってよぉくご覧よ、人間」

　最初に石を投げた男の顔を無理やり上げ、顔を近づける。恐怖に見開かれた目よりも余程大きく開かれた私の目が、男の瞳の奥で光っていた。

　見開かれた目は口角と一緒に吊り上がり、悪夢だってもう少し優しい顔で訪れると自分で思えるほどの表情が、人間の瞳の中に存在する。

「お前も、お前も、お前も、誰に向かって石を投げようとした？　魔女を相手に、人間如きが数を頼りに調子に乗って、まさかただで済むなんて思っちゃいないだろうね」

奇妙に捩れた声が人間達から上がった。汚く捩じ曲がり、捩れた声を上げながら、人間達の身体が縮小していく。

拗くれる身体の痛みに醜い悲鳴を上げた人間達は、やがて蜘蛛となり、蜥蜴となり、鼠となった。その姿となったままへたり込み、地面に伏せた彼らに周囲から悲鳴が上がる。同時に、当人達も現状に気づき、耳に障る金切り声を上げた。

叫び声を上げて逃げ惑う人間、姿を変えられた人間を手に取り、おろおろ泣き出す人間。この辺りは知り合いなのだろうと察する。

「お前達も懲りないねぇ。魔女に手を出して無事で済むわけがないと、いい加減猿でも覚えるだろうに。ああ、いや、猿に失礼だったねぇ。獣のほうが余程賢く、道理を知っている」

くつくつ笑ってみせる。集まる視線は恐怖と憎悪に集約されて、そのどれもが被害者面だ。どうしてこんな酷いことをするのだと責め、今度はどんな酷いことをされるのだろうと脅えている。

本当に、いつまで経っても分からない連中だ。だから十年近く経っても、原初の魔女から出された指示が消されず、魔女はジェイナに降り立ち続けるというのに。

くるりと杖を回してみせるだけで人の輪が一層遠ざかる光景を眺めていると、人混みの奥がざわりと蠢いた。

逃げ惑う人間が騎士団を呼んでこいと叫んでいたので、恐らくはそれが来たのだろう。

ここは王都。国王の膝元だ。騒ぎが起これぱそれなりに対応も早い。何せ懸かっているものは、民の安全というより国家の威信なのだから。

ざわめきが到達するのを待つ。騎士団が来たから逃げ出したとされては、わざわざ騒ぎを起こした意味がない。回した杖先をかつんと地面に下ろすと同時に、頬が掴まれた。

私に触れられる間合いにいたのは一人だけで、両手で柔く丸く包まれているので痛くはないし、こんな触れ方をする人も一人だけだ。しかも視界いっぱいに入る人も該当者と一致している。

だからそれに対しての驚きはない。ただ、何をされているのか全く理解できないだけだ。

「でん」

「リアン」

「……リアン、何をしているんでしょうかね」

「私の台詞だ。言いたいことは山ほどあるが、手当てが先だ」

他に聞かれないよう声を潜めたやりとりの間に、どこからか、それこそ魔法のように取り出されたハンカチを額に当てられた。

これだけの視線が集中している中で、魔女を手当てしようとする剛の者を誰か止めてほしい。けれど人間が、特にジェイナの人間が彼の行動を制限することは、腸が煮えくり返りそうになるほど許しがたい。仕様がないので私が止めよう。

「平気だと言ったら怒るぞ」

小声で制止しようと口を開けば、先回りした言葉が飛んできた。

怒るぞと宣言した割に酷く柔らかな手つきでハンカチが傷口に押し当てられる。全く痛くないことに弱って眉を下げた。

そうして初めて小さく笑ってくれた人の肩越しに、揃いの服を着た面子が現れる。私は、田舎育ちだった上にあまり人里に下りなかった為、一応故郷である国の騎士団を初めて見た。

先頭にいる男が一番立場があるのだろうと一目で分かる。周りからの扱いも、そうと自覚しているがゆえの立ち居振る舞いも他とは段違いだ。

「団長様！　どうか、どうかお救いください！」

「魔女が、魔女が突然うちの人を虫に！」

わっと群がられたその人は二十代から三十代程だろうが、どうやら思っていたより立場があるらしい。当人を合わせて二十人前後。城下で起こったことにしろ、突発的な揉め事に対応するには少々身分も戦力も高すぎる。

現れた魔女に対応できる部隊を出してきたようだ。けれどどうとでもなるし、最悪の場合この場から消えればいい。とにかく、リアンさえ怪我をしなければいいのだ。

そう考え、まだ傷口の確認をしているリアンをそっと杖で囲いながら押しのけ、ようとしたがびくとも動かない。

「失礼ながらご婦人、貴女が仰っている事象は虚偽ではないが、先にその男が、彼女に石を投げ負傷させた事実の前後関係を無視した申告は、不適当ではないだろうか」

騎士達に背を向けていたリアンは、ゆっくりと振り向いた。慌ててその前に立とうとしたのに、今度は私がやんわりと押さえられる。結局隣に並ぶことしかできなかった。

「君は……」

団長と呼ばれた男が一歩前に出ながら、訝しげに眉を寄せる。

大きな男だ。顔は貴族らしい上品さを兼ね備えた優男なのに、恵まれた体格は子どもの頃に見た大人の男を思い出させる。見上げる高さも、こちらを覆ってしまえる幅も、厚みのある身体も、嫌でも記憶を揺さぶるものだ。

子どもが大人を見上げる角度を、思い出させた。

男へ無意識に集中させていた意識は、杖を握る手に軽く触れた温もりへふわりと戻る。

「私は彼女の友だ。確かに私の友は些かやり過ぎのきらいはあるが、ただ歩いていただけの彼女に石を投げ負傷させ、更に投石しようと腕を振りかぶった人々への防衛としては、言うほど不適当ではないだろう。ジェイナ国第二騎士団長オリヴィエ・アダン殿、卿が真っ当な騎士ならば、私の友にだけ責を負わせるような真似はしてくれるな」

知り合いだったのかと驚いた顔を、帽子のつばに隠す。確かに彼は他国をあまり出歩いたことがないとは言っていたが、ジェイナの人間と関わりがないとも言わなかった。

彼は王族だ。相手が王族について国外へ出る任も多いだろう王城の第二騎士団ともなれば、リアンが彼を知っていてもおかしくはない。

……王女となった現状を、この団長に見せて大丈夫なのだろうか。様子を窺うが、内心を読むことはできない。魔女は他者と肉体的な繋がりがあれば、声を介さずとも会話をすることも可能だが、当然私達の間にそんなものは存在しない。よって今は、聞くに聞けない。

「………キトリ？」

騎士の中から名を呼ばれ、思わずぴくりと反応してしまった。杖を握る手に力が籠もる。

騎士の中から、他の男達より一回り小柄な青年が現れた。目を見開き、私を見ている。

「……その髪に瞳、杖もそうだ。間違いない、お前っ、キトリ！　今更何をしにジェイナに帰ってきたっ！　今度はどこに災厄を齎す気だ、キトリぃ！」

つばで半分陰らせた視線で青年を眺める。確かに、遠い昔に見た顔だ。

人里に下りた際、遊んだことがある。魔女を遠目に見る子どもが多い中、彼だけは私の手を取り遊んでくれた。

「何か、何か言えよ。俺に、何か言うべきことはないのか。故郷も家族も知り合い全て、全部お前に焼き尽くされた俺に、言うべきことはないのか！」

顔をどす黒く染め、周りの騎士達に押さえられた彼の手は剣にかかっている。私の横でも小さな音がして、つばに隠して視線を流す。リアンの手も剣にかかっていた。

貴方が抜く必要なんてない。私の因縁に貴方が抜く刃などあってはならない。それにどうせ、言うべき言葉など決まっている。

杖でつばを持ち上げ、目を細め、口角を吊り上げた。

「――ああ、殺しそびれた」

残念だ。

最後まで笑って言い切った瞬間、青年は周りの騎士を振り切った。

振りかぶられた剣を、吊り上げた唇のまま見上げる。ゆっくり杖を揺らした私の横で、風が鳴いた。

鋭く研がれた刃物同士が圧倒的な力の差でぶつかり合えば、これほどに澄んだ音がするのか。そんな、今はどうでもいいはずのことに、やけに胸を打たれた。

そして、この人に抜かせてしまった事実が、悔しい。

杖を止めた人を睨めば、同じ瞳を返された。さっき同じことをした私を責めているのだと、一拍遅れて思い至る。

「私の友に剣を向けたければ、まずは私を通してもらおうか」

何でもないことのように言い切った彼の剣は刃こぼれ一つない。対する青年の剣は、途中から失われている。

剣を叩き切ったリアンは、自身の剣をしまうことはせず、私が杖でしているようにくるりと回した。遊んでいると気づいたのだろう。青年の顔が更にどす黒く染まった。

「俺達の事情に首を突っ込むな、女ぁ！」

憤怒で感情を染め上げがなる青年を、団長である男が腕で制した。

「やめておくといい。君の腕では勝負にならない」

「団長！」

「駄目だ。何せ、私もあの方には敗退した身でね」

一瞬で周囲の視線全てがリアンに集まった。当人はしれっとしている。

もう一度視線を団長に戻し、その腕の太さを確認してしまう。二の腕だけで、今のリアンの太股以上ありそうだ。なのに顔は優男。ちょっと混乱しそうだ。

「卿の敗因は、私を小国の道楽者と侮ったことだな」

「耳が痛い。相手の力量を見た目で侮った。恥ずかしい限りです」

「小国であることは否定しないが、だからこそ我が国は周囲から持ち上げてもらった腕で調子に乗れるほどの余力がない。使える者は身分問わずだ」

からりと笑って剣をしまったリアンは、その手を当たり前のように私へと差し出した。

「私達は急いでいるのでな。これで失礼しよう」

「ふむ……急用は、御身の状態異常によるものと推察してよろしいでしょうか？」

「まあな。しかし一目で分かられると、それはそれで面白くないものだ」

「貴方のお連れが魔女であれば、推測するに難くないでしょう」

軽口の応酬がされながらも、私に向けられた手が揺れることはない。

日はちょうど、騎士側から差している。日の光を浴びて、彼は軽やかに笑う。人の中で笑うことが似合う人だ。

この場では帽子のつばに隠れた私と、他の騎士達に光を遮られた青年だけが陰を負う。

「しかし、こちらの国民に非があり、なおかつ魔女に法は適用されぬとはいえ、ジェイナの民をこのままにしておくわけにも参りません」

「呪いは魔女の領分。私の友に頭を下げぬのであれば、他の魔女に頭を下げ、呪いを解いてもらうんだな。それが筋だ」

何一つ気負いを見せず団長と話していたリアンの視線が、私へと戻ってきた。

小さく笑い、指先が私の指に触れる。そのまま軽く絡む。決して強くなく、己の元へ引くことすらしていない。ただただ体温を触れ合わせた、風のような軽さで私に触れる。

どちらにしろ、この場から立ち去るのであれば彼に触れているほうが都合がいい。そう自分に言い訳し、リアンの手をしっかり握る。するとリアンも同じように力を籠めた。

「…………キトリ」

どろりとした闇が青年の喉から滲み出る。それが己の名だと気づくまでに、少し時間が要った。

「俺達は、どうしてこんなことになったんだ」

折れた剣を手放さず、更に握り潰してしまいそうな青年の怨嗟に返答するつもりはなかった。けれど、リアンと繋がった手が温かかったから。繋ぐ手が優しく穏やかであったから。

「……お前は私を憎み、私は世界を憎んだ。これはどうしようもないことだ。お前の全てを焼き殺したのが私である以上、家族を嬲り殺し、私の眼球を抉り潰したのがお前の父親である以上、私達はどうしようもない。これは、ただそれだけのことなんだよ、エド」

リアンの手を握ったまま杖を回す。足下で花開くように現れた絨毯を踏みしめ、空へと戻る。

リアンは何も言わない。私も振り向かない。

義務は終わった。もうここには何もない。ここにいる理由は、何もないのだ。

六章　カナンの魔女

人の視線など、空に到達すればあっという間に遠ざかる。魔法を使えば、もう誰も私達の姿を捕捉できない。

　一つ息を吐き、杖を片手で抱えて座り込む。リアンも私の前にすとんと腰を下ろした。

「……殿下、あの男とお知り合いだったんですか？」

「リアンだ。三年前の国際親善試合でちょっとな。彼はジェイナ代表。私はシルフォン代表だ。主催が大国だと断れなくてな」

「勝ったんですか？」

「まあな。だが向こうは、小国といえど王族を相手にしていた。怪我をさせぬよう配慮して手が抜かれていた部分をついて、早々に終わらせただけだ。持久戦になるときつかったのはこちらだろうな。あれだけ体躯に恵まれれば、生半可な技術では力任せでも押し切られる。事実、彼に勝った後は舐めてかかってくる相手が少なくなって、それなりに面倒だった」

　面倒だっただけで無理だったわけじゃないらしい。すっかり空に慣れた人は、心地よさそうに目を細めて風を受けている。

「で、結局殿下はどこまで勝ち進んだんですか？」

「上位八名が決まる手前辺りで敗退した」

「いい位置ですねぇ」

「至らぬ我が身を恥じ入るばかりだ」

しれっと言っているが、目立ちきらず、さりとて侮らせもしない何ともちょうどいい位置取りだ。

しかし、それはともかく困ったことが一つある。

無言で視線を落とせば、そこには未だ繋がれたままの手があった。

「あの、殿下」

「リアンだ。お前も、あの男、知り合いだったんだな」

「エドですか？　まあ……片手で数える程度にしか会ったことはありませんけど。互いに物珍しい存在でなければ、顔どころか名前すら覚えていられなかったはずですよ……あの、手」

繋がった指を絡めて遊んでいるリアンは、遊んでいるくせにあまり楽しそうではない。かといって不機嫌にも見えず、正直言うと何を考えているかさっぱり分からなかった。

「私の名は散々渋っておきながら、あの男の名はさらっと呼ばれると、何とも面白くないものだ。それにお前、少々不用心すぎるだろう。私の手を振り払いもしない」

「いやだから手……」

「怪我、もう治ったんだな」

「こんなの、魔力を集中させればあっという間に直っちゃいますよ。ほら」

手が解放されないので、仕方なくもう片方の手で杖を操り、髪を上げる。額には瘡蓋も残っていないはずだ。

最初からつばは上げていたので、傷が直っているのはリアンも分かっていただろうに、ほっと相好を崩した人に胸が熱くなる。人を好ましく思う気持ちというのはなかなか厄介なもののようで、ただ繋いでいるだけの手が酷く熱い。

「お前、この件が片付いたらどうするんだ?」

何でもないことのようにさらりと問われ、一瞬詰まった。すぐに表情を取り繕い、そうですねぇと呑気な声を上げる。

「せっかく独り立ちしたことですし、気ままに世界を巡ります」

この件が片付いたとき、私はきっと世界にいないだろうけれど。

魔女の掟に逆らった魔女は原初の魔女に魂を徴収され、個無き番人と堕ちる。番人達は、魔女の成れの果てだ。痛みも恨みも全てをなくし、ただただ原初の魔女の手足となる。

それでも構わなかった。原初の魔女の言いなりになるのは業腹だが、それがこの人を世界に止められた結果なら、もう何でもいい。

こんな人間が世界にいた。それを知れたから、無為に生き延びてしまった私の無念も報われる。

「……お前は、どこかに帰らないのか?」

「魔女が帰れる場所は己の工房のみです。魔女は己の原初にしか還れない生き物ですから」

魔女は流れる生き物だ。国も世界も時代も流れ、漂う生き物。そんなものに生まれたことに後悔はない。所詮私も魔女なのだ。

定着しては生きられない。根付こうとどんなに根を伸ばしても、魔女は星に流されると笑った師の言葉を思い出す。時の流れは、魔女に土地への定着を許さない。

小さく笑った私の耳に、小さな声が聞こえた。顔を上げれば、リアンが私を睨んでいた。

「…………ったら」

握られていた私の手に痛いほどの力が籠もり、リアンの口が大きく開かれた。

「だったら私の所へ帰ってくればいいだろう！」

怒鳴ったリアンに、私は一度瞬きをした。だって、リアンが真っ赤な顔をしていたのだ。

私までつられてしまいそうな真っ赤な顔で怒鳴るから、瞬きでもしないと酷い醜態を晒してしまいそうだった。

だけど目蓋が閉じる瞬間、視界の端に紫紺が混ざった。

閉じていく私の目蓋の代わりに、リアンの瞳が見開かれていくのが分かる。大丈夫。ちゃんと分かっているから、大丈夫。

どっと鈍い衝撃が、背後から私を貫く。ゆっくりと目蓋を開けば、衝撃で緩く波打った髪に視界が遮られていた。次いで、私の魔力である金緑、紫紺の呪い、そして赤が世界を彩る。

紫紺の魔女は、リアンに死の呪いを残した。つまりリアンは、紫紺の魔女にとっては標的であり、目印でもある。だからこそ、紫紺の魔女が意識ある状態で存在しているのなら、近づけば必ず反応を示すと思っていた。

その為にわざわざ、射線を遮らない絨毯を選んでやったのだ。

「キトリっ！」

悲痛な声で叫ぶリアンに向けて放たれた矢を、自身の腹を貫かれた状態で両手に掴む。私を貫くまで確かに矢だったそれは、はらはらと解け、細く薄い糸となり散っていく。しかしそれらは粘着質な炎を纏っている。掌を焼いていく感触に、自然と口角が上がっていく。

——見つけた。

「はっ……短気は損気だぞ、紫紺の魔女」

意識を集中させた腹に魔力が集まり、急速に傷口が塞がっていく。歪に寄せ集められた皮膚が引き攣り、痛みというより不快な違和感を、意識の端へと叩き出す。

燃え落ちながら尽きることなく溢れ出す紫紺の呪いは、リアンの胸から溢れ出していた。その身を苛んでいた呪いが、持ち主の気配に呼び出されたのだろう。しかし、それが合流したがっている矢は、私の身体で止まり、燃え尽きようとしていた。

空でリアンを溺れさせようとする呪いをかき分け、真っ青な顔で私に伸ばされた手を握り直す。リアンを取り囲む紫紺の呪いが、餌を求める生き物のように私の腕へ絡みつく。

だが、最も重要な一本はもう掴んだし、最も大切な一本もちゃんと握っている。

「お前が隠れ蓑に使ったその怨炎、誰のものだと思っている、アスディナぁ！」

ちょうどいいとそこら中にある炎を使ったのだろうが、おかげで捕らえやすかった。

生きた怨念が絡み合い叫び続け、消えぬ怨炎が今なお燃え続けているからこそ、素敵を誤魔化せる。だが、その場を保ち続けるそれが、誰の怨炎だと思っているのだ。

掴んだ糸を逃がさず、逆に炎を叩き込む。耳を劈く歪な悲鳴が世界に響き渡った。老人の乾ききった声のような、生後間もない赤子のふやけた泣き声のような、形容しがたい声だ。

消えぬ炎は、今なお続く私の憎悪だ。倍にして返すことなど造作もない。

のたうち回る紫紺の呪いは、リアンを飲み込みながらこの場から離脱しようとした。いま、この場で最も愚かな選択をした呪いは、リアンと手を握り合った私ごと飲み込み、本体の元へと逃げ帰った。

そこで待つものは、私の図鑑にはいない魔女と、馬鹿馬鹿しいほど使い古された悲劇の残骸。そして私の終わりなのだろう。

身の内に未だ渦巻く熱さを肌で感じる。無意識に障壁を纏う。自分の為ではなく、手を繋いだ人の為に。

この人を私の穢れで焼くわけには、いかないのだ。


既に燃えるものが失われて久しい地で燃え続ける炎の熱さより、余程鮮明な温度を持った手の力が強くなるのを感じながら、ゆっくりと目蓋を開ける。

赤、青、黄、橙、紫、緑、白、黒。節操のない極彩色の炎が世界を焼いている。数多の命を焼き尽くしてなお満足しない貪欲で醜悪な炎は、しかし美しさもあった。

極彩色の炎は、空まで染め上げる。

あの日から一度も足を踏み入れていないかつての楽園に、何かしらの感情を浮かべる間もなく、両肩を掴まれて向き合う。

「傷を見せろ！」

「大丈夫です。魔力が切れているわけではないのですぐ直ります。ほら」

鬼気迫る表情で私に詰め寄る人を宥めつつ、腹の部分だけ魔力の服を解く。魔力が集まり、あっという間に傷が収縮していく様を、リアンはじっと見つめている。

本当は腹のど真ん中にくらうつもりはなかったけれど、ちょっとだけ失敗した。魔力の流れを読み違えたのだ。髪を切った直後だったのがまずかったのだろう。

だが、こんなのすぐに直る。傷口が跡形もなく消え去ってようやく、詰まっていた息が吐き出され、すぐに勢いよく吸い込まれた。

「この、大馬鹿者っ！　お前、石も今回も、わざと防がなかっただろう！」

「そのほうが手っ取り早いので」

握っている一本の糸を見せる。紫紺の糸は障壁の外へと繋がり、炎の奥へと伸びていた。繋がる先へと身体の向きを変え、軽く引く。

「アスディナは捕らえました。この炎を使ったことが彼女の敗因です。今この時まで彼女を隠していた炎は、持ち主である私の帰還によりただの檻と化した。だから」

安心してくださいと伝えようとしたのに、それよりもリアンのほうが早かった。

「そんなことはどうでもいい！　お前はもっと自分を大事にしろ！」

凄く大きな声で怒鳴っている。目は吊り上がっているし、私の肩を掴む力は痛いほどに強い。だけど怖くない。確かに私に怒っているはずなのに、何だか泣き出しそうな顔だった。

「殿下、ごめんなさい。言っている意味が、分からない」

「っ……この大馬鹿者！　私の友となった以上、お前が自分の身を守ることは、友である私に対して当然の義務であり礼儀だ！　いいか、キトリ！　お前が自分を蔑ろにすれば、それは私を軽んじ、侮辱していると同義だ！　以後改めろ！　以上！　解散！」

「解散!?　えっと……解散するんなら今すぐシルフォンに戻ってもらっていいですか？」

「いいわけあるか！　私は一人では断固として帰らんぞ！」

「解散は!?」

私の知っている解散とリアンの言っている解散は、どうやら違うものらしい。

全く散る様子がない。

リアンは私の手を掴み、ずんずん歩いていく。一応障壁越しだし、リアンには私のお守りを渡している。だから滅多なことではこの炎に飲まれることはないだろうが、万が一ということもあるから、私を連れて歩くのは正解だ。正解だけれど、手を繋ぐ必要は皆無である。そしてそろそろ彼の言っている解散の定義を教えてほしい。

仕方がないので黙って後をついていく。何か下手なことを言えば追加で怒られそうだからだ。

身長より高い極彩色の炎を視界の端に収めながら、リアンの背中を見つめる。地面すらろくに見えないこの光景に全く怯んでいない。この人は、数多の命を奪っても満足していないこの炎に囲まれて何を考えているのだろう。

木々も動物もいないこの場には、空虚に燃え続ける炎が発する音しか存在しない。風の音に似ているが決定的に違う虚ろな音に、静かなリアンの声が混ざる。

「……痛くは、ないのか」

「端から、私を傷つける意図で放たれた言葉や傷ならば。傷つかなければ、それらは全て無意味なものです。奴らの行動や意思に意味などくれてやるつもりはありません。奴らは無意味な結果を残し、業だけ背負っていけばいい」

結果が何を齎そうとも、当人へ齎される業は変わらない。誰に知られずとも、何に影響を及ばさずとも、当人へ積み上がる業に影響を及ぼすことはないのだ。己が齎した業は、己だけで背負えばいい。

リアンは深く息を吐いた。

「……この調子なら、大魔女殿が仰っていたことは真実のようだな」

「――え⁉ 殿下、ディアナスといつ話したんですか⁉ 何もされていませんか⁉ 指は五本ありますか耳の形は正常ですか尻尾生えてませんか……はっ、溶けてませんか⁉」

「大魔女殿が蜥蜴となって現れた日だ。お前もいたが……そうか。やはりあれはお前には聞こえていなかったんだな」

リアンが立ち止まったことにより、私の足も自然と止まる。無意識に杖先を地面に下ろす。しかし、杖を持ち上げていた力が失われたことにすら、私は気づかなかった。

だって、リアンはいまなんと言った？

「紫紺の魔女を殺せば、お前は魔女の掟を破ったことになり、番人によって殺される。そう、大魔女殿は仰った」

「でん、か……」

あまりの衝撃に、足がよろめく。けれど未だ繋がれたままのリアンの手によって、座り込むことはない。それが幸運なのか否か、判断はつけられなかった。

だって、だって。

「殿下、ディアナスと肉体関係があったんですか⁉」

「とんでもない話の飛躍と迷走じゃないか⁉」

「え、だって、え⁉　や、やだ！　私にそんなこと言う権利がないことは分かっていますけど……え⁉　待ってください！　凄まじく嫌なんですけど⁉　いくら友達でも許容できる範囲を軽々と超えています！」

「待て！　お前が待て！　お前、一体何の話をしているんだ⁉」

手が離された代わりに、両肩をがしりと掴まれた。思わず距離を取りかけた身体がしっかり押さえ込まれて、逃げられない。

「落ち着けキトリ！　何がどうしてそんな結論に至ったのかは分からないが、ちょっとあんまりじゃないか⁉　お前、私を何だと思っているんだ！」

「だ、だって……ディアナスの声が脳内に直接聞こえてきたんじゃないんですか？」

そぉっと窺うと、リアンは恐る恐るといった様子で頷いた。決定的である。

ざっと青ざめた私に、それより更にリアンが青ざめていく。

「お、音を介さず会話を行えるのは、肉体的な関係や繋がりがある相手とだけなんですが……」

「…………………………身の潔白と無実を主張する」

「殿下は王族ですし、叔父さんがあれですから、言われてみれば驚くことではなかったのかもしれませんが、ディアナスは、ないです、殿下、ディアナスは、ディアナスは、ないです！」

「蜥蜴の姿しか知らん相手との関係を疑われるほどの深い業を、私は背負っているのか⁉」

あんまりだろうと叫ぶ彼があまりに必死なので、だんだん哀れになってきた。

初めて会ったとき、思った。この人、可哀想だなと。親しくなっても改めて思う。この人、不憫だなと。

哀れみと同情を籠めて見つめた私に、リアンは更に悲痛な表情を浮かべた。

「……殿下、本当にどんな星の下に生まれてきたんですか」

「私が知りたいっ………待て、何か聞こえないか？」

「ディ、ディアナスの声ですか？」

「違う！　頼むからその誤解だけはやめろ！　世界中の誰より、お前にその誤解をされることは堪えられん！」

「それはどういう……本当だ。何か聞こえますね。これは、泣き声？」

女の啜り泣く声が、炎の合間を縫って聞こえてくる。この場にいる女、対象者は限られた。そしてその推測は外れていないだろう。

障壁をリアンの周りへ置き去りにして、その横を擦り抜ける。踏み出した先の炎は、懐かしい熱さで纏わり付いてきた。杖に飛び乗った私を、背後から怒鳴り声が追ってくる。できるなら、リアンが追いつく前にアスディナを始末したい。

私が逆流させた炎は、確実にアスディナを焼いた。私達にまで届いた悲鳴がその証だ。元より、アスディナの姉魔女が負わせた傷はまだ癒えていないとのことなので、弱っている今ならばさほど苦労せずに殺せるはずだ。

炎しか存在しない場所でも、地形はそうそう変わらない。見慣れた山の形、坂道、池があったはずのへこみ。

そして、見慣れた平地。

最早私の工房内でしか存在しない思い出の場所に、その女はいた。

家も畑も既にない。それらがあった痕跡は私の絶望が焼き尽くしている。死体も、ない。人間の物は勿論、家族の遺体すら存在しない。そんな分別ができるのなら、私の炎は己を焼くこともなかっただろう。

炎だけが生を為す空間で、小さな障壁の中に女が座っている。子どものように地べたにぺたりと座り、地面を見つめていた。

背を向けている上に、紫紺の髪が身体を覆っているから分かりにくいが、明らかに形がおかしい。身体が半分以上欠け、その部分を補おうとしているのか糸が蠢く。魔力により身体に沿って形を編んでいく糸が、内部から湧き出た炎により燃えていく。そのたび、女は啜り泣いた。

弱っているとは思っていたが、ここまでとは思っていなかった。

炎は私が原因だろうが、それ以外は、彼女が元々受けていた傷だ。存在すら危ういほどの傷。成程。アスディナの姉魔女は本気で彼女を殺そうとして、あと一歩で逃げられたのだろう。

身体半分を失い、未だ修復できぬほどの傷で、よくも生き延びたものだ。

一歩一歩距離を詰めながら、呆れた気持ちが浮かぶ。これぞ星の加護と呼ぶべきか。魔女であっても生きているのが不思議なほどの傷である。

「アスディナ、我が友へかけた呪いを解き一撃で死ぬか、このまま私に嬲り殺されるか。選べ。最後の慈悲だ」

啜り泣いていた女がゆっくりと振り向く。杖に魔力を籠め、それを待つ。どちらにせよ生かしてはおかないが、魔女の誼だ。死に方くらいは選ばせてやる。

振り向いた女がどれほど哀れな顔をしていても、杖を下ろす気はなかった。それなのに。

「ディア、ナス……？」

十五年の生の中、誰よりも見続けた師の顔を持った女が、そこにいた。

背後から配慮のない力で引かれた身体が吹き飛んだ。地面に倒れ込むと同時に、硬質で甲高い、耳障りな音が世界を切り裂く。

「キトリ！」

光の集合体とも呼べる炎の中でもはっきりと瞬く火花は、アスディナの身体から這い出た硬質化した糸と、それを受けたリアンの剣の間から飛び散っている。糸は最早針と呼ぶことも躊躇うほどの硬度を持ち、美しく研がれた剣にすら堪えてみせた。

追いつくのが早すぎると、心の中で舌打ちする。

手放さなかった杖を握り直し、立ち上がると同時にリアンとアスディナの間に障壁を張った。二種類の刃物が離れたことで、瞬いていた火花は消え、視界を遮るほどの光もまた消える。

「ありがとうございます。ですが殿下は下がってください……殿下？」

リアンを押しのけて前に立った。けれど、リアンは反応しない。身体を構成していた糸を全て針へと変え、殺し損ねた私を忌々しげに睨む女を呆然と見つめている。

「母、上？」

「……殿下、下がって」

身体を維持することより、こちらへの殺意を隠しもしない女の身体からぞろりと湧き出す針に、障壁を重ねていく。一瞬のことだったとはいえ、リアンの剣で防げたのだから然程の強度ではないはずだが、万が一ということもある。

何よりリアンの体内には、目の前の女が仕掛けた呪いが眠っているのだ。障壁を重ね、向こうからの介入を防いで無駄なことはない。

「殿下、お母さんの顔、ご存じなんですか？」

「肖像画では……いや、だが髪の色が違う？　母上は、濃い茶色だった」

はっと目の前の女を見る。確かに髪の色が違う。

アスディナはチョコレートのような髪色をしていた。アスディナとディアナスはうり二つ。アスディナには姉魔女がいる。姉魔女はシルフォンにいた。ディアナスはリアンと思考を交わし合えた。

そもそも、ディアナスの名を並び替えれば。

ぽくぽくとぶつ切りの思考でそこまで思い至り、目を見開く。

「は、ぁあああああああああああ!?」

「な、何だ!? どうしたキトリ!?」

顎が外れそうな衝撃に、慌てて口を閉じる。アスディナは私の大声に舌打ちをした。

「うるさいねぇ……ああ、忌々しい。あの憎い男に、お前はようも似たものじゃ。あね様の血を引きながら、あの男にばかり似おってからに。それなのに、あね様の気配を纏っているだなんて……許しがたい冒涜じゃ！」

「黙れ……」

「あね様はかあ様よりも優れた魔女だった。なのに、お前の父親と生きたいと人間の真似事までっ！あのあね様が、魔女の頂点にだって立てるあね様が人間如きの為に、魔女の恥曝しのような真似をっ！」

「黙れアスディナっ！ こっちはそれどころじゃない！」

大量に飛んできた針を怒りのまま叩き落とす。障壁にぶつかっても勝手に折れてくれただろうが、そんなものを待つ余裕もなかった。

酷い。あまりに酷い真実じゃないか。

口をがぱりと開き、喉奥からどろりとした粘着質な糸を吐き出そうとしたアスディナへ向け、無造作に炎を叩き込む。糸を燃やせば当然それが出てこようとしている体内も焼く。上げられた悲鳴を放置し、リアンへと向き直る。

「殿下！　ディアナスの子どもだなんて嘘でしょう⁉」

「は、ぁあああああああああ⁉」

やはりこちらも知らなかったらしい。自分より混乱している人を見たら冷静になれるというが、理解の範疇を飛び越え、真理の扉まで開いてしまいそうな衝撃に見舞われた場合、そうそう冷静にはなれなかった。

ぐるぐる回る視界と思考のまま、勝手に口がぱかりと開く。

「ディアナスが、お母上………殿下、友達のお話はなかったことに」

「待て、待て待て待てっ！　この状況下で見捨てるな！　泣くぞ⁉」

虚ろな目で淡々と友達破棄宣言をした私に、真っ青な顔をしたリアンが追いすがった。私も、自分で言った言葉が信じられず、真っ青な顔で首を振る。

それだけでリアンは、私が茫然自失のまま口にした言葉が本心ではなかったと信じてくれたようだ。いや、本心ではないという可能性を信じたかったのかもしれない。

私達は互いを支えるように、そして縋るように掴み合い、静かに頷いた。

「と、にかく、一旦落ち着こう……まずは当初の目的を達成してから、後で考えるべきだ」

私より早く立ち直ったリアンは、深く深呼吸した。彼の精神には深呼吸が必要だったのだ。ちなみに私は、深呼吸如きでは全く落ち着けなかった。

まさか、もう二度と得ることはあるまいと思っていた絶望を、こんな形で叩きつけられるとは思わなかったのである。

何だ、この星。

「アスディナ……貴方は、その……母上の妹君なのだろうか」

「お前如きがあね様を母と呼ぶでない！　あね様は偉大なかあ様の娘じゃ！　星の巡りに従っておれば、偉大な、それは素晴らしき魔女の母となったであろう。その未来を、お前の父親は奪ったのじゃ！　その結果、お前のように凡庸な、魔女にすらなれぬ男を産み落とした！　お前も父親も大罪人じゃ！　魔女の歴史を千年遅らせた大罪人どもめ！」

「……私の呪いを解いてはいただけませんか。貴方が我が母の妹君であるというのなら、話し合いの余地を、残してはいただけないだろうか」

アスディナは、目玉を押し出しそうなほどの憎悪でリアンを睨む。血走った目はそれだけでは止まらず出血している。

私は杖を握り直し、魔力を籠める。元より、どういう結論が出ようが結果を変えるつもりはない。ディアナスは妹を殺した私を恨むだろうか……いや、ないな。そう思い直す。悔しがるかどうかも怪しいだろう。きっと『ああ、そう』か『ま、いっか』で終わる。彼女はそういう魔女だ。

「魔女にもなれなかったでき損ないの子どもが、あね様の名を気安く呼ぶな！　あね様は、この世に現存する魔女の中で」

どこからともなく現れた白い手が、するりとリアンの耳を塞いだ。

「最も原初の魔女に近い存在なんじゃ！」

『ようやく言ったね、この馬鹿娘』

リアンの口から、聞き慣れた師の声が聞こえた。

目を見開いたのはリアンとアスディナだけだ。私はリアンの耳から外された白い腕と入れ替わるように、背後から回した手でリアンの瞳を覆った。

「キトリ⁉」

「駄目、殿下」

そう言うと同時に、アスディナの胸を黒い矢が貫いた。

空から、地から、何も存在しない宙から、アスディナの体内から。ありとあらゆる箇所から突き出した黒い矢が、アスディナを串刺しにした。

「あね、様……？」

ごぼりと黒い血の塊を吐きながら、アスディナの瞳はリアンを、正確にはそこからするりと現れたディアナスを捉えた。

豊満な身体を覆う綿菓子よりも柔らかな濃い茶色の髪が、真っ白になっている。

「あたしがお前を殺しても、キトリがお前を殺しても障りがある。あたし達の魂は徴収され、魔力を持った器だけの屍となるだろう。かといって、リアンがお前を殺せば、問答無用で魔女殺しの英雄だ。これから一生、人類の存続と星の定めの守護者と化す。どうすればいいか、あたしだって考えるんだよ、アスディナ。あたしの半身。双星の魔女になんて生まれるもんじゃないね。魔女なのに、しがらみが異様に多くなる」

アスディナの頬がひび割れる。

「誰もあんたを殺せないなら、あんたに自分を殺させればいい。その名を人間の前で口にした魔女は、それが誰であろうと奴らは殺す。魂の徴収すらされず、ただ消滅するだけの終わりだ。分かっていただろうに、迂闊だねぇ。死にかけた身体では、魔女の掟も吹き飛んだかい？」

「あね様、どう、して……説得できないのなら、せめて、あたしを殺すのは貴方だと、言ってくれたじゃゃ、ないか」

「あたしだけならそれもできたけれど……仕様がないだろう？　息子に弟子に、ついでに夫に。この先が荒波だと分かっていて、無責任に送り出すには些か躊躇う相手が三匹もできちゃったんだから」

からからと笑い、くるりと杖を回したディアナスに、アスディナはぐしゃりと顔を歪めた。

小さな子どもが癇癪を起こし、泣き出す寸前のように血の気が失せていた顔を真っ赤に染め上げ、大きな口を開ける。そうして周り中の炎を吸い込まんばかりに息を吸い。

砕け散った。

「……馬鹿な娘。自分だけが大切な、そんな魔女らしい魔女で在り続ければよかったのに」

紫紺の光となって飛び散った身体があった場所には、掌ほどの大きさの宝石が落ちている。透明度の高い、紫紺の宝石だ。

「キトリ、離せ！　何があったんだ⁉」

視界を覆う私の手を掴んだリアンに振り払われないよう、杖を落として両手を重ねる。杖が転がり落ちた音が聞こえたのだろう。リアンは動きを止めた。

魔女の死骸は、魔女以外が見てはならない。

魔女は魔女以外の前で死んではならない。だから魔女は、死ぬときは姿を消す。魔女の死骸が魔力の塊で宝石になるだなんて知られたら、今までの比ではない規模の魔女狩りが起こることは想像に難くない。それも、永久に終わらない狩りだろう。

だから魔女は、互いの位置が分かるようになっている。一番近い位置にいる魔女が、近場の魔女に何かがあれば駆けつけ、宝石を回収するのだ。

もしもこの事実を知った人間がいれば殺す。ただし、例外もあった。

その対象が魔女と近しい人間だった場合、対処は記憶を消すのみに止められる。魔女と過ごした事実も含めたその全てを消し去ることで、その人間の命は守られる。

それが、魔女が人へと贈ることのできる数少ない温情だ。

「見ないで、殿下」

お願い。

背に額をつけ、願う。もう一度重ねて願えば、リアンの身体から力が抜けた。私の手を外そうとしていた手が、私の手と重なる。

「……リアンと呼ぶなら考えてやる」

「――リアン」

「よし」

そう言って満足げに笑ったリアンの背に額をつけたまま、じっと見つめる。私は、リアンと重なった手を左手だけするりと引き抜き、その身の内に滑り込ませた。

赤い糸を一本引き抜く。緩んだ場所からもう一本、たわんだ場所を二本纏めて、繋がった箇所を長いまま。するすると糸を抜き取っていく。

私が何かしていることを、リアンは気づいているだろう。けれど何をされているかは分からないはずだ。それなのに、リアンは私のしたいようにさせている。

魔女に背中を取られ、視界まで塞がれて、振り払うどころか受け入れているのだ。状況説明すら求めず、許す。

ああ、本当に馬鹿な人。そんな馬鹿で甘く優しいこの人の信頼を裏切りたくないと思う私が、きっと一番馬鹿なのだけど。

ディアナスがアスディナだった宝石をしまうのと、最後の一本を抜き取るのは同時だった。

「もう目を開けていいよ、リアン」

そう言ったディアナスの指示に、リアンはすぐには従わなかった。ぐっと堪えるように身体が強張り、私を窺う。だから私は、リアンの目元から手を外し、一歩離れた。

背中越しだから、リアンの顔は分からない。けれど、向かい合っているリアンを見つめるディアナスの顔は、よく見える。

「大きくなったもんだ。こーんなに小さかったのにねぇ」

米粒より小さく狭められた指の範囲に突っ込むべきか否か。きっと私よりリアンのほうが迷っているだろう。

「呪いは終了。あんたもエーリクもシルフォンに帰っていいよ。キトリ、ご苦労さん。独り立ち初依頼にしては及第点だねぇ。ああ、エーリクってのはリアンの父親の名前さ」

「……ディアナス、一言も説明がないとは、いくら何でも人が悪い」

「魔女だからねぇ」

けらけら笑う姿を見ていればいつもの癖でぶん殴りたくなるが、そのたび揺れる白い髪に眉が寄る。さっき落としてしまった杖を拾いながら、何となくもう一歩下がった。

ディアナスの髪は周囲の炎の色が映り、極彩色に揺れている。

「その髪、貴方までどうしたんですか」

「明確な魔女の掟違反、というわけでもないけれど、ちょっとすれすれに低空飛行しすぎた代償だねぇ。しばらくは番人共の小間使いをちまちまやるさ。でかい分はあたしがもらうよ。その程度には師の務めは果たそうかねぇ。……黒く染まりさえしなければ大丈夫さ。あたしも、あんたも」

視界の端で揺れる白は、私の髪だ。どうやら私も低空飛行しすぎたらしい。抵触はしていないが、最初から破る気でいたのがまずかったようだ。

いや、それさえもきっと口実だったのだろう。星の管轄を外れても、修正が可能となるよう運命は整えられる。私がもっと危険を冒さぬ範囲で関わったとしても、この色は必然だった。

「どこからが星の管轄で、どこまでが貴女の予定だったのですか」

ふわふわと払われた粉雪のような髪に、火の粉が散ってぽっと火の手が上がる。けれどすぐに火はゆらゆらと漂い、髪を彩るように遊びはじめた。

ディアナスは鼻歌を歌いながら杖を揺らしている。

「カナンの魔女をあたしの弟子にするまでが星の管轄。あんたをリアンに会わせてみたくなったのがあたしの気分。そしてこれは、別の道筋の星の管轄。どこまでいっても、所詮我らは星の子。その管轄から逃げ出すことは不可能だ。だから我らは選ぶのみ。己の望みに近しい星を選び生きる。星が命を選ぶんじゃない。我らが星を選ぶのだ。運命なんてものは、所詮傲慢のぶつかり合い。望む星を己が物に。だってあたしらは魔女なのだから」

人差し指を唇に当ててくすくす笑っているディアナスを見ていると、眉間に皺を寄せてしまう。これはもう反射だ。

「キトリ。カナンの魔女。お前に次はないと分かっているだろうね」

「貴女も、次などないでしょう」

「その通りさ。だから……リアン、あたしの弟子を頼んだよ」

それまで身動ぎ一つしなかった背がぴくりと揺れる。

ディアナスは馬鹿だ。馬鹿な師だ。魔女としての生き様を捨ててまで守った息子にかける言葉が、不肖の弟子についてだなんて。

「エーリクと、あと一応シタレーへナトが育てたんだ。あんたなら大丈夫だと思うけど。まあ、よろしく頼むよー。あ、そうだ。エーリクは先にシルフォンに戻しておくよ。ちょっと溶けてるけど」

リアンの背がぎょっとしたのが分かる。シルフォン王溶解記念日とかできたらどうしよう。急に心配になってきた。多少の溶解具合ならまだ修復が可能だけど、どのくらいの被害なのだろう。

そわそわしはじめて、はっとなる。ディアナスの後始末はしないと決めたのに、どうにも変な癖がついてしまった。

「そういやエーリクから伝言があったっけね。呪いの件があったからあんまり自由にさせてやれなかったけど、これからはもう少し好きにしろだってさ。昔のエーリクみたいに旅に出るもよし、王子やってるもよし。用事があるときだけシルフォンに帰るってのもありだとさ。まあ好きに生きな。あんたの生だからね。じゃあ、ま、そーいうことでー。あ、それとキトリー」

「……嫌な予感しますけど、何ですか」

杖をくるりと回し、大きなつばを持ったところでぱっと笑顔を向けられる。ディアナスがこのいつでも逃げ出せる体勢のときこそ、一番警戒すべきだと経験上痛いほど知っていた。

「今まであんたに押しつけた後始末のうち何割かは、これから必要な縁だから気をつけな」

成程。無理やり縁を繋いだのはその為か。

人間達にとってはただただ理不尽な通り魔だっただろうが、なかにはディアナスと関わったことで命を長らえさせた縁があったことは知っている。

それならば、へろへろになりながら後始末した私も多少は報われる、が。

「………………何割ですか？」

ディアナスはぺろりと舌を出した。

「一割弱弱弱かな！」

「大半無意味な苦労だったんじゃないですかそんなことでしょうとも知ってましたよ！」

「あっはっはっはっはー！」

心底楽しげな笑い声を残し、ディアナスの身体はくるりと帽子の中へと消える。後には、極彩色の炎に囲まれ、呆然と突っ立っている私とリアンが残された。


一気に静かになった世界に溜息をつく。

今回の件は、最初から最後までリアンはとばっちりだ。人間でありながら魔女の因縁に巻き込まれた一番の被害者であり、ある意味一番無関係な存在だった。

「……リアン、とりあえずこの場から離れましょう。長居したい場所ではないでしょうし」

ディアナスが消えた場所を見つめたまま動かないリアンの様子を、そっと窺う。すると、小さく笑った声がした。

「やっと、まともに私の名を呼んだな」

「貴方は魔女の道理と都合を貴方に課す私を許し続けた。それなのに、こんな些細な願い一つ叶えないままでは、魔女が廃ります」

「そうか」

そう言って笑う人の声は、聞き慣れたものより低く、柔らかく響く。低い音は荒々しくなれば甲高いものより恐ろしいが、柔らかくなれば驚くほどに優しく聞こえる。

「振り向いてもいいか？」

「…………リアン、正直に申し上げていいですか？」

「……ああ」

肩の位置が違う。背中の大きさが違う。指の長さは長いままだけれど、骨と筋が作り出した線が違う。声が違う。頭の位置が違う。

私は杖をぎゅっと両手で握った。

「正直、あんまり変わらない……」

目の前の背中がよろめいた。

「なん、だと……？」

「いやそりゃ、伸び縮みはしてますけど」

「縮んではいないだろう⁉」

どこか悲痛な声で振り向いた人の髪に、炎の色が映っていく。動きに合わせて流れる光を見上げて、確かに縮んではいないなと改めて思う。

私より頭一つ分は大きかったらしい。けれど、私を見下ろす瞳は何も変わらず真っ直ぐだ。私へ向ける気配も温度も何も変わらないのに、向ける気持ちだけを変えろだなんて難しいことを言う。

視線の高さだけが変わった瞳が、すぐに何かを堪えるように細められる。ゆっくりと上がってきた手を視線で追う。私の視界から外れないよう上がってくる手が、まるで人に慣れぬ動物を怖がらせないようにしているようで、少しおかしい。

そっと私の髪に触れた手に持ち上げられた白髪は、彼の金髪より余程鮮明に炎の色を映している。

「……真っ白だな」

「そうですね」

「私の、せいだな」

「リアン、怒らないで聞いてほしいんですが」

私の髪に触れる彼の真似をして、金の髪に触れた。以前同じことをしたときより手を上げなければならなかったのに、私を見る瞳の柔らかさは何も変わっていない。

「私いま凄く、生きてるなぁって思うんです」

死ぬつもりだった。終わるつもりだった。彼を救う手段になれることを生き残った理由と死ぬ理由にできるなら、こんなに幸せなことはないと思った。

だけど私は死ねなかった。この場所でまた生き残ってしまった。それなのに。

「魔女でよかったと思ったし、生きててよかったかなって、思ったんです」

「そこは疑問形じゃなく、ただ生きていてよかったと思え。そして死ぬ気だった事実を、私に全力で謝罪しろ」

髪に触れていた手が離れる。浮いていた髪が落ちていく小さな感触は、私を引き寄せた腕によって柔らかく散った。

「怖くはないか？」

「どう変わったのかあんまり分からないですし……」

「……………私は今、非常に傷ついている」

私を抱きしめる人は、大きく温かい。大きいと言っても、ジェイナの第二団長とは比ぶべくもなく、彼と並ばせれば男と女どころか大人と子どもほどの体格差に見える。

だけど今リアンは確かに、穏やかな温度を持つ優しい巨人だった。

「格好いいですよ」

「そ、うか？」

「お兄ちゃんみたいです」

「今度はそう来たか……キトリお前もう年齢を偽っていないよな？　実は十歳なんて言わないだろうな⁉」

「十五歳ですけど、十歳の姿になったほうが都合いいならなりますよ？」

「やめろ。罪悪感がとんでもないことになる」

何で。そう問うても、返事はなかった。

「さて、これからどうしたものかな。……お前はこれからどうするんだ？」

「何も、考えていませんでしたが……そうですね、しばらくは大人しく番人の小間使いをやってますよ。用事があれば呼び出されるでしょうから、空いた時間は適当に世界を回ってます」

独り立ちをしたところで、行きたい場所はなく、生きたい人もいなかった。続く魔女の生に意味は見出せず、面倒は嫌だなとそれだけで。

リアンと出会い終わりに意味を見出せた短い日々が、この九年間で一番幸福な時間だったと言えば、リアンは怒るだろうか。

「番人の使いというのは、どういうものなんだ？」

「ディアナスの元でやっていたことと大して変わりませんよ。世界中を回って、適当に面倒事を片付けていくだけです」

原初の魔女に対する感情は変わらない。だが、全ての指示に従わないつもりもなかった。

魔女を統括する存在に逆らうのならば、個々の判断が気にくわないからでなければならない。納得できる判断には従う。納得できないのならば反発する。

指示を出す存在自体が気にくわぬと全てを弾くのであれば、その集団に所属する権利を放棄するということだ。

私は魔女で、原初の魔女はその魔女を統括し、魔女を存続させる為だけの存在である。私が魔女である以上、魔女の掟と原初の魔女を切り離すことはできなかった。

「リアンこそ、どうするんですか」

「さあなぁ。父上は昔何年か旅に出ていたそうだし、私も旅に出てみたいとは思っていた。そういえば、その旅で母上と出会ったと言っていたな。……しかし母上か…………凄いな。死んだと聞かされていた母上と出会えたのに、感慨より困惑が勝るとは」

「困惑で済むうちが華です」

「……そうか」

深い同情をその目に宿して私を見下ろすリアンを見上げる。今の私はとてつもなく虚ろな目をしていることだろう。

しかし、いつまでもこうしているわけにもいかない。……今これ、どういう状況なのだろう。意識した途端赤くなりそうな頬を周囲の炎のせいにして、リアンから離れる。その手を引き、足下へ絨毯を敷く。それに乗り、空へと舞い戻った。


炎の檻を抜ければ、そこは既に夜の帳を下ろしていた。

地表が明るいから、星は少し見えづらい。地表を覆う炎はまばゆく、寒い地の空で見られる虹色の現象に、少し似ていた。

夜風に揺れる髪を押さえ、延々と広がる炎を見下ろす。この炎は、私の命が尽きるまで燃え続けるだろう。

何を生み出すことはなく、鎮まることもなく、されど広がることもなく。既に起こった現象が変更されることがないように、あの日生み出された怨炎が消えることもない。

世界の全てを焼き尽くしたいほどの憎悪はない。けれど穏やかに均される程度の憤怒でもない。

私がこの地で失ったものは、忘れ去れるほどの思慕ではなかったのだから。

「美しいな」

夜へ溶けるように放たれた言葉が、炎に降り注ぐ幻想を見た気がした。

振り向けば、光の色を持った人が目を細めて私を見上げている。慣れた様子で座っているリアンは、私が見下ろしても頭が少し近くて、やはり伸びてはいるのだなと改めて実感した。

「なあ、キトリ」

炎の鮮やかさに隠れた数多の星の下、今夜確かにその一つの流れから外れた人は静かに言った。

「私と一緒にいないか」

地表からは見えない星の一つが、酷く明るく瞬いた気がした。

「……私の言い方が悪かったですね。空いた時間は適当に世界を回ると言いましたが、立て続けに呼び出されることもあります。だから、いちいちシルフォンに戻る暇はないんです。リアンはさっさとシルフォンに戻って、王子業に励んでください」

「よし、私の言い方が悪かったな。お前といたいから連れていけ」

何故かふんぞり返って言い直したリアンは、剣の腕や多少の金銭の融通に交渉術など、自分を連れていく利点を述べていく。魔女や人間以外の種族に疎いことや、少々世間知らずなことといった欠点も並べてあげていくところが、何ともリアンらしい。

白くなった髪を握ったまま顔を傾け、帽子のつばに隠す。

「何馬鹿なこと言ってるんですか。せっかく魔女との縁が切れ……いや、ディアナスとはしばらく切れませんが、他の魔女との悪縁は断ち切れたのに。人が魔女といると、碌なことになりませんよ」

「言いたいことは色々あるが……お前どうも情緒が育ってるか怪しいな……平気で下着姿になるし……いやだが十五……大丈夫、十五…………まだ七百十五のほうがましだった気が……」

何やらぶつぶつ言っていたリアンは、やがて大きな溜息と共に肩を落とした。

「魔女であるなしはどうでもいい。私は、私の友に、これからを問うているんだ」

「別に楽しいものじゃないですよ」

「だったら尚更、お前一人だとつまらないだろう。何より私がつまらない」

「王子の傍に魔女がいては、国民が不安がります」

「ふわふわの我が国の民が？　ないな。それに万が一そうだったとしたら、私が本格的に国を出ればいいだけの話だ。国が継いでいくのは血ではない。思想と在り方だ。現にシルフォン王家の血筋も途中で結構変わっているぞ。シルフォンはそうして成り立っている国だ。私が抜けてもどうとでもなる。私が担っていた分を、できる人間が代わればいいだけだ」

「剣の腕、国で一番じゃないんですか。護衛の仕事とか、どうするんです」

「別に一人が私の代わりをする必要はない。王族が一人でとやかくできるのは権限が多いからだ。ならば多数へ権利と権限を分散すれば済む。護衛だって、一人が担えないのならば複数が担えばいい。そもそも私だって一人で誰かの護衛についたりはしなかった。一人がいなければ成り立たない、そんなものは国とは言わん。たった一人の英雄がいなくとも、多数が成り立っていく為の仕組みが国なんだ。まあ、私は英雄とは程遠いが。何せいま、世界を旅をして回る未来にかなり心が躍っている。お前に断られても、勝手に一人で回ろうと思うくらいにはな」

座ったまま身体を揺らす姿は、まるで少年のようだ。そこには気負いも恐れも何もなく、ただただ広い世界への期待がある。

身体の力が抜け、リアンの前にすとんと座り込む。

「一人は駄目ですよ。世界には色んな種族がいますし、色んな習慣があるんです。男しかいない島、女しかいない村、人を喰らう種族が統治する国。海には人魚がいるし、魔物だっているし、そもそも人間の国なんて微々たるものじゃないですか。気に入った物は旅人であろうが全てしまい込んでしまう砂漠の王、気に入らなければ全て殺してしまう竜の王、大陸を越えればそこは獣人の世界です。リアンなんて、あっという間に食べられてしまいますよ」

「お前は一人で回ろうとしたがな」

「私は魔女ですし」

「そうだな。そして私は人間だ。それがどうしたんだ」

ゆっくりと伸ばされた手が私の手を握る。温かく、大きい。以前のような柔らかさはないのに、温かさは何も変わらないなんて不思議だ。

女でも男でも、本当にこの人は何も変わらない。もしかしたら、魔女でも人間でも変わらなかったのではと思ってしまうほどに。

「……貴方は、シルフォンにいるべきだ。あの優しく穏やかで、世界の悪意から縁遠い国で生き、生涯を終えるべきだ。魔女となど関わるべきじゃない。魔女は星の管轄下で生きる生き物です。私はきっと、貴方に星の定めを持ち込んでしまう。貴方は優しい世界から踏み出すべきではない。そんなことをしたら世界に見つかってしまう。人は、世界は、貴方の清心を容易く嬲り、踏みにじることを躊躇わない」

「お前の話を聞いていると、自分が傾国の美女か心優しい箱入り娘になった気分になるな。まあいい。じゃあ言うが、それはこっちの台詞だぞキトリ。私はお前を一人で世界に旅立たせることこそを不安に思う。お前は人間の醜悪さに翻弄されながらも、この世の美しさを信じている。この世には正しいものなどないと、美しいものなどないのだと全てを諦め切れたら楽だろうに、そんなものを私のようにそこら中にいる凡人にすら見出そうとする。私は、お前こそが心配だ」

「……リアンって、ああ言えばこう言いますね」

「お前にだけは言われたくないがなぁ」

握った私の手を指で撫でているのは、恐らく無意識なのだろう。リアンは空いた手の上に自分の顎を乗せ、どこかのんびりしている。

この状況を疎ましくも面倒にも思っていなさそうだ。気のせいか、自分が年上と分かってから、こういう態度がちょくちょく増えているように思う。それが少し面白く、少し面白くない。

「なあ、キトリ。誰と生きても、誰と離れても、人生にはそれなりに浮き沈みがある。誰の人生にだって幸福と不幸があって、その割合がどうかなんて結局のところ終わってみないと分からない。そして、誰の道であっても必ずどこかで途切れる。だから皆選ぶんだ。自分の人生が途切れるその時、満足して終われるように。少しでも感じる後悔がないよう選び続けるんだ。どう生きるか、誰と生きるか。その道を自分で決めて選んだのなら、たとえお前の言う星の定めとやらの裁定では間違いだとしても、正しい道だと私は思う。……私は、誰かと未来を始めるならお前がいい」

地表を埋め尽くす極彩色の炎より、空に瞬く星々より、私の前に存在するこの人が眩しい。

「その相手は、お前がいいよ」

私に笑うこの人が美しい。

杖を抱きしめて俯く私をそれごと抱きしめて、リアンは笑う。

あの日私から消え失せた優しい世界を引き連れた人は、優しく温かく、不条理なほど正しい。この人の美しい正しさは、いつかこの人を殺すだろう。世界は清らかな正しさを許容できるほど、真っ当には作られていないのだ。

だったら、それを理由にしてもいいだろうか。貴方の傍に魔女がいる理由を、そこに見出して許されるだろうか。

守るから。この世の不条理からも、美しさに群がる虫からも、優しさに救いを求める亡者からも、無慈悲で傲慢な星の定めからも。この人を損なわせる全てから、守るから。

私の何を捨てても、守り切るから。

だから、家族が惨殺される決定的な理由となった私が、この優しい人の傍にいることを、彼を愛する人々は許してくれるだろうか。

ゆっくりと杖を手放す。それでも、杖ごと私を抱きしめるリアンによって、杖は倒れも離れもせず私の胸にある。

だから、空いた両手をリアンの背に回した。

「……私も、生きていいなら、貴方がいてほしい」

柔らかさも華奢な狭さもない、温かな強さは、かつて私を抱きしめた父に似ていた。

両親と兄、その全ての温度を私に思い出させた人は、私の返答を聞き、小さく笑う。その吐息がくすぐったい。

「若干というか、かなり気になる言い回しではあるが、まあよしとすべきだな。それでいいさ」

今は。

そう続けたリアンは、私の顔の横に収まったまま機嫌がよさそうに笑っている。帽子のつばが広いから二人とも入れるけれど、それがあるからそこ以外に顔の置きようがないのだろう。

だけどこの位置は、熱も感触も吐息も声も全てが近くて、迂闊なことを口走りそうになるので困る。だって、どうしたって優しい思い出が付随した温度で。

「気長にやるさ。どうせ先は長いんだ」

「……リアンは短いじゃないですか」

「確かに。お前を一人で置いていくのも不安だな。不老不死の研究でもするか？」

「さらりと禁忌宣言しないでください。そんなの、世界中の人間が敵になってうるさいじゃないですか」

全ての人間が彼ほど正しく道理を扱えるわけではない。生み出された目的の為だけに使用されるのなら薬は毒にならず、それも個で終われば同じ毒で数多が死ぬこともなかった。

「人間の生は短くなくてはならない。人間が不死になんてなったら、あっという間に世界は滅びますよ。人間は、始末はつけられないくせに生み出すことには長けすぎている。文化も文明も、生も死も、呪いも救いも、生み出すだけで始末をつけない。溢れかえった人間は、自らが生み出した物に埋もれて、世界と共に溺れ死ぬでしょう。そのくせ自らを世界の終わりと自覚せず、死を滅ぼそうと躍起になる生き物だ。人は、夢見るくらいでちょうどいい」

だから。

「リアンはそのままでいてください」

貴方の生の長さがどれほどであれ、私はきっと貴方より先に消えるだろう。

貴方は残していく心配などしなくていいのだ。それは私が抱けばいいものなのだから。

「リアン、いつか貴方に大きな宝石を差し上げます。売ってもいい、財産として持っていてもいい。砕いて装飾品にしても構いません。好きに扱ってください。それは、貴方の物です」

「……何故だろうな。聞いたことがないほど穏やかな声なのに、感じたことがないほど不穏な気配を感じるぞ。お前、何か不穏なことを考えていないか？　……よし、分かった。私は己の伸び代にかなり期待しないと駄目らしい。いい男になれるよう、せいぜい努力するとしよう」

「これ以上いい人になったら聖人になるので、やめてください」

「…………キトリ、私は以前お前の王になるつもりはないと言ったが、神にも宗教にもなるつもりはないからな。……先は長そうだ」

深い溜息と共に、最初の話題へと巻き戻ったリアンに首を傾げようにも、固定されていて動かない。

何だか少し、ふわふわする。それなのに身体は重い。いや、重いのは心だろうか。

身体を預けようにもここには背もたれもないし、長椅子を出せそうもない。だから、他にどうしようもないと、恐る恐る身体の力を抜いて私を覆う身体に凭れる。

ぴくりと身体に力を入れたリアンは、私を覆う力を強くした。

これから始まるであろう意味のある生に、心が呆然としている。そんな生は随分久しぶりなのだ。物心がつく前を合わせたって、なくしてからのほうが長い。

星の影響が色濃く重なった物事は、本当にただただ転がり落ちるが如く進んでいく。

当事者を介さず、関与を許さず。本人からすれば突然始まり、良くも悪くも突然終わる。リアンがアスディナの存在を目視した直後に、その存在を失ったように。

恐らく今回は、星にとって必要なのはその縁ではなかったからだ。

ディアナスとアスディナの確執も、魔女の在り方も掟も、何もかもが必要とされない。勿論、最大の被害者であるリアンの感情が考慮されることは決してない。

そんなもの、星には必要ないのだ。

情も美しさも均等さも、下手をすると順序ですら考慮されない。そこにあるのはただ、星が望んだ結果があるか否かなのだから。

星の管轄下にある出来事とはそういうものだ。問答無用に始まり、落ち、終える。だからこそ、それを終えたのに、私も心を預けた相手も両方が途切れず残るだなんて思いもしなかった。

魔女は夢を見ない。夢を見るには終焉が遠く、生に飽きない程度には好奇心と探究心に貪欲で、それらを追いかける力を持つ。

けれど、人と生きる未来だけはまるで夢のようで。

本当にどうしてくれるのだ。夢を見られない魔女に、よりにもよって人と夢を見せるなんて。

これも新たに始まった星の流れなのだろうか。ならば私は、リアンの提案を弾かなくてはならない。

それなのに、私の手はリアンの背を握りしめたまま離せない。

視線を上げると、リアンの金髪に混ざって星が見える。世界中どこへ逃げたって星の下からは逃げられない。この世に生きる全ての命は、星の下に生まれ落ち、星の管轄内で生きる。

星はいつだって瞬き、見えないだけで昼も夜も同じ場所にあり続け、私達に定めを落とす。この世の何より無慈悲なくせに、暗闇で命を導く唯一の存在。

金の髪を縫って瞬く星を見上げれば、無意識に唇から言葉が滑り落ちる。

「綺麗」

世界で一番美しいものを見た私は、ゆっくりと目蓋を閉ざし、何より美しいその金光を瞳に閉じ込めた。

外伝前編　カナンの魔女と老翁

「虹色七色、真っ白真っ黒」

店の前に吊り下げられた金の鳥籠の中で、灰色の大きな鳥が歌う。鳥が歌を紡ぐたび、店先のランプは色を変える。

「虹色七色、真っ白真っ黒」

鳥はそれしか知らないのか、ずっと同じ歌を繰り返していた。


舗装されていない剥き出しの土を踏み抉りながら、様々な生物が忙しなく行き交っている。人も馬も馬車も驢馬も牛も、二本足も三本足も四本足も、何もかもが行き交い、すれ違い、ぶつかり、いがみ合い、笑い合う。

そんな道路を挟む形で、たくさんの店が軒を連ねている。どれもこれも、真っ当に建てられた建築物ではない。あちこちから材料を持ってきた誰かが勝手に小屋を建て、それを見た誰かも後に続き。そうやって作られたのがこの区画だ。

人間の国の片隅に、巣食うように作られた、身分も種族も、何もかもが噛み合わないがゆえに成り立っている町の一角に、その店はあった。

隣の店では、何の肉か分からない肉の塊を、巨大な刃物で潰すように叩き切っている人間の男がいる。その男から、男の三倍はあろうかという巨大な獣が肉を買っていく。

反対隣の店には、花が山ほど積まれている。その上を飛ぼうとしていた小さな妖精が、泡を吹きながら落下する。それを一際大きな花が口を開け、丸呑みにした。

そんな店の間に、目的の店はあった。

「虹色七色、真っ白真っ黒」

鳥はまだ歌っている。また、歌っている。

店の入り口は狭い。それでもここしか入り口がないので、帽子のつばを傾けながらその横を通り過ぎる。

そのとき、歌が変わった。

「真っ赤真っ青」

妙に生臭い吐息が、耳元にかかる。

握っている手を振り上げた拍子に、つばも持ち上がっていく。

「真っ逆さま」

酷くしゃがれた男の声と同時に、足下に奈落の穴が開く。その穴へと、杖の先を振り下ろした。

大理石の広間に、硝子細工を落としたかのような音が響き渡る。

ぎゃあと、平坦な悲鳴が鳥から漏れた。穴は既に消えている。だから私は、そのまま歩を進めた。

開きっぱなしの入り口から入った店内は、この町そのもののようだ。全てのものがごちゃごちゃに積まれていて、今日のパン代にもならない物から、一生懸けても手の届かない物。美味しい物、吐き気を催す物。あらゆる病を癒やす万能薬、あらゆる命を刈り取る万能薬。

通路は狭く、物は雑多に溢れ、安全も危険も何もかもが区別されない。ここはまさしく世界の一角だ。

店内は表から見ただけでは予想もつかないほど、遙か遠くまで続いている。その途中に、老翁が座っていた。箪笥の上に積まれた籠の中に、老翁はぴったり収まっている。ぼさぼさの髪が飛び出していなければ、見過ごしてしまいそうだ。

老翁は、私でも一抱えできるほどの大きさだった。身体の大きさは幼子ほどなのに、その顔は何百年も生きた樹を思わせる。

小さな頭がもったりと持ち上がった。紫色の太い糸で、両の目蓋が縫いつけられている。その代わりか、大きな鼻が忙しなく動く。

「人だ。人の匂いだ。お前、人を持っているな？」

「人の町を歩いてきたのだから当然よ」

「いいや、いいや違わない。こんなにうまそうな匂いを間違えるもんか。ああ、人の肉の味が恋しい。いつもあいつが一人で食っちまうんだ」

「お前相手にくだらない時間を楽しむ趣味はないの。さっさと渡しなさい、三つ目」

息と間違えそうなほど大きく鼻を鳴らしていた老翁は、頭からぎちりと音を立てた。ぎちぎちと軋む音が続く。

　持ち上げた杖先を、床へと強く下ろす。

「世界を疎み自ら二つ目を閉ざしたら、魔女への礼儀も忘れたか」

　ひぃと声を上げた老翁は、短い右腕で頭部を守り、身体の三倍はあろうかという長い左腕で私の背後にある棚を開ける。そこから、光る鱗が特徴的な革袋を取り出す。

　腕が元の位置へと戻っていく。その袋が私の肩を越えたとき、杖先で円を描き、魔法を使って受け取る。

　大きさは私の掌と同じほど。だが、重さは小屋ほどの大きさがある金塊と同じだ。中に何が入っているかは、原初の魔女だけが知っている。

　私も、取引の相手であるこの魔物も知らない。知っているのであれば、この魔物はとうの昔にこの世から消滅しているだろう。

　受け取った物を私の原初へ放り込んでいる間も、未だ名残惜しげな視線が私をねめつけている。

「おい、おい、魔女よ。我と取引をしまいか。いい物がある。鉱石化した竜の心臓だ。ほら、ほら、見ろ。美しいだろう。これがあれば、この竜の血族を使い魔にできる。本当ならばお前の髪をもらわねば渡さぬ品だが、お前が連れている人間ならば交換してやってもいい。ああ、かぐわしい。お前の連れている人間は一級品だ。どこで作った人間だい？　誰が飼っていた人間を手に入れた？　教えておくれよ。なあ、魔女よ。教えてくれたなら、他にも一つ、欲しいものをやるから」

　早口で次から次へと喋り続ける魔物に、微笑みを返す。

「商品の価値も見極められないような目なら、最後の目も私が潰してやろうか」

老翁の後頭部。開こうとしていた、ぼさぼさの髪に隠れた最後の瞳が恐怖に縮こまり、目蓋を閉ざした。

ひぃひぃ掠れた声で鳴き続ける老翁から、踵を返す。

かたかたと震える小箱、ごうごうと炎の音がする絵画、しくしくと涙の匂いがする香水瓶。それらの前をさっさと通り過ぎ、再び鳥のいる扉の前へ立つ。

開きっぱなしの扉の先で、鳥はずっと歌っている。かぱりと開かれた口から、血の臭いがする。

用件が終われば、もうこんな店に用はない。

私は帽子のつばを握り、その中へと掻き消えた。


私の原初は、今日も穏やかに晴れ渡っている。雨にも、曇りにも、雪にも。朝にも昼にも夜にも、何だってできるけれど。晴れは一等好きで、一等嫌いな天気だから。ずっと晴れのままにしてきた。

最近は、宿を取らず私の原初でリアンと眠るとき、リアンの希望で変える場合もある。

リアンは知りたがりで、やりたがりで、何にでも興味を持つ幼子のような面があった。


私の原初にさっき手に入れた品の気配がない事実を確認する。あらかじめ用意していたお手伝いしちゃう魔くんが、きっちり原初の魔女へと届けただろう。

お手伝いしちゃう魔くんは、私の使い魔代わりだ。猫だの蜥蜴だの犬だの鳥だの、生き物を使う魔女が多いけれど、私は生き物の使い魔を使役していない。

動かない性質を持っている物を動かすより、元来動くものとして存在しているもののほうが簡単なことは分かっている。だが、なんとなく、しないでここまできてしまった。

お母さんは鳥が好きだった。穀物に木の実や果実を混ぜた餌を、毎日庭に置いていた。

お父さんは犬が好きだった。昔は、薬草採りの強い相棒犬がいたとよく言っていた。

お兄ちゃんは猫が好きだった。町でしか見かけないから、その時しか会えないとよく無念がっていた。

虫も、爬虫類も、山にはいっぱいいた。

皆、みんな、私が燃やしてしまったけれど。

お母さん達が好きだったもの全部、全部、私が燃やしてしまった。

緩やかに杖を回し、溜息をつく。今までこんなこと考えなかったのにと、いじけたような気持ちになる。

どうしてだか、最近、よく、昔を思い出す。

思い出すのは、その事情だけではない。そのとき抱いた感情を、温度を、思い出す。

そのたび、居心地の悪い気持ちになる。隠した悪戯をお母さんが見つけてしまう前のような、そんな据わりの悪い心地が、するのだ。

人間と過ごす時間が久方ぶりだからだろうか。師匠以外の誰かと長い時間を過ごすことも、随分、昔のことで。

魔女にとって十年やそこらは瞬き一つのような時間だが、私にとってはまだ生の半分以上を占めている。

いつかこの時間が遙か遠い過去になったとき、今のような居心地の悪さを感じることはあるのだろうか。

最近、時々、先を思うことがある。

おかしな話だ。私はリアンより後に死ぬつもりはない。リアンが人である以上、その寿命は長生きしてもせいぜい百年前後だ。そんな時間、魔女にとってあっという間だ。そのあっという間の中で、リアンより先に死ぬのだから、遙か遠い先のことまで考える必要はない。

それなのに、リアンのいない遙か遠い未来、一人で空にいる夢を。

時々、見るのだ。

緩く首を振り、馬鹿げた思考と感情を散らす。一人でいるから、こんなことを考えるのだ。

そう思い切り替えた思考の片隅で、今までずっと一人だったくせにと嘲笑う自分の声が聞こえた気がした。

それら全てを無視したとき、はたと一つ思い出した。

原初の魔女の使いで訪れていた魔物商の老翁が、私からリアンの匂いがすると言っていた。

腕を持ち上げ、嗅いでみる。すんすん、すんと、三度嗅いでみるも、よく分からない。人の残滓には敏感だった自負があるだけに、少し焦る。

魔物の言う人間の匂いとは、体臭や香水の話ではない。人が持つ血肉、そして魂の匂いだ。それらは気配と言い換えることもできる。

人間の気配に鈍感になってしまったのかと思うと、ぞっとすると同時に感情がざわめく。怒りも憎悪も、鳴りを潜めただけで、変わらず私の中にある。この憎悪を忘れることなどあり得ない。

だったら何故、リアンの気配を纏う自分に気づけないのだろう。

リアンも人だ。リアンこそが人であったらと、リアンだけが人であったらと願うほどに、人なのに。

それとも、だからだろうか。

目を細め、晴れ渡った私の原初を見つめる。

今ここにリアンはいない。それでも、ああ、確かに。改めて見つめると、そこかしこにリアンの気配があるように思う。これはリアンが残した残滓か。それとも、私の原初にリアンを根付かせてしまったのだろうか。

これは、困ったなと、意味もなく靴先で土を掘る。杖を回す気力も湧かなくて、ゆらゆら揺らすだけしかできない。

こんなにも私の原初にリアンを根付かせてしまえば、ここにリアンがいなくても私はずっとリアンの気配を纏ったままになってしまう。

それはきっと、寂しい。

リアンが今ここにいない事実よりずっと、寂しいことだ。

私はどうしたいのだろう。リアンが幸せならそれでいいと思うのに、リアンがリアンのままその生を全うできるのなら、それだけでいいと願う自分は本当なのに。

私の原初にリアンを根付かせてしまったのは、私の執着だ。リアンを掻き集め、私の何かを埋めようとしているのなら、どうしよう。

いつかリアンが私を疎ましく思ったり、私がリアンの前から消えるとき、躊躇ってしまったらどうしよう。寂しいと、嫌だと叫んでしまったら。

怖いと、思ってしまったら、困る。

怖いものなど、もうずっとどこにもなかったのに。

怒りと憎悪を腹に抱き続けている限り、それ以外の感情にこの身が支配されることはあり得なかった。私の行動は思考から矛盾することなく、つつがなく終わらせられた。

それなのに、自分が自分を裏切るような行動を取ってしまったら、困るのだ。その結果がリアンの悲劇に繋がることだけは避けなくてはならない。

がりっと、杖先が地面を抉った。

苛立ちにも似たこの感情は、不安だ。

そうと分かってしまったので、目蓋を固く閉じ、感情ごと飲み込む。

私の炎は、命を飲み込む。だからこそ、感情の制御は絶対だ。だって私は、リアンに幸いの中で生きてほしいのだから。

リアンの幸を願うなら、私は隣にいるべきではない。そうと分かってなお共にいるのであれば、せめて、せめてリアンの害に繋がるわけにはいかないのだ。

「……リアン」

ゆっくりと目蓋を開く。固く閉ざしていた瞳は、先程まで正常に見えていたはずの世界に点滅を齎す。同時にどこか、ぼんやりとした気持ちになる。遠い昔、水遊びをした後に感じた、気怠さに近いように思う。

私が私の原初にいるのに、どうしてこんなに心許ない気持ちになるのだろう。

こんなにもリアンの残滓が残っているのに、リアンがいないからだろうか。

「迎えに、いかないと」

それまでにちゃんとしよう。

「早く迎えに」

何を以てすればちゃんとしていることになるのか。

「……いきたいな」

自分でももう、よく分からないけれど。

会いたいと。

随分久しぶりに浮かんだこの感情を、家族以外へ向けたのは初めてだった。

外伝後編　キトリとリアン

潮風はいつだって重く、粘ついている。

それは海の色にかかわらずどこでも同じだ。そう知ったのは、ディアナスに連れられて世界中を回ったときだった。

目の前に広がる淡い紫色の海を見ながら、過去に見てきた海を思い出す。青、緑、紫、赤、黒、金、銀、無色。色んな海があった。溶岩の海も砂の海も、宝石の海も死者の海も、何だって。

どんな海に対しても特別抱いた感想はなかったが、鉄の国の海は嫌いだ。どろりとして、臭い。

人間はよくぞあんな海を作り出したものだと思う。

海から吹いた重たい風が流れ、私の髪を持っていく。視界の邪魔になる髪を杖で押さえつつ、リアンの気配がする方向へと視線を向ける。

私が立っているのは、砂が大半を占める開けた浜だが、リアンの気配がするのは波によって削られた岩が散逸する岩場だ。人が好む波打ち際は平らな浜かと思っていたからこっちに来てしまったが、どうやら違ったらしい。

これは私が人の生態に詳しくないからか、はたまたリアンが変わっているのか。判断がつけられない。揺れる波音を聞きながら、小さな溜息をつく。

詳しくなりたいのはリアンに関してのみだが、人の生態に疎いままでは、いつか私の無知や無関心が呼び寄せた悪意がリアンを脅かすかもしれないとも思うのだ。

それが何より恐ろしいとも。

怖いものなどなくなって久しかったはずなのに、最近は怖いものばかりだ。

また一つ溜息をつきながら、砂を踏む。重心をかけた場所から深く沈んでいく砂は、歩きにくい。魔法を使ってもよかったが、何だか少し、歩きたい気分だった。

私は昨日から、リアンとは別行動を取っていた。今回原初の魔女から下された命に、リアンは連れていけなかったからだ。

そういう場合があること自体は、リアンも了承済みだ。伝えると、残念そうではあったが大人しく引いてくれた。だが、私の原初にいてもらう提案は却下されてしまったのだ。

一応リアンには、守りの呪いやらお守りやらの防御をつけ、なおかつここは人間の国ではあるのだが、シルフォン以外の国で彼を一人にするのは、あまり気が乗らなかった。

それでも、さすがに子ども扱いされるのは傷つくと真顔で言われれば、引かざるを得なかった。

そもそも、私に彼の行動を制限する権利もまた、ないのである。

掘るように軽く埋めた爪先を見下ろして、これが砂ではないと気づいた。足下で浜を作り上げていたのは、小さな死骸達の成れの果てだ。

そういえば、遠洋性堆積物を人間は星の砂と呼ぶらしい。

確かに、多種の形があって面白い。けれど名称が気に入らない。星を宙に掲げ、星の中で生きながら、足下にある物に星の名をつけるのか。

それにただでさえ生は星に覆われているのに、上からも下からも、星の名にまで囲まれては落ち着けなくなると思うのだ。人間の感性は、よく分からない。

リアンもまた、よく分からないままだ。私と旅に出てからのリアンは、知らないことを見て興味津々に目を輝かせたり、世間知らずだと落ち込んだり忙しい。

リアンとの付き合いはまだ短いから分からなくて当然だが、一緒に過ごせば過ごすほど分からなくなっていく。

お父さんのようだったり、お母さんのようだったり、お兄ちゃんのようだったり。その存在を私は持ち得ないけれど、弟と呼ばれる存在のようだったり。

そのどれでもない存在のようだったり。

また一つ溜息をつきながら、砂よりも大きな音を立てて軋む地面の上を歩く。なんとなく歩きたい気分だったので歩いたが、だんだん面倒になってきて杖に乗った。

飛べば早いし、楽だ。最初から飛べばよかったが、あのときは歩きたい気分だったのだ。やりたいことをやる。当たり前だ。私は魔女なのだ。

横から、そして下から舞い上がってくる粘つく海風を受けながら、視線を巡らせる。

杖に座ったまま岩場まで飛べば、あっという間にリアンを見つけた。

いつもならほっとする。そして嬉しくなる。しかし今回は、無意識に眉を寄せていた。

岩の上に座るリアンの前に、裸体の女が、いるのだ。

「リアン！」

思わず叫んでいた。

驚いたように私を振り向いたリアンへ向け、女が手を伸ばす。だが、声を出すと同時に杖を握っていた私のほうが早い。

杖を女へと向け、炎を放つ。容赦など必要ない。女が死のうがどうでもいい。殺そうとしているのだ。死んでくれないと、困りはしないが腹が立つ。

リアンは、私が突如叫んだことにも、炎を放ったことにも驚いている様子だった。しかし何より、乗っていた杖を使ったことによりそのまま落ちてくる私に、最も驚いたようだ。

慌てた様子で、だが躊躇いもせず両腕を広げる。その様が、いつも不思議だ。

だって私は魔女なのだ。

改めて杖を使って浮遊し、広げられた左腕へ座った私に、リアンは大きく瞬きをした。そんなリアンへ反応を返すより先に、やるべきことがある。

私の髪の毛が嵐の夜のように波打ち、リアンの視界を塞ぐ。

立ち上がったリアンの足下、海の中から上半身だけを見せている女が、私に向けて牙を剥く。だがそんなもの、私も同じだ。

「去ね、魚！」

海面いっぱいに長い髪を浮かべた女は、獣のような声と共に再度威嚇を返してきた。

「この人間は、カナンの魔女の友と心得ろ！」

そこでようやく、女は苦々しげな顔を浮かべた。唇が裏返りかけるほどの激しい威嚇を浮かべたまま、大きなひれを持つ尾を動かし、一泳ぎで私達から距離を取る。

そうして一度、名残惜しげに視線を揺らす。その視線の先にいるのは、私を乗せていない右手で私の髪を掻き分けたリアンだ。

リアンと目が合えば、女は再度私へと戦意を見せた。

「魚、カナンの魔女を相手取るのであれば、故郷を永久なる業火に堕とす覚悟で来い」

女はぐっと息を呑み、恨めしげに私を見上げる。そして、最後に一度リアンへ切なげな視線を残し、尾を翻した。

大きな尾が海面を打つと同時に、女の身体は海中へと完全に沈み、やがて見えなくなった。

女が残した海面の揺れが他の波に呑まれてようやく、私は身体の力を抜いた。ついでに魔法も解く。

「う」

突如体重がかかったリアンが呻き声を上げる。しかし、既に空いていた右腕で私を抱えるように抱き直していた為、私を落とすことはなかった。魔女を、そんな人の子を抱くように抱えなくてもいいのに。落としても別に構わなかったのだが、本当に真面目な人である。

「それにしても……リアン！　人魚の手が届くところにいるなんて！　何をやっているんですか！」

思わず怒鳴ってしまう。だって、驚いたのだ。

人魚とは、海に生息する半人半魚の種族を示す。人とは明確に違う生き物であり、リアンの故郷であるシルフォンの周辺には生息していなかった生き物だ。

リアンは人魚と対峙していただけではなく、その手が届く場所にいた。しゃがみ込み、まるで話をしているかのようだった。いや、実際に話をしていたのだろう。

この辺りも人魚の生息地ではないから油断した。彼の元を離れる前に、海に近づかないよう言い置いていくべきだった。

リアンは私の剣幕に驚いたのだろう。彼自身も何かを言いかけていた言葉を音にすることなく、気まずそうに視線を彷徨わせた。

「人魚の生態について詳しくはないから、近寄らないようにとは思っていたんだが……その、怪我を、していたんだ」

「魚の怪我など捨て置けばいいでしょう」

「魚ってお前……」

困惑を浮かべたリアンへ、更に続ける。

「リアン、魚は雑食ですから、当然肉も食べますよ」

「うっ」

「魚は互いで食い合うじゃないですか。生きていようが屍肉だろうが気にせず。人魚も当然、人間を食べますよ」

これは事実だ。そもそも草食ではない以上、互いを食す行為を禁忌と定めるのは人間だけだ。餓えれば何だって食べる。それは生命として当然の本能だ。

死を遠ざけ、生を維持する行為に禁忌を定めることができるのは、人間の繁殖能力が高いからだろう。そう言ったのは確か、以前ディアナスに連れられて行った集まりにいた魔女だった。

「殺気は感じなかったが……いや、すまなかった。私の浅慮だ。気をつける」

「そうしてください。あー……びっくりしたぁ」

浮かべていた困惑を真摯な謝罪へと変えたリアンにほっとする。

他種族など、警戒に警戒を重ねた上で警戒しながら警戒してちょうどいい。人間相手にもそれくらいの警戒がいいと思うが、それを言うとややこしくなりそうだ。

何故か私を人の子のように抱いたまま、リアンはひょいひょいと岩場を移動していく。どうやら浜に戻るようだが、私を抱えている理由は分からない。改めてかけ直した魔法により体重はかけていないので、私が魔法を使用したと分かっているはずなのに。

「リアン、私自分で飛びますよ。ついでにリアンも運びますが」

「この程度手間でもないし、大人しく運ばれてくれると、私が楽しい」

「リアンは変わった人間ですねぇ」

「そうでもないんだがな」

言葉通り、鼻歌でも歌いそうなリアンは楽しそうだ。リアンが楽しいなら別にいいかと、運んでもらうことにした。

危なげなく岩場を進んでいくリアンの様子を、下から見上げる。その視界には薄紫色の海が映っているが、そこに恐怖や不快感は見つけられない。

濃淡が違うとはいえ、紫紺の魔女が彼の心にしこりを残していなくてよかったなと思う。色に不快感や、ましてや恐怖心が根付いてしまうと不便だ。色に罪はないだけに、自身の感情の行き先を見失ってしまう。

あっさり星の砂の上に戻ったリアンは、まだ私を抱えたままだ。リアンが前を向いたままだったら別にいいのだが、穏やかな笑みを浮かべて見下ろしてくると、若干居心地が悪い。なんだかそわそわして、据わりが悪くなってくる。

否、白状しよう。若干ではなく相当居心地が悪い。

リアンの胸で折れ曲がっている帽子のつばを引っ張り、その視線を遮る。

何だったら魔法を解除し、体重をかけたほうが下ろすかなと思い、そうしてみた。

結果は、危なげなく抱えられたままである。

「あの……下ろしてもらっていいですかね」

「何故だ？」

「…………………あ、飛びたい気分だからです！」

「そんな、いま考えつきましたと言わんばかりにとってつけたような理由では却下だ」

沈黙がいけなかったのか、それとも、あ、がいけなかったのか。次から気をつけようと心に決める。

しかし、次からの私は救えても、現状の私は全く救われない。何せ体重がかかったことにより、リアンが私を抱え直したからだ。さっきより身動きが取れなくなった気がする。

「お前、突然体重をかけたら、私が落とすと思っただろ」

「どうして分かったんですか？」

「分からいでか。私はな、キトリ。この旅を始めてまだ日は浅いが、結構お前のことを分かってきたぞ」

「私はリアンのこと全然分からないのに⁉」

不公平ではなかろうか。

確かに私は魔女でリアンは人間だ。私がリアンのことを理解できないのは自然の摂理と言えよう。しかし、それならば何故、リアンは魔女を分かっているのだ。

驚きと不満で、思わずつばを上げてしまった。そこにいたのは、何故か呆れた顔をしているリアンである。本当に何故だろう。

首を傾げると、ますます呆れ顔が深くなる。

「……さっきは確かに私が迂闊ではあったが、全く理解できていない男と二人で旅をするお前も、相当だと思うぞ。私はお前の危機管理能力を多大に疑っている」

「リアンはさっき本当の意味で陥りかけていた危機に気づいていませんし、総体的には私の勝ちです」

「勝負をしているつもりも別になくてだな……本当の意味での危機とはなんだ？」

怪訝な表情を浮かべたリアンに、私は魔女らしい笑みを浮かべた。

やらかした。

リアンが下ろしてくれなくて落ち着かないまま、言うつもりのなかったことまで言った。

このまま笑って誤魔化そう。何せ私は魔女なのだ。杖をくるりと一回しすれば、万事解決、なべて世は事も無し。

「この期に及んで、私を笑って誤魔化せる人間だと思っているのなら、総体的に私の勝ちだろうが」

「うっ」

それはそうだ。不思議なことにリアンは、私が魔女らしい笑みで誤魔化しているときと、魔女の掟を遵守しているが為の誤魔化しを見破る。

それを考えると確かに、私よりもリアンのほうが一歩先んじる理解力を持っていると言えた。

「キトリ、私に危機感を抱けというのなら、その理由も提示してもらえるとありがたいのだが？」

尤もである。

リアンは、目的地に図書館があれば出向き、自身でも知る努力を惜しまない。その上で更なる理解を求めるのであれば、私からも知識を提供するのが筋だ。

魔女が魔女の掟以外で通さなければならない筋などない。ここで通したい筋はただ、私がリアンを尊重したいだけである。

私はなんとなくやりどころのない手の慰みとして杖を回そうとして、それだとリアンに当たると気づき諦めた。さっきやらなくてよかった。

「えーとですね、人魚はですね……惚れやすいんですよね」

「――は？」

間の抜けた声を上げたリアンは、予想だにしていなかったのだろう。あれだけ熱の籠もった視線を向けられていて、本当に何一つとして気がついていなかったらしい。

「いや、は？　だって、だな、さっき怪我をしているのを見つけ、様子を見ただけだぞ？」

「人魚は人間と違い、顔や行動ではなく魂に惚れます。要は、気に入った人間を見つけたら一目惚れします」

「は⁉」

　だから、性質が悪いのだ。

「そして人魚は一度に一人にしか惚れず、非常に一途です。寝床を整え、食事を運び、着飾らせと、非常に甲斐甲斐しく惚れた相手の世話をします。ただし全て人魚流であり、なおかつ甲斐甲斐しく世話をする為に相手を自身の寝床へと引きずり込みます。まあ、海底ですね。一応人が海中では呼吸ができず肉体も保たないと理解しているようで、それ用の呪いはかけてくれますが、それだけです。人は海底から戻る術を持たず、人魚に囲われたまま海底で生を終えることになるでしょう」

　青ざめたリアンを見上げていると、なんとなく私の気持ちが落ち着いてきた。他のことを考えず、一気に喋ったことも大きいだろう。

「ちなみに一度見初められると、手酷く振っても振ってもなかなか諦めません。一応陸にいる間は大丈夫なんですが、海に近づくとどこからともなく現れるので、人魚に見初められた人間は、一生海に近づかないほうがいいです。たまに陸に上がってくるのもいますが。でもまあ、一応私の名を出して脅したので、リアンは大丈夫だと思いますよ」

　もう少しリアンの動揺を続けさせて、その隙に勝手に腕から下りよう。その試みを実行すべく、私は魔女の図鑑から人魚の知識を引っ張り出す。

「人魚は魂に惚れますので、相手の年格好も性別すら厭いません。よかったですね、リアン。雄の人魚だったら、とっくの昔に海へと引きずり込まれていますよ。雄の成体ともなると、リアンの身長の倍どころか三倍以上あるものもざらにいますし。あれびっくりするんですよね。あんな大きな指で、器用にこっちの腕掴むんですよ。こっちの肌が弱いとは知っているらしくて、彼らの爪で傷はつかないんですが、力強すぎて腕の関節は外れるんで気をつけてください」

「は？」

さっきまで青ざめ、動揺に揺れていたリアンの瞳が急に据わった。狼狽えるように跳ね上がっていたはずの声も、いつの間にか地を這っている。

さっきとは別の意味でリアンの腕から逃げる必要性を感じた。そろりと杖を握り直し、魔法を使おうとしたが、リアンが口を開くほうが早かった。

「お前、人魚に目をつけられたことがあるのか？」

「はあ。まあ、以前に」

結構大変だったので、リアンには同じ苦労をしてほしくない。

「腕は、大丈夫なのか？」

「あんなのすぐに直りますよ。ちなみに番にはなれないと断ってからが長いです。人魚は総じて顔が整っているし声も綺麗なので、人間はすぐふらふら近寄っちゃうそうなんですけど、あんな厄介な生き物に自ら近寄るのは人間くらいですよ」

リアンは若干言葉を詰まらせたが、未だ隙がない。

「人魚は情が深い。一度惚れた相手は忘れず、番は生涯に一人だけ。しかし、嫉妬深く、欲自体は獣に近い。人間の基準では、精神面でも肉体面でも保つとは思えません。番を了承しようがしまいが、海底での生はそう長いものにならないでしょうね」

人は海底で生きるように作られていないので、当然といえば当然だ。逆に、陸に上がった人魚もまた、同じ末路を辿る。生き物は基本的に、その地に適した形で生まれるのだから当然だ。

適しているからその地に産まれるのか、その地に産まれたから適しているのかは分からないが。

「ちなみに当然、ディアナスは一切助けてくれませんでした」

「母上っ！」

悲痛な叫びは詰まらず飛び出したらしい。しかし大丈夫だ。ディアナスが私を助けてくれたことなど一度もないので、何も問題はない。

「でもいいこともあったんですよ？」

「いいことがある要素が欠片もないように感じるんだけどな……」

ここまで聞けばそうかもしれない。だが実際いいことはあったわけで。

私はリアンの腕の中で、堂々と胸を張った。

「その雄の大きさに慣れたら、人間の雄を見ても昔ほど反射で殺そうと思わなくなったんです。あのままだとさすがに独り立ちの許可は出ませんし、よかったです」

「…………それは、恐怖心が振り切れただけじゃないのか？」

「リアン」

私は静かに首を振る。

「もうずっと、私が怖いものは、優しい笑顔を浮かべたディアナスの手招きです」

「母上っ！」

ディアナスを師とする私と、ディアナスを母に持つリアン。私達の明日は険しい。明日どころか、今日、今このときも険しすぎる。

悲しみの沈黙が落とした私達の視線は、どちらともなく海へと向いた。これがチョコレート色していなくてよかった。世界にはそういう海もあるが、その色だとどう足掻いてもディアナスしか思い浮かばなかっただろう。

波の音は細かいのに、世界中を掻き回すかのような大きさだ。それに負けじと叫んでいる海猫の声が増えているので、魚がいる。つまり、人魚は去ったのだ。

この浜は人間の町から近いが、人間が訪れるには少々難がある立地だ。だから漁港もなく、釣り人の姿どころか人の姿自体がない。街道から外れていることも理由の一つだろう。

人の気配がないだけで、世界とはとても静かだ。世界の営みは今日も世界を掻き混ぜ、根付き、芽吹き、散っている。それだけで相応の音を放っているが、人の気配だけが私にとって騒音だった。

リアンの気配だけは、世界のそれと同じように感じているけれど。

ディアナスから先に立ち直ったのは、リアンだった。

長い溜息をつきながら、とりあえず歩き出す。とりあえず歩き出す前に私を下ろすべきではと思った私も、一歩遅れて立ち直ったようだ。

「ところでリアン、そろそろ私を下ろしませんか」

「さーて、どうするか」

「大体何で持つんですか⁉」

「私の趣味だ」

きっぱり言い切られると、なんだか尊重したくなるから不思議である。

「魔女を携帯したいだなんて、リアンは不思議な趣味を持っていますね」

「私は別に、魔女を抱えたいわけじゃない」

「……身体を鍛えたいんですか？　あのですね、お兄ちゃんも一時期、むきむきになりたいって落ち込んでいたことがあったんですけど、男の子ってそういう時期があるんですか？」

「まあ否定はしないが……どうもお前の思考は、達観しているのか幼いのか分からんなぁ」

確かに私はリアンより年を重ねてはいないが、魔女として独り立ちしている以上幼い思考ではあり得ないと思うのだ。魔女はその辺り、しっかりしている。

魔女には魔女の掟。

「そういえば、エドもそんなこと言ってたような……」

「達観しているのか幼いのか分からんな！　駆け引きなら乗ってやるぞ！」

「うわびっくりした！」

リアンが急に大声を出すものだから、反射的に使った魔法で宙に飛び上がってしまった。

リアンの趣味を邪魔して悪いとは思うが、思考を通す前に身体が動いたので仕方がない。魔女なのだ。

中途半端な位置に浮いている私を見上げたリアンは、少し申し訳なさそうな顔になった。

「すまない。怖がらせるつもりはなかった」

「こ、わがってはないですけど、別に。驚いただけです」

「そうだな。ほら、下りておいで」

どうも子ども扱いされている気がする。

人魚へも同じように伸ばされていた手がなんとなく不満で、ぺしりと杖先で払う。くるりと回転させた杖と同じように回り、更に高く飛び上がる。

そうしてから、リアンが怒っていたらどうしようと少し不安になった。

そぉっと下を見れば、苦笑を浮かべたリアンが払われた手を軽く振っている。

「キトリ」

呼ばれて、なんとなく居心地が悪くなってきた。空は魔女のものなのに。その空にいるのにどうしてだか、リアンを一人地上に置いて飛んでいる身のやり場がない。

「私は人だから、お前を追って空へついてはいけないんだ。だから、頼むキトリ。寂しいから、下りてきてくれないか？」

これはきっと、人魚には向けない笑い方だ。そう、なんとなく、思った。

抱きしめるよう握っていた杖から離した手を、ゆっくりリアンへ伸ばす。自分で思っていたよりうんとゆっくりになって、なんだか恐る恐る触っているみたいだ。

「いい子だ」

そう言って笑うリアンから、今度は子ども扱いされている気がしなくて。

私はふわふわとする居心地の悪さを感じながら、その手に引かれ、同じ高さに下りることしかできなかった。

キャラクターデザイン公開

『カナンの魔女』のメインキャラクター、
キトリとリアンのデザイン画を特別公開！

Illustration：ここあ

キトリ

二つ名は“カナンの魔女”。かつては両親と兄と暮らしていた。着ている服は己の魔力を編んで作ったもの。わりと世間知らず。

リアン

シルフォン国の王子。
苦労性。とある魔女の
呪いによって女性の姿
に変えられてしまうが元
が美青年なので美女に。

あとがき

こんにちは、守野伊音です。
この度は、『カナンの魔女』をお手にとっていただきまして、誠にありがとうございます。

魔法を使える女を魔女と呼ぶのではなく、一つの種族としての魔女を軸にしたお話が読みたかったので書きました。楽しかったです。

リアンと二人で旅をするキトリは、人として生きていた頃のキトリが少し顔を出すのではないかなと思っています。髪を結ってみたり、服装を変えてみたり、流行りの物にも興味を持ったりと、少しだけ、昔抱いた感情で昔歩いた日常のような日々を過ごすのかもしれません。

最終的にキトリとリアンが何処に辿り着くかは二人が選んだ星次第ですが、リアンが納得する終わりを迎える為にはリアンの根性が必須です。リアンには頑張ってほしいと思います。

このお話の功労賞はシタレーヘナトです。リアンの呪いの満期が近づいてきた辺りで、偶然魔女を口説き、偶然魔女をお城に連れてきて、偶然怒らせて、偶然リアンが呪われる原因を作った人です。ふわふわのシルフォン国とはいえ、女好きなのに長年王妃不在の国で自身も偶然独り身で、偶然子どもがいない状態を現状まで維持しています。

どんまい賞はシルフォン国国王です。齢千何百年か何千年かの大魔女を射止め、仕留められた人です。ちょっと溶けました。

カナンの魔女は、魔女という種族の在り方を考えながら楽しく書きました。皆様も私と一緒に楽しんでいただけましたら幸いです。

この本の制作に携わってくださった方々、そしていつも応援してくださる全ての皆様に厚く御礼申し上げます。

これからもどうぞよろしくお願いします。

守野伊音

「必ず、第一王子を殺すんだ」
あなたの声を覚えている——。

娼婦を母に持つその出自から正妃に疎まれ、常に命の危機に晒され続けてきたセノルーン王国第一王子オルトス。国軍に所属する魔術師の少女エリーニは、白昼堂々、王城内で暗殺未遂に遭ったオルトスを庇ったことから、二人揃って“欠魂”してしまう。同時に欠魂した弊害で互いが四歩以上離れると意識を失う事態に陥った二人は、行動を共にしつつ魂を修復する方法を模索し始めるが——。

私達、欠魂しました

著者：守野 伊音　イラスト：鳥飼やすゆき
定価：本体1,300円（税別）

私達、欠魂しました

あなただけ——
あなただけが
この地獄のような世界の
光

カナンの魔女

2023 年 9 月 7 日 初版発行

【著　　者】守野伊音

【イラスト】ここあ
【編集】株式会社 桜雲社／新紀元社編集部
【デザイン・DTP】株式会社明昌堂

【発行者】福本皇祐
【発行所】株式会社新紀元社
〒 101-0054　東京都千代田区神田錦町 1-7　錦町一丁目ビル 2F
TEL 03-3219-0921 ／ FAX 03-3219-0922
http://www.shinkigensha.co.jp/
郵便振替　00110-4-27618

【印刷・製本】中央精版印刷株式会社

ISBN978-4-7753-2106-5

※本書は、「小説家になろう」（http://syosetu.com/）に掲載されていたものを、
改稿のうえ書籍化したものです。